# 聖獣様に心臓(物理)と身体を(性的に)狙われています。

富樫聖夜

SEIYA TOGASHI



NB
ノーチェ文庫

登場人物紹介
ラファード
フェルマ国を守護する聖獣。
本来の姿は大きな虎。
十年以上前に
心臓を失くしており、
そのせいで魔力が
欠けてしまっている。
エルフィール
辺境の伯爵令嬢。
家の事情で商人の息子と
婚約している。
なぜか体内にラファードの
心臓があり、そのせいで
彼に身体を捧げることに。

ラヴィーナ
フェルマ国の王女。
とても利発な少女で、
兄のリクハルドに
溺愛されている。
先代の聖獣
ラファードの父。
引退してからは、
妻と共に諸国を
旅している。
リクハルド
フェルマ国の若き国王。
ラファードとは幼馴染で
親友のような間柄。
隣のロウゼルド国との
関係に頭を痛めている。
クレメンス
ロウゼルド国の王子。
敵対するフェルマの城に
特使としてやってくるが、
その本当の目的とは――？
アイラ
フェルマ国の城の女中。
掃除の途中で
エルフィールと出会い、
親しくなった。

目次

聖獣様に心臓（物理）と身体を（性的に）狙われています。 7

書き下ろし番外編
浮気騒動 373

聖獣様に心臓（物理）と
身体を（性的に）狙われています。

# プロローグ　天獣

この世界でもっとも強い生き物は天獣《てんじゅう》だ。

獣の姿をしていながら高い知性を持ち、人の言葉を操《あやつ》り、人にはない強大な魔力を有する。

寿命も長く、種族によって異なるが千年生きている天獣もいた。ただし、天獣自体の数は多くなく、それだけに世界にとって稀有《けう》な存在となっている。

ラファードはそんな天獣としてこの世に生を受けた。天獣の中でも虎の種族――天虎《てんこ》族と呼ばれる一族の出身で、誕生してたった十年しか経っていない幼獣だった。

けれど天獣は生まれつき知識があるので、自分が何であるかはもちろん、人間が聖《せい》獣《じゅう》と呼ぶ自身の父親がどういった存在であるかもよく知っていた。

ある日、父親は自《みずか》らが守護する土地の山にラファードを連れていき、こう言った。

「坊やは、人間が好きかい？」

「うん」

　迷いなくラファードは答えた。特に父親が加護を与えている人間たちを気に入っていた。

「では僕の跡を継いで聖獣になるかい？」

　聖獣。父親は人間にそう呼ばれていた。父親だけでなく、すでに亡くなっている祖父もまた聖獣だった。ラファードも、自分はきっといつか父親の跡を継いで聖獣になると思っていたので頷《うなず》いた。

「なる。俺、聖獣になりたい」

「代償として、この十年間の記憶の大半を失うとしても？」

　思いがけないことを言われてラファードは目を見張る。

「聖獣になる時に、それまであった記憶の大部分が消えてしまう。それでも聖獣になりたいかい？」

「記憶がなくなる……」

　母親と暮らし、時々訪れる父と過ごす幸せな毎日。その記憶がすべて失われてしまう？

　ラファードは躊躇《ちゅうちょ》した。けれど、恐る恐る父親に尋ねる。

「でも、記憶がなくとも父上や母上を失うわけじゃないんでしょう？」

父親は一瞬だけ目を見張り、それから破顔《はがん》した。

「もちろんだとも、坊や。君の記憶が失われても、僕らが君の父母であることには変わりない」

「なら、いい。それだけなら、新しい記憶をまた作っていける」

「そうだね」

しみじみと呟《つぶや》いて、父親は眼下を見おろす。そこには田畑が広がり、人間の営《いとな》みが見えた。ラファードの父親が守っている風景だ。

「まだ幼い君にこの役目を負わせるのは酷《こく》だと思う。けれど、古きを捨てて新しい記憶を作ると口にできる君ならば、きっと僕とは違う関係を人間と築いていけるに違いない」

その言葉に何かを感じてラファードが見あげると、父親は目を細めて遠くを見つめていた。

「ラファード。僕が聖獣になったのは百歳の時だ。父が寿命を迎えようとする時になって、聖獣の役目を継いだ。継いだ時にそれまでの記憶の大半は失われてしまい、新しい記憶を作ろうにも父と母は間もなく亡くなり、それは叶わなかった。父母に対する思慕《しぼ》は残っているのに、彼らとの記憶がない。ぽっかり胸に穴が空いたようだったよ」

「父上……」

「そのせいで僕は臆病になり、加護する人間とも一定の距離を置いてきた。親しくなっても寿命の異なる人間は、あっという間に僕の傍《そば》からいなくなってしまうから。……でも妻と出会い、君という家族を得てから、思うところがあってね。人間とも距離を置くだけでなく、もっと違う関係を築けたのではないかと考えるようになった。今さら僕がその距離を詰めるのは無理がある。でも君なら」

父親はふと視線をラファードに移す。

「きっと僕より人間に寄り添った関係を築いていけると思う。だから僕は君に聖獣の役目を託したい。父と母が愛したこの国を、守ってやってほしい」

ラファードは父親の大きな身体を見あげ、しっかりと頷《うなず》いた。

「うん。守るよ。父上の守ってきたこの国を、人間たちを、俺が――」

誓うように告げるラファードを、父親は優しい眼差しで見おろしていた。

# 第一章　辺境の伯爵令嬢

フェルマ国の辺境の地にあるジュナン伯爵家の屋敷では、伯爵夫人の指示のもと、何人もの侍女が慌ただしく動き回っていた。

それもそのはず、伯爵家の長女エルフィールが社交界デビューのために、明日王都へ出発することになっているのだ。その準備に余念がない。

ところが肝心のエルフィールは、それに参加することなく自室で本を読んでいた。関心がないわけではなく、すでに必要な準備は終えているからだ。

しばらくの間は黙って本に目を落としていたエルフィールだったが、とうとう我慢できなくなって顔をあげた。

——いくつ荷物を追加するつもりなのかしら……

ふぅっとため息をつくと、エルフィールは本を膝《ひざ》に置く。そして、まだ袖《そで》を通していないドレスを長持《ながもち》に詰めるよう侍女に指示する母親に、呆れたように声をかけた。

「お母様、必要な荷物はもう王都に送ってあるし、そもそもそんなにドレスは必要ないわよ」

「いいえ。社交界デビューが済んだら、あちこちから夜会や舞踏会に誘われるようになるの。いつも同じドレスを着させるわけにはいかないわ」

母親である伯爵夫人は断固とした口調で言った。

「もちろん装飾品も同じものを使い回すなんてだめよ。いい物笑いの種になるわ。それなのにあなたったら、必要最低限のものしか王都に送ってないそうじゃない」

「でもね、お母様。うちの交友関係が狭いことはお母様が一番分かっているでしょう？　親戚付き合いもしていないから、夜会や舞踏会に招待されることはないわ」

エルフィールは悲しい現実を母親に示す。王都に屋敷を持つ親戚はいるにはいるが、十年前、ジュナン伯爵家の経済状態が悪化した時に縁を切られて、交流を絶ったままだ。

「それは……」

「せいぜいブラーム伯爵のご友人が義理で誘ってくれる程度だと思うの」

ブラーム伯爵というのは父親の数少ない友人の一人だ。王都に別宅を持たないジュナン伯爵家のために、屋敷の一つを貸してくれることになっている。その上、身体が弱くて長旅ができない母親の代理として、ブラーム伯爵夫人がエルフィールの支度を手伝うと言ってくれているのだ。

「お父様もあまり他の貴族とは交流がないんですもの。私が誘われることはないと思うわ。人目を引くほど美人というわけでもないし」

「そんなことはないわ、あなたはとても綺麗よ、エルフィール！」

すかさず母親は言ったが、それは親のひいき目というものだろう。

エルフィールは、自分が目の肥《こ》えた貴族男性の気を引けるほどの容姿ではないことを知っている。

整った顔立ちをしているものの、美人とまではいかない中途半端な娘。それがエルフィールだ。

高くもなければ低くもない鼻。シミ一つなく滑《なめ》らかだが、真っ白とは言い難《がた》い、よく言えば健康的な肌。形はいいが、色気をまったく感じさせない唇。

長いまつ毛は大きな緑色の目をことさら強調し、美人というより可愛らしい印象を人に与える。背中まで伸びたくせのある髪は豊かで艶《つや》やかだが、薄い茶色という平凡な色合いだ。

要するに人口の少ない田舎《いなか》ではそこそこの容姿だが、煌《きら》びやかに装《よそお》った貴族令嬢や貴婦人たちに紛《まぎ》れてしまえば、まったく目立つ要素のない容姿なのだ。

母親は、着飾ればエルフィールだって王都に住む貴族令嬢に負けないと思っているようだが、自分を美しく見せることに長《た》けた彼女たちに勝てるわけがない。

「ともかく、私の目的はあくまで王都の見学と、城にいらっしゃる聖獣と王族の方々をこの目で見ることなんだから」

　この国の貴族令嬢は、年に一度城で開かれる舞踏会に出席することで、社交界デビューを果たす。そのため、登城が許可される十六歳になると、みんなこぞってこの舞踏会に参加するのだ。

　エルフィールも本来なら去年、王都に出て社交界デビューするはずだったのだが、当時はまだジュナン伯爵家の負債の返済が終わっておらず、貴重なお金を自分のことに充《あ》てる気にはなれなかった。そこで渋る両親を説得して、一年待つことにしたのだ。

　社交界デビューが一年遅れることになったが、エルフィールは構わなかった。なぜなら——

「それに、私にはもう婚約者がいるのよ？　他の貴族令嬢のように結婚相手を探しているわけではないのだし、夜会に行く必要も——」

　母親の目が潤《うる》むのを見て、エルフィールは内心「しまった」と思った。母親にとってエルフィールの婚約は苦々しさと罪悪感を呼び起こさせることなのだ。

「ごめんなさい、エルフィール。本来なら社交界に出て身分の釣り合った相手と結ばれるはずだったのに、私たちのせいで……」

「お母様、いつも言ってるでしょう？　私は気にしないって。納得してこの婚約を受け入れているんだって」

「エルフィール……」

「それに、うちのような田舎《いなか》貴族と縁続きになりたい貴族がいるかどうかも分からないじゃない。確かにサンド商会の息子さんは貴族じゃないけれど、女は望まれて結婚した方がきっと幸せになれると思う」

通常、伯爵令嬢ともなれば結婚する相手は貴族なのが普通だが、エルフィールは訳あって豪商の家に嫁ぐことが決まっている。それが母親には不本意なのだ。

「お母様、私は少しも苦じゃないわ」

穏やかな微笑を浮かべるエルフィール。母親は涙をぐっと堪《こら》えると、震えるような息を吐いた。

「せめて……王都にいる間だけでも、貴族の娘らしく華やかな場に参加して楽しんでもらいたいの。商人に嫁いだら、夜会や舞踏会に行ける機会はないに等しいもの。ね？　そのためにはいつ招かれてもいいように準備をしておかないと！」

訴えるように言われて、エルフィールはやれやれと天井を仰《あお》いだ。

「……分かったわ。お母様に任せるわ」

とたんに母親は顔を輝かせて、侍女たちへの指示を再開する。

「そこのドレスも荷物に入れてちょうだい。ああ、その首飾りもよ」

「はい。奥様」

忙しく立ち働く侍女たちを、諦《あきら》めの気持ちで見つめていたエルフィールは、深いため息と共にソファから立ち上がった。

「お母様、私、少し席を外しますね」

「図書室？　いいわ、行ってらっしゃい」

それにはにっこり笑って答えないまま、エルフィールは静かに自室を出る。

部屋を出たエルフィールが向かったのは、図書室ではなく玄関だった。母親に外出すると言わなかったのは、供をつけろとうるさく言われるからだ。

――お供なんて連れていったら、せっかく慣れてくれたあの子たちが出てきてくれないじゃないの。

見知らぬ人間がいると、エルフィールの友人たちは姿を現してくれないのだ。

だからエルフィールは使用人たちが一番忙しい時間帯を見計らって、誰にも見とがめられないように屋敷を抜け出す。彼女が向かう先と目的を知っているのは、ほんの数人だけだ。

「姉上ぇ！　待って！　湖に行くんでしょう？」

玄関から外に出ようとしたエルフィールを甲高《かんだか》い声が呼び止める。来月十歳になる弟のフリンだ。

「明日姉上は王都に行くから、きっと今日出かけると思っていたんだ。僕も連れていって！」

フリンはバタバタと走ってくるなりスカートに抱きつく。それを受け止めながらエルフィールはにっこり笑った。

「いいわよ、一緒に行きましょう」

彼女の行き先と目的を知っているうちの一人がフリンだ。遊び相手となる子どもが近くにいないこともあり、フリンは姉のエルフィールによく懐《なつ》いている。エルフィールも歳が離れた弟をとても可愛がっていた。二人は手をつないで玄関から外へ出ると、厩《うまや》に向かう。

「ジョナサン、馬を借りるわね」

エルフィールは小屋を覗き込み、ちょうど馬の世話をしていた馬丁《ばてい》のジョナサンに声をかける。すると、彼は振り返って皺《しわ》だらけの顔を綻《ほころ》ばせた。

「きっとお嬢様が来るだろうと思って用意しておきましたよ」

「……そんなに分かりやすいのかしら、私ってば」

エルフィールが思わず苦笑すると、ジョナサンはさらに深い皺《しわ》を顔に刻んだ。

「お嬢様のことは生まれた時から知ってますからね」

馬丁《ばてい》のジョナサンは古くからジュナン伯爵家に仕えている古参の使用人だ。エルフィールが生まれた頃からの付き合いなので、彼女のやりそうなことはお見通しらしい。

ジョナサンもまたエルフィールの行き先を知っているうちの一人だった。

気性の穏やかな雌馬《めうま》に二人が乗るのを手伝いながら、ジョナサンはいつもと同じ忠告をする。

「いいですか、絶対に山には入らないでくださいね。あそこは霧《きり》が深くて、もし迷ったりしたら探し出すのが困難になりますから」

「分かってるって」

まったく同じ言葉を姉弟が同時に発する。それを聞いて、ジョナサンはくすっと笑った。

やがて出発の準備が整うと、エルフィールは明るい声でジョナサンに告げた。

「では行ってくるわね、ジョナサン」

「行ってらっしゃい、お嬢様、若様。お気をつけて！」

ジョナサンの声を背に、エルフィールとフリンを乗せた馬は裏門に向けて歩き始める。

二人の姿が見えなくなるまで見送っていたジョナサンは、浮かべていた笑みをふっと消した。仲の良い姉弟が気兼ねなく外出できるのも、あと少しの間だけであることを思い出したからだ。

半年後、エルフィールが十八歳の誕生日を迎えれば、結婚してこの家を出ていくことが決まっている。屋敷に爽《さわ》やかで明るい風を吹き込んでいたエルフィールは、もうすぐいなくなってしまう。

「きっと、火が消えたようになるな……」

ジョナサンは寂しそうに呟《つぶや》くと、何かを振り切るように厩《うまや》に戻っていった。


屋敷を離れたエルフィールとフリンは北に向かう道をのんびり進んだ。

ここから目的地まではそれほど遠くない。

ほどなく、なだらかな田園風景の先にいきなり山が現れた。それは奇妙な光景だった。遠くまで見渡せる平坦な土地に、ぽっかりと山がそびえ立っているのだから。

山はそれほど大きくなく、また高さもそれほどではない。隣国との国境に横たわる山脈に比べたら、山と呼べるかどうかもあやしいほどだ。けれど皆がそれを「山」と呼ぶ。

大昔からジュナン伯爵領にあるその山は、時代によっては「聖なる山」とか「魔が住む山」とか呼ばれていた。うっそうと木々が生い茂り、迷いやすい上に、山頂は常に霧《きり》がかかっていて輪郭《りんかく》がはっきりしないからだ。

どんなに周辺が晴れていても発生するその霧《きり》は、山に近づく者の視界を奪う。そのため、領民は気味悪がって近づこうとしなかった。

その「魔が住む山」の麓《ふもと》にある小さな湖がエルフィールたちの目的地だ。

街道から山へと向かうあぜ道を進み、しばらくすると、エルフィールたちは目的地に到着した。

少し離れた場所に馬を停め、二人は手をつなぎながら、日の光を反射してキラキラと輝く湖に向かう。山はうっそうと木が茂り全体的に薄暗いが、ここは違う。空には晴れ間がのぞき、周囲を明るく照らしていた。

ここを見つけたのは偶然だ。エルフィールが七歳の時、暗い屋敷の雰囲気に耐えられずに一人でふらっと出歩き、たどり着いたのがここだった。今となってはなぜあの当時、遠くからは不気味に見えていた山に近づこうと考えたのか、自分でもよく分からない。

でも今はその偶然に感謝していた。

なぜなら、ここでエルフィールは心を慰《なぐさ》めてくれる大事な友人と出会ったのだ。

友人はいつの間にか姿を消していたけれど、また別の出会いをもたらしてくれた。だからこの場所は、相変わらずエルフィールにとって大切な場所だった。

エルフィールとフリンは湖のほとりに立ち、山に向かって「ピュー」と口笛を吹いた。一度ではなく、何度も。

もしこの光景を母親が見たら「貴族令嬢が口笛なんて！」と卒倒するに違いないが、エルフィールはまったく気にしなかった。

しばらくすると山側の茂みの中からカサッと草を踏む音が聞こえた。次いで茂みからはいくつもの顔が覗き、エルフィールたちの姿を確認すると、わらわらと姿を現す。

茂みから出てきたのは猫だった。トラジマの猫を先頭に、黒やら白、茶色など、実に様々な色の猫たちが現れる。もちろん一匹ではなく、何匹もだ。そのうちの半数がまだ子猫と呼べる年齢だった。

「ニャア」

先頭のトラジマの猫がエルフィールの前に来て、挨拶《あいさつ》するかのように鳴いた。

「はぁーん、可愛い……！」

エルフィールは相好《そうごう》を崩して跪《ひざまず》き、手を伸ばしてトラジマの頭を、そして喉《のど》を撫でる。猫はエルフィールの手の中で気持ちよさそうにゴロゴロと鳴いた。

「元気そうね、ミーちゃん2号。ミャアちゃんも、ニャンちゃんも、ミーチビたちも」

一匹一匹を撫でながら挨拶《あいさつ》すると、同じように猫を撫でていたフリンはなんとも言えない表情になった。

「いつも思うけど、姉上の名づけセンスって変……」

「え？　どこが変なの？　猫らしくていいじゃない？」

本気で良い名前だと思っているエルフィールには、弟の言葉はとても心外だった。

「2号とか、普通つけないと思う……」

「だって、初代ミーちゃんは別にいるもの」

トラジマの毛並みを撫でながら、エルフィールは懐かしさに目を細める。

「ここを最初に見つけた時に出会った猫なの。この子のようにトラジマでね。すごく可愛かった。いつの間にかいなくなっちゃったけど……」

いなくなったと分かった時は、本気で山に入って探そうと考えたものだ。けれどさすがに山に入る勇気は出ないまま、ジュナン伯爵家の経済状態が好転したこともあって、屋敷を抜け出してくる頻度《ひんど》は減ってしまった。

それから五年後、なんとなく久しぶりに訪れた湖で出会ったのが、このトラジマ模様の「ミーちゃん2号」だ。

「ミーちゃんの子どもか孫なのかもしれないって思って、根気よく餌付《えづ》けしてようやく仲良くなったのよ」

ミーちゃん2号が他の猫との間にどんどん子猫を生んでいき、今の状態になっている。ここにいるのは、みんなミーちゃん2号の子どもなのだ。

「さぁ、みんな。お食べ」

エルフィールは台所からこっそり持ち出していたパンを小さくちぎって投げた。ちょうど目の前にパン屑《くず》が落ちてきた白猫が、首を伸ばしてパンを口に入れる。

催促《さいそく》するように鳴く猫たちに、エルフィールとフリンはせっせとパン屑《くず》を与えた。夢中で食べる猫たちをエルフィールが笑顔で見つめていると、隣に腰を下ろしていたフリンがポツリと尋ねた。

「姉上……どうして結婚するの？」

「え？　どうしてって……」

「サンド商会から借りたお金は、去年全部返済し終わったって聞いたよ。だったら、姉上がお嫁に行く必要ないんじゃないの？」

エルフィールが驚いて弟を見つめると、同じ色の瞳が真剣な光をたたえて彼女を見あげていた。

「姉上が犠牲になることないんだ」

フリンは弱冠《じゃっかん》九歳ながら賢く、時々びっくりするほど大人びている。貴族ではなく商人に嫁入りする理由をエルフィールの口から告げたことはないが、母親か父親か、もしくは使用人から聞いてだいたいの事情は知っているようだ。

手を伸ばしてフリンの頭を撫でながら、エルフィールは穏やかな口調で答えた。

「あのね、フリン。私は犠牲になるつもりはないの。納得して嫁入りを受け入れているし、嫌だと思っていないもの。確かにサンド商会から受けた融資は利子もつけて返したわ。だからといって、私の嫁入り話が帳消しになるとは私もお父様も考えていないの」

母親は結婚話も無効になることを願っていたが、義理堅い父親は約束を破ることをよしとしなかった。それが融資を受ける条件だったからだ。もちろん、エルフィールも同じ考えだ。

「私はサンド商会にはとても感謝しているわ。親戚にも縁を切られてどん底にいたジュナン伯爵家に、ほぼ無担保で融資をしてくれたんですもの。あれがなければ我が家は今頃どうなっていたことか……」

十年前までジュナン伯爵家はそれなりに裕福な貴族だった。辺境にある領地は交通の要所ではないが、農業が盛んで収入も悪くない。その上、父親は規模は大きくないもの

の事業を手がけていて、会社もうまくいっていた。エルフィールも伯爵家の一人娘とし

て贅沢《ぜいたく》を享受《きょうじゅ》しており、それがこの先もずっと続くと思っていたのだ。

それが一転したのは、父親から事業の一部を預かっていた甥《おい》――エルフィールにとっては従兄《いとこ》が、悪徳商人に騙《だま》され莫大《ばくだい》な借金を作ってしまったからだ。

彼に事業を任せていたとはいえ、会社は父親のものだったので、負債はすべてジュナン伯爵家が背負うことになってしまった。父親は抱えている事業をすべて売り払ったが、まったく足りなかった。領地や屋敷も抵当に入り、そのままでは先祖から受け継がれてきたものをすべて手放さなければならない状況に陥《おちい》っていた。

すると、それまですり寄っていた親戚が、手のひらを返して絶縁状を突きつけてきた。使用人の半分もジュナン伯爵家を見捨てて逃げ出し、残ったのは古くから仕えてくれていた使用人たちだけ。

「お母様は心労で倒れてしまうし、お父様は金策《きんさく》に奔走《ほんそう》していて、屋敷の中が暗くて重苦しくてね……とてもひどかったわ」

エルフィールの口元に苦い笑みが浮かぶ。七歳だったエルフィールは重苦しい雰囲気に耐えられず、一人でふらっと外出した。そしてこの湖を見つけ、一匹の小さなトラジマの猫と出会ったのだ。

――だから苦い思い出ばかりじゃないのだけれど、かといって再び繰り返したいとは思わない。

幼いエルフィールにとって、あの日々はそれほど辛く重苦しいものだった。

「それを助けてくれたのが、サンド商会を立ち上げたリクリードさんよ。彼は屋敷にやってきて、無担保で融資をすると言ってくださったの」

ただし、条件があった。それがリクリードの一人息子とエルフィールの結婚だ。女であるエルフィールにジュナン伯爵家を継ぐ資格はないが、彼女を娶《めと》ることで貴族と親戚関係になれるという思惑があったようだ。

父親は迷ったが、領民や残ってくれている使用人たちのことを思ったら、その条件で融資を受けざるを得なかった。エルフィールも否《いな》やはなく、自分が嫁に行くことですべてが収まるなら安いものだとさえ思った。

けれど両親にとっては娘を売ったも同然のため、二人はエルフィールに深い罪悪感を抱いている。エルフィール本人はまるで気にしていないのに。

「私はね、フリン。あの時にサンド商会から受けたご恩を返したいの。一番大変な時に手を差し伸べてくれた人に報《むく》いたいの。だからお母様が考えるほど、この結婚が嘆《なげ》かわしいものとは思っていないわ。それにね」

悪戯《いたずら》っぽく笑ってエルフィールは付け加えた。

「息子さんと会ったことはないけれど、父親のリクリードさんはとても美形なのよ。あの人の血を継いでいる息子さんなら、絶対に不細工ではないはず。貴族だからって偉そうにふんぞり返った、脂《あぶら》ぎった男に嫁ぐよりマシじゃない？」

「そんな人、父上が姉上の相手に選ぶわけないよ」

不満そうに口を尖《とが》らせるフリンの頬を、エルフィールをつんと指でつついた。

「そうね。でもお父様でもどうにもならないこともあるのよ」

まだ子どもで他の貴族と接したことのないフリンには理解できないだろうが、父親だって自分より上の身分である侯爵や公爵、あるいは王族にエルフィールを差し出せと言われたら、相手がどんな人間であれ逆らうことはできない。それが貴族社会だ。

いずれ父親の跡を継いでジュナン伯爵になるフリンは、否応《いやおう》なくその事実と向き合わなければならないだろう。

——でも、まだ分からなくて当然ね。子どもだもの。お父様のもとでゆっくり覚えていけばいい。

フリンは良い領主となるだろう。エルフィールはそんな予感がしている。だからこそ、この秘密の場所に連れてきて、猫たちに慣れさせているのだ。

エルフィールが家を離れていったあとも、大切な場所と猫たちをフリンが守ってくれるだろう。

そのフリンがトラジマ模様の子猫——ミーちゃん3号を抱き上げながら、ふと思い出したように言った。

「そういえばデビュタントのための舞踏会では、聖獣様のお姿を見ることができるんだよね」

おそらくフリンが聖獣のことを思い出したのは、目の前の猫がトラジマだからだろう。

この国の聖獣は天虎族——つまり、虎だ。

聖獣と聞いてエルフィールの顔が笑み崩れた。

「そうなの。私のような田舎《いなか》貴族が聖獣様を見られる唯一の機会なのよ」

王族は何か行事があるたびに国民の前に姿を現してくれるが、聖獣はそうではない。

聖獣の姿が見られるのは、ほんの限られた機会しかないと言われている。

——デビュタントのための舞踏会が終わったら城に招かれることは二度とないでしょうから、これが聖獣の姿を見られる最初で最後の機会になるわ。

「いいなぁ、姉上、直《じか》に見られるなんて！」

心底うらやましそうな目をしてフリンはエルフィールを見あげた。その気持ちはエルフィールにも痛いほど分かる。

この国の者にとって聖獣は憧れであり、誰よりも敬《うやま》うべき尊《とうと》い存在だ。ともすれば王族よりも。

伯爵以上の爵位を継ぐ時には、必ず国王に謁見《えっけん》しなければならない決まりがある。その謁見《えっけん》の時には聖獣も同席すると聞いている。

父親が伯爵位を継いだ時、謁見《えっけん》の間で見た先代聖獣の姿は、神々《こうごう》しく輝いていたという。今代の聖獣は代替わりして間もない若虎だというが、きっと先代に負けず劣らず立派な姿に違いない。

――ああ、早く見たい……！　きっとミーちゃんのような毛並みに違いないわ。

「なんで男には社交界デビューの催《もよお》しがないんだろう？　不公平だ！」

ふくれるフリンに、エルフィールは宥《なだ》めるように言った。

「あなただってお父様の跡を継いで伯爵になる時に、直《じか》に見られるじゃない」

「ちぇっ、ずいぶん先の話だよね、それって」

「ぼやかないの。いつか必ず聖獣を傍《そば》で見られるんだから。それまではミーちゃん2号と3号の毛並みでも愛《め》でていなさいな」

「……姉上、やっぱり名づけセンスが変」

フリンはトラジマのミーちゃん3号を目の前に持ち上げながら呼びかける。

「ね、お前もそう思うだろ？　タビー三世」

タビー三世というのはフリンがトラジマの子猫に「雄なのにミーちゃんはあんまりだ」と言って勝手につけた名前である。

「何よタビーって。ミーちゃんの方が可愛いじゃないの！」

「僕がつけたタビーの方がかっこいいに決まってる！」

言い合いを始める姉弟のセンスがどっちもどっちであることを、幸いなことに二人は知らない。

＊　＊　＊

フリンと山へ出かけてから十日後、エルフィールは王都にあるブラーム伯爵家の別宅で、白いドレスを着付けてもらっていた。

今日はいよいよデビュタントのための舞踏会の日だ。

朝からブラーム伯爵夫人が侍女を連れて別宅を訪れ、エルフィールの支度を手伝ってくれている。

「そのドレス、よく似合ってるわよ、エルフィール」

「ブラーム伯爵夫人、む、胸、こんなに開いてていいんですか?」

大きく開いた胸もとを不安そうに見おろして、エルフィールはブラーム伯爵夫人に尋ねる。母親が王都のデザイナーに特注したというドレスは襟《えり》ぐりが深く、胸のふくらみが覗いてしまう際《きわ》どいデザインだった。

「う、うちの母の時は首元まできっちり隠れるデザインだったって聞いたのですが……!」

「私の時もそうだったけれど、今の流行は襟《えり》ぐりの深いドレスなのよ。これでもきっとデビュタントのドレスの中では大人しめだと思うわ」

「これでも大人しめ、ですか?」

スースーする胸もとに不安しか感じないエルフィールだった。

けれど、田舎《いなか》に引っ込んでいた自分より、王都の社交場でそれなりの人脈を築いているブラーム伯爵夫人の方が、よっぽど昨今の流行には詳しいはず。そう思い直して背筋を伸ばす。

「やっぱり首飾りはない方がいいわね。あなたの首筋はほっそりしていて形がいいから、首飾りをつけて隠したらもったいないもの。髪型も首のラインを邪魔しないものがいいわ」

ブラーム伯爵夫人は侍女にテキパキと指示し、それを受けて侍女がエルフィールの髪を結い上げる。鏡がないので今自分がどうなっているかまったく分からない状態だ。

最後に顔に化粧が施《ほどこ》されると、ようやくブラーム伯爵夫人は満足そうに微笑んだ。

「素敵よ。どこから見ても完璧な淑女《しゅくじょ》だわ、エルフィール」

姿見の前に連れてこられたエルフィールは、鏡に映った自分の姿にびっくりする。

やぼったい田舎《いなか》娘の面影は消えて、白いドレスを身に纏《まと》う貴族然とした女性が映っていた。

ドレスは一見シンプルながらも贅沢《ぜいたく》にレースが使われ、腰から斜めに入ったドレープが美しいデザインに仕上がっていた。

肩からふわりと広がったパフスリーブは可愛らしい。一方で胸もとは大きく抉《えぐ》られ、深い襟《えり》ぐりから覗く豊かなふくらみは匂い立つような女性らしさに溢《あふ》れている。ほっそりとした首筋を強調するように高く結い上げられた髪には、瞳の色に合わせた緑色の宝石がつけられていた。

「まぁ……」

顔も、パッと人目を引く華やかな……とまではいかないものの、化粧のおかげか美人と言っても差し支えないものになっていた。

「ありがとうございます、ブラーム伯爵夫人！」

エルフィールが振り返ってお礼を言うと、ブラーム伯爵夫人はにっこりと励ますように笑った。

「とても綺麗よ、エルフィール。一世一代の晴れ舞台なのだから、胸を張っていきなさい」

「はい！」

玄関で待つ父親のもとへ向かうと、エルフィールの姿を見たジュナン伯爵は驚いたように目を見開き、それから相好《そうごう》を崩した。

「綺麗だよ、エルフィール。お母様そっくりだ」

愛妻家《あいさいか》の父親らしい言葉だ。けれど、それはエルフィールにとっては最大の賛辞《さんじ》であるし、実際のところエルフィールは母親によく似ている。

「お前をエスコートできることを誇りに思うよ」

「うふふ。今日一日よろしくお願いしますね、お父様」

舞踏会の行《おこな》われる大広間に入場する際、エスコートをするのは家族か親戚の男だけと決まっている。若い男性の方が見栄《みば》えがするので、兄か弟に頼むのが一般的だが、エルフィールの弟フリンはまだ子どもなので、エスコート役ができるのは父親しかいなかった。

もっともエルフィールの父親は背が高く、引き締まった身体の持ち主で、堂々とした立ち姿は若い男にも引けを取らない。実際、城に入ってみれば、父親のさりげなくも堂に入った立居振舞《たちいふるま》いに、女官や他のデビュタントたちが感嘆していた。

——さすがお父様ね。

エスコートされているエルフィールより父親の方が目立っているのだが、彼女はまったく気にしなかった。

「王城は想像以上に大きいのね、お父様」

「そうだろう。城を取り囲む城壁の中に、まるまる一つの街があるようなものだからね。我々が今日立ち入るのは城のほんの一部分だ。私も過去に数回しか来たことがないから、案内役の侍従《じじゅう》がいなければ迷うだろうな」

控え室で他のデビュタントたちが緊張しながら入場を待つ間、エルフィール親子はのんびりとそんな会話を交わしていた。

「入場して陛下の前に進み出た時、聖獣を一番近くで見られるのよね、お父様」

「ああ、陛下の座る玉座の後ろに台座がある。あの方《かた》はそこからじっと様子を見ているんだ」

「とうとこの目で見られるのね」

話をしているうちに入場する時間になった。

家名を読み上げられたデビュタントたちが、控え室から次々と出ていく。そしてついにジュナン伯爵家の名前が読み上げられ、エルフィールは父親に手を預けて控え室を出た。

控え室と大広間は一本の廊下でまっすぐつながっている。父親にエスコートされて大きな扉の前に来ると、のんき者のエルフィールもさすがに緊張して手が震えた。

デビュタントの最大の試練が、これから行《おこな》われる入場だ。大広間には主立った貴族の他、諸外国からの招待客がひしめいている。彼らに注目される中、玉座の前まで進んで国王に謁見《えっけん》するのだから、緊張するなという方が無理だろう。

大勢の中でのお披露目《ひろめ》だ、家名に泥を塗らないためにも失敗は絶対に許されない。

扉の前で深呼吸を繰り返すエルフィールに、父親は微笑んだ。

「大丈夫、あれだけ練習したじゃないか。お前の作法は完璧だったし、たとえ失敗しても構わないさ。我が家は社交界にめったに出入りしないから、多少物笑いの種にされようが何も問題ない」

父親は事業で忙しく、あまり社交界に顔を出すことがなかった。身体が弱くて領地から出られない母親は言わずもがなで、ジュナン伯爵家の知名度はほとんどないに等しい。

おそらく大広間に集まっている貴族や招待客のほとんどが、ジュナン伯爵家の名を耳にしたことすらないだろう。だから恐れずに行けと父親は言いたいらしい。

「ありがとう、お父様」

少し気が楽になりエルフィールは微笑む。その時、扉の傍《そば》にいた侍従《じじゅう》がリストを手に声をあげた。

「ジュナン伯爵家ご長女、エルフィール嬢の入場です」

いよいよエルフィールたちの番だ。父親に預けている手にぐっと力が入る。

「行くぞ」

「はい」

父親にエスコートされ、大広間に向かって一歩踏み出す。

大広間はエルフィールの想像より大きくて、とても豪華だった。高い天井の一面には巨大な絵が描かれ、大きなシャンデリアがいくつも下げられている。

足元には赤い絨毯《じゅうたん》が敷かれ、それは扉から玉座までまっすぐ続いていた。その絨毯《じゅうたん》の両脇に大勢の貴族や招待客が並び、これから国王のもとへ向かうデビュタントを物見高く見守っている。先にお披露目《ひろめ》を済ませたデビュタントたちも、エルフィールを値踏みするように見つめていた。

大観衆の中、エルフィールはゆっくりと進む。脚が震えているのが自分でもよく分かる。父親が上手に支えてくれていなかったら、脚がもつれていたかもしれない。

田舎《いなか》でのんびり育ったこともあり、こういう大勢の人がいる場は苦手だ。

——一刻も早く終わらせたいわ。

そんな思いで自分の向かう先——つまり玉座に目を向けたエルフィールは、次の瞬間、すべてを忘れた。物見高い観衆も、女性に大人気だという若き国王も、何もかも目に入らなくなった。

エルフィールに見えているのは、国王の後ろに置かれた台座に悠然と寝そべる生き物だけ。

艶《つや》やかな黄色い毛並みに黒い縞模様《しまもよう》を持った大きな虎が、クッションにもたれるように横たわり、顔だけあげて広間をじっと見つめている。

「……あれが……」

無意識に足を動かしながらエルフィールは息を呑んだ。

あの虎こそが聖獣——フェルマ国を守護する聖なる天獣。この世界でもっとも強くて、もっとも尊《とうと》い存在だ。

――ああ、なんて美しくて神々《こうごう》しいの……！

この国に虎は生息していないが、三代にわたって国を守護してきた聖獣が天虎であるため、その下位動物である虎の姿は頻繁《ひんぱん》に絵に描かれ、あらゆるところでモチーフとして使われている。フェルマ国の民にとって虎は非常に身近なものなのだ。

エルフィールも例外ではなく、虎と聞けばすぐにその姿を思い浮かべることができる。だから、聖獣の姿を見ても驚くことはなく、尊敬と親しみを覚える程度に違いないと考えていた。

けれど、予想とは違っていた。ちまたで見かける虎の絵と造形こそ同じだが、存在感や力強さがまるで違うのだ。

――ああ、城に来てよかった……！

目に焼き付けようと思い、夢中で見つめ続けていると、隣の父親が小さな声で呟《つぶや》いた。

「エルフィール」

促《うなが》すような声音《こわね》に、エルフィールはハッとする。聖獣に見とれているうちに、いつの間にか玉座の前までたどり着いていたのだ。

――あ、そうだわ。淑女《しゅくじょ》の礼……！

エルフィールは足に力を入れて深く膝《ひざ》を折り、作法通りに頭を下げた。聖獣に夢中になっていたのが功を奏したのか、緊張感がほどよく飛び、練習通りにすることができた。

「よく来てくれたね、ジュナン伯爵、それにジュナン伯爵令嬢」

頭上から若々しくも威厳に満ちた声が降ってくる。

二年前、前国王の病死に伴《ともな》って即位した、リクハルド国王の声だ。聖獣に夢中になってしまったため、エルフィールは国王の顔をよく見ていなかったが、王太后によく似た美形だともっぱらの評判だ。まだ独身の彼に、未婚の貴族令嬢たちが熱い視線を送っていると聞く。

「社交界デビューおめでとう。この先の君の人生が実り多きものであるように」

国王の言葉はデビュタントにかける常套句《じょうとうく》であり、それに対する受け答えもほぼ決まっている。エルフィールは下を向いたまま口を開いた。

「もったいなきお言葉、ありがとうございます。国王陛下」

やりとりはこれだけだ。社交界デビューする令嬢の数が多いため、謁見《えっけん》する時間は最小限、それも決まった動作と言葉を交わすだけで終了となる。

父親と共に国王の前から下がりながら、エルフィールはホッと安堵《あんど》の息をついた。

「よくやった、エルフィール」

「お父様のエスコートがよかったからよ」

一仕事終えて互いに微笑む親子は知らなかった。今までピクリとも動かなかった聖獣が頭《こうべ》を巡らし、その金色の目でエルフィールの背中を追っていたことを。

＊　＊　＊

すべてのデビュタントの謁見《えっけん》とお披露目《ひろめ》が終わり、舞踏会が始まった。

白いドレスを着たデビュタントたちが、音楽に合わせて広間の中央で踊っている。今日、白を着ることが許されているのはデビュタントだけなので、すぐにそうと分かる。

エルフィールは父親と一度だけ踊り、ブラーム伯爵とも踊ったが、それ以降はダンスの申し込みを断っていた。

「踊ってくればいいのに」

父親は苦笑したが、エルフィールは首を横に振った。

「ダンスはそれほど得意じゃないからいいの。それよりお父様、私のことは気にせずお友だちと話をしてきて」

会場には何人かの友人や仕事仲間も来ていたが、父親がエルフィールに遠慮して挨拶《あいさつ》だけに止《とど》めているのを彼女は知っていた。

「いや、今日はエルフィールのエスコート役として来ているから……」

「遠慮しないで。久しぶりに顔を合わせた方《かた》もいるんでしょう？　私はずっとここにいるから」

なおも渋る父親を説得して送り出すと、エルフィールは周囲を見回して給仕の侍女に声をかけた。

「一杯くださる？　なるべくアルコールが強くない方がいいのだけれど」

お仕着せを着た若い侍女はにこやかに微笑むと、お盆に載ったいくつかのグラスのうち、白ワインの入ったグラスをエルフィールに差し出した。

「それでしたら、こちらをどうぞ」

「ありがとう」

グラスを受け取ると、エルフィールはそれを持ったまま壁側に下がった。

お酒はあまり好きではないが、グラスを手にしていればダンスを断る言い訳になる。

今日の舞踏会には独身の貴族も多く招かれていて、彼らはより良い家柄の娘を得ようとデビュタントたちの品定めに余念がない。これでもエルフィールは伯爵令嬢というまずまずの身分なので、声をかけられることも多かった。

——私なんかを誘うなんて物好きね。社交界では無名に等しいのに。

美しく着飾った自分が男性の目を引くことには無頓着《むとんちゃく》なエルフィールだった。グラスを片手に大広間を見回す。玉座に国王はいたが、その後ろの台座に聖獣の姿はない。デビュタントたちのお披露目《ひろめ》が終わったと同時に姿を消してしまったのだ。

——舞踏会に聖獣は来ないのかしら？　もっと近くで見てみたいのに。

「そういえばお聞きになった？　隣のロウゼルド国が最近やたらと魔術師を集めているという話よ」

「私も出入りの商人が主人にそんなことを言っていたのを耳にしたわ」

「まぁ。あの国はまたよからぬことを考えているのかしら？」

中年の貴婦人たちが集まってそんな会話をしている。興味を引かれたエルフィールはグラスを口につけて飲んでいるフリをしながら聞き耳を立てた。

ロウゼルドというのは東側の国境を挟んで隣り合っている国だ。ただし、歴史的にあまり仲はよろしくない。ロウゼルドはフェルマ国を侵略しようと何度も戦いを仕掛けてきたのだ。五十年ほど前に休戦協定が結ばれたものの、国交は皆無《かいむ》に等しく、未だに緊張状態が続いている。

「まぁ、我が国には聖獣がいるのだから、ロウゼルドがいくら魔術師を集めようが心配いらないわ」

貴婦人の言葉にエルフィールは心の中で同意した。

聖獣の力は強大で、魔術師が束になっても敵《かな》わない。聖獣が守護する国が他国に侵略された例は有史以来一度もないのだ。

戦争になっても聖獣が敵を蹴散《けち》らし、国を守ってくれる。

――もっとも、その聖獣がもたらす豊かさこそ、ロウゼルドがフェルマ国を憎む原因なんでしょうけど。

フェルマ国とロウゼルド国。この二国は国土の広さがほぼ同じで、採れる資源もそう変わらない。けれど、国力や豊かさには大いに差があった。

聖獣のいるフェルマ国は気候風土が安定し、資源の供給も安定する。産業も活発になり、物資や金が集まってくる。

一方、隣り合わせのロウゼルドは時折旱魃《かんばつ》や洪水に見舞われる。政治情勢は安定せず、国力もあがらず貧しいままだ。持たざる国が持てる国を妬《ねた》むのも無理はない。

ロウゼルドにも聖獣がいればいいのにと思うが、これぱかりはどうしようもないのだ。

天獣が人間に関わることはめったにないし、まして国を守護する契約を交わすことなどもっとまれだ。それだけに聖獣のいる国は希少で、周辺諸国の妬《ねた》みを買うことも珍しくなかった。

幸い、フェルマ国はロウゼルド以外の周辺諸国とは友好関係を築いている。聖獣のいる国と敵対関係になるより、友好関係を築いた方が周辺諸国にとって得策だからだ。

――それだけに、いつまでもフェルマを妬《ねた》み続けるロウゼルドは異質よね……

ワインのグラスをじっと見おろしながら、そんなことを考えていたエルフィールは、周囲が妙にざわついていることに気づいて顔をあげた。

周りの人々が視線を向けている方に目を転じたエルフィールは、そこに奇妙なものを見て、目を大きく見開いた。

まっすぐこちらに向かってくるのは、黒髪に浅黒い肌を持ち、異国の服装をした若い男だった。たくましい上半身には、黒地に刺繍《ししゅう》が施《ほどこ》されたベストのようなものを着ている。腰には白いサッシュが巻かれ、同じ色のゆったりとしたズボンは足首できゅっと結ばれている。

――舞踏会に招かれた他国からの賓客《ひんきゃく》かしら？

周囲の視線を余所《よそ》に、迷いなく歩いてくるその男を見ながら、エルフィールはそんなことを思った。なぜなら男の服装は他国のおとぎ話に出てくる服によく似ていたからだ。

そのおとぎ話は、東方にある砂漠の国に伝わっている。

――きっとあの国から来たに違いないわ。ここは聖獣の国だけあって、あんな遠くの国とも交流があるのね。さすがだわ。

のんびりそんなことを考えていられたのは、男がエルフィールの方を見ていることに気づくまでだった。

「え……？　こっちに来るの？」

思わずきょろきょろと辺りを見回し、男の目的が他の人物だという証《あかし》を求めたが、それらしき者はいなかった。それどころか周囲の人々は、さっと彼女から離れてしまう。

「あわわわ」

うろたえながら顔を正面に戻したエルフィールは、男がもう目の前に来ていたことを知って目を剥《む》いた。

――私？　やっぱり私なの？

「あ、あの……何か……？」

男は明るい金色の瞳でじっとエルフィールを見つめている。遠目には純粋な黒に見えた髪も、近くで見るとところどころ金が混じっていた。

一見、髪の毛を染めるのに失敗したようだが、なぜかそれが彼の容貌によく似合っている。

すっと通った鼻筋は高く、完璧に配置された目鼻立ちは彫像《ちょうぞう》のようだ。目元は涼やかで、長いまつ毛に縁《ふち》どられている。金色の瞳は色目の変わった光彩を帯びていて、とても神秘的だ。

——すごい美形だわ……。でもその美形が私になんの用かしら？

男に答える気配がなかったので、エルフィールはもう一度尋ねる。

「あの、私に、何かご用でしょうか……？」

じっとエルフィールを見つめたまま、男が口を開いた。けれどその口から出たのはエルフィールの質問への答えではなく、まるで予想もしない言葉だった。

「見つけた……俺のだ」

「は？」

口をポカンと開けるエルフィールに、男はつと手を伸ばす。その長い指が掴《つか》んだのは、あろうことかエルフィールの左胸のふくらみだった。

突然の不作法に周囲が息を呑む。一方、当のエルフィールは何が起こったのかよく分からず固まっていた。男の浅黒い手が、自分の胸を白いドレスごと鷲掴《わしづか》みしている光景は、彼女の理解をはるかに超えていたのだ。

固唾《かたず》を呑んで見守っている人々の前で、男はまた信じられない行動に出る。

さらにぐっと寄ってきたと思ったら、その顔をエルフィールの胸の谷間に突っ込んだのだ。

「……間違いない。俺の心臓だ」

男の呟《つぶや》きは周囲のざわめきに掻き消され、エルフィールの耳に届くことはなかった。……いや、エルフィールはそれどころではなかったのだ。

男が囁《ささや》いたことで胸の谷間に息がかかり、ぞわっと背筋に震えが走った。そのことでようやく正気づいたエルフィールは、悲鳴と共に男の頭を引きはがし、手にしていたグラスの中身を彼の顔にぶちまけた。

「何するの、この変態……！」

ざわざわと周囲のざわめきが大きくなった。

頭を振ってワインを払いながら、男がエルフィールを睨《にら》みつける。

「……それはこっちのセリフだ。なぜお前が俺の心臓を持っている……!?」

「は？　心臓？　なんのこと？」

エルフィールは頭のおかしなことを言う男を睨《にら》み返した。

――美形だろうが、賓客《ひんきゃく》だろうが、乙女の胸に顔を埋《うず》めるとは！　いったい、どうしてくれよう！

「お待ちください。お二人とも」

睨《にら》み合う両者の間に割って入ったのは、侍従《じじゅう》の服を着た背の高い男性だった。

「国王陛下のご命令です。お二人とも、別室へいらしてください」

有無を言わせない口調に、エルフィールは口を引き結ぶ。変態男は不服そうに顔を顰《しか》めているが、侍従《じじゅう》の言うことを無視する気はないようだ。

人々の注目の中、侍従《じじゅう》のあとについて大広間を出ながら、エルフィールは頭の中で毒づいた。

——まったく、とんだ社交界デビューだわ。

一方、たまたま近くにいてエルフィールと男の会話を聞いていた者がいた。

「心臓？　心臓とはまさか……まさか……あれは……」

その者はエルフィールたちが大広間から出ていくのを呆然と眺めていたが、ハッと我に返り、さりげなくその場を離れた。このことを一刻も早く本国に伝えるために。

# 第二章　フェルマ国の聖獣

侍従《じじゅう》が男とエルフィールを連れていったのは、大広間からほど近い控え室らしき部屋だった。

「ここでしばらくお待ちください」

男を警戒し、なるべく離れたところに立ちながらエルフィールは頷《うなず》く。男はエルフィールに近づきはしなかったが、彼女を金色の目で追っていた。

――もう、いったいなんなのかしら？

彼を睨《にら》み返していると、扉が開かれて数人の男が颯爽《さっそう》と入ってきた。エルフィールはそのうちの一人を見て、ぎょっと目を剥《む》く。

「待たせたね」

護衛の騎士を連れて、にこやかな笑みを浮かべながら入ってきたのは、なんとついさっきまで玉座に座っていた人物だった。王族特有の青い瞳と、柔らかそうな金色の巻き毛をした青年――フェルマ国の若き国王、リクハルドである。

数年前、病気で亡くなった前国王の跡を継いで王位についた彼は、二十三歳という若さながら、なかなかのやり手だと聞く。即位した直後、童顔のせいか与《くみ》しやすいと見た臣下や諸外国の使者が、彼に手ひどく遣《や》り込められたという話だ。

「こ、国王陛下」

慌ててドレスのスカートを摘《つ》まんで頭を下げながら、エルフィールは混乱していた。

——まさか国王陛下が自《みずか》らいらっしゃるだなんて！

理解が追いつかないが、自分がとんでもないことをやらかしてしまったのは分かった。思えば国の賓客《ひんきゃく》らしき男にワインをかけてしまったのだ。先に不作法な行為をしたのが男の方だとはいえ、エルフィールの行《おこな》いは下手をすれば外交問題になりかねない。

——マズい……！

床を見おろしながらさぁっと青ざめていると、柔らかな声がかかる。

「ジュナン伯爵令嬢、ここは非公式の場だからそんなにかしこまる必要はないよ。顔をあげて」

「は、はい」

恐る恐る顔をあげて国王を窺《うかが》うと、穏やかな光を浮かべた目と視線がかち合う。その明るい青の瞳にも端整な顔にも非難の色は見当たらず、エルフィールはホッと安堵《あんど》の息をついた。

――よかった。陛下はお怒りじゃない。

「君にもジュナン伯爵家にも悪いようにはしないから、安心するといい」

「は、はい。ありがとうございます」

リクハルドはエルフィールを安心させるためか、にこっと笑いかけたあと、今度は男の方に視線を向けた。

「ラファード。そんな姿をしていったい何をやっているのさ、君は？」

その声は咎《とが》めるような響きを帯びていたものの、先ほどよりはるかに気安い口調だった。

「すぐに気づいて大広間から隔離《かくり》したからいいものの、もう少しで大騒ぎになるところだったよ」

そう言われた男は悪びれもせずに肩を竦《すく》めた。

「大した騒ぎにはならないし、宴《うたげ》の余興だと思って皆すぐに忘れるだろうさ。そのためにこの姿を取ったのだから」

「騒ぎにならなかったのは、騒がれる前に対処したからだよ。……まったく、早く気づいてよかった」

ふぅっとリクハルドは深い息を吐く。

「そういえば、ずいぶん早い対応だったな」

「玉座から君の姿が見えていたからね！　まったく何をするのかと思えば、よりによってあんな場所で女性の胸を掴《つか》むとか、胸に顔を押しつけるとか、いったい何を考えているんだ？」

呆れたようなリクハルドの言葉に、エルフィールは恥ずかしく思いつつも納得した。

リクハルドは一部始終を見ていたからこそ、エルフィールに安心するように言ったのだろう。

「君が邪《よこしま》な感情を抱いて彼女に触れたわけじゃないのは分かってるさ。けれど……」

「当たり前だ。俺は人間の娘に欲情したことはない。俺がこの娘に触ったのは確かめるためだ」

そこで金色の瞳が再びエルフィールを射抜く。

「この娘の心臓が、俺の心臓かどうかを――」

「なんだって？」

心臓と聞いてリクハルドの目が大きく見開かれる。エルフィールは目を瞬《またた》かせた。

――心臓？　そういえばさっきもこの人、心臓がどうとか言っていなかったかしら？

「触れて分かった。間違いない。この娘の心臓は俺の心臓だ」

「まさか、そんなことが……」

リクハルドは絶句している。

「俺が間違うと思うか？」

「いや、君に限ってそれはないと思うけど……でも、まさか、そんなことが」

「あの……」

黙って二人の会話を聞いていたエルフィールは、たまらず声をかけていた。自分より身分の高い人、それも国王の会話を中断させるのは、不作法どころか不遜《ふそん》な行為だと分かっていた。だが、自分のことを話題にしているらしいのに置き去りにされていることに危機感を覚えたのだ。

――訳が分からないのはこちらの方だわ！

「お話し中に申し訳ありません。ですが、私にも分かるように説明していただけませんでしょうか？　まず最初に……」

エルフィールは視線を男に向ける。

「このお方《かた》は、どういった方《かた》なのでしょうか？」

「それは……」

リクハルドが判断を求めるように男を見る。男はむすっと口を引き結んだが、微《かす》かに頷《うなず》いた。それを見ていたエルフィールは、あることに気づいて内心怪訝《けげん》に思う。

男とリクハルドは気安く話しているものの、どちらかと言うと男の方が上の立場であるようだ。

もし男が他国の王族なら、リクハルドが気を使うのも分かる。だが、それでも対等な立場で、どちらが上とか下とか感じることはないはずだ。それなのに、なぜか二人を見ていると、一国の王であるリクハルドが男を敬《うやま》っているのが感じ取れる。

聖獣の守護する国の王がそれほど敬《うやま》う相手とは――？

嫌な予感がエルフィールの胸にじわじわと湧き上がった。

「そうだね。王族や重臣の中でも一部の者しか知らないことだけれど、君の心臓が彼女の中にあるというのであれば、彼女は知っておくべきだろうね」

リクハルドは男に重々しく頷《うなず》き返すと、エルフィールを見る。とたんに防衛本能が働き、彼女は思わず口にしていた。

「あ、やっぱり知らなくていいです」

だが、言うのが遅かったようだ。リクハルドはエルフィールを見据《みす》えながら告げる。

「今は人間の姿を取っているけれど、彼は……彼こそがこの国を守護する聖獣――天虎族のラファードだ」

その言葉がエルフィールの頭の中に浸透するのに、時間がかかった。たっぷり十秒以上かかったのち、エルフィールは口をぽかんと開ける。

「――――は？　聖獣？」

「そうだ。聖獣だ」

それからさらに十秒後、幻想を粉々《こなごな》にされたエルフィールの悲痛な叫びが響き渡った。

「そんな、嘘よっ！　聖獣がこんな変態だなんて……！」


天の遣いと呼ばれ、人間にとっては神にも等しい天獣族だが、彼らはほとんど人前に姿を現すことがなく、関わろうともしない。ところが、まれに人や国を気に入って特別な加護を与えることがある。豊かな実りと平和をもたらしてくれる彼らを人々は「聖獣」と呼び、敬《うやま》っていた。

ただし、聖獣の数は極端に少ない。天獣族が加護を与えることはめったになく、その加護も一代限りで終わることが多い。聖獣の寿命が尽きる前に怒りを買い、加護を失った国もあると聞く。

そんな中、フェルマ国は聖獣が三代にわたって加護を続けている稀有《けう》な国なのだ。そのため、聖獣の加護を持つ国々の中心であり指導的立場となっている。フェルマ国の聖獣は聖獣の中の聖獣と呼ばれ、もっとも尊《とうと》い存在である――とエルフィールは父親から何度も何度も聞かされて育った。

「それなのに、聖獣の中の聖獣が変態だなんて……！　聖獣というのは穏やかで慈悲《じひ》深くて立居振舞《たちいふるま》いも立派で品があるものと思っていたのに……」

ショックのあまり思ったことをすべて口にしていることに、エルフィールは気づいていない。

「そのイメージはおそらく先代の聖獣のことだと思うよ」

リクハルドと侍従《じじゅう》は思わず苦笑を浮かべる。変態呼ばわりされた男――たった今この国の聖獣だと判明したばかりの存在は、ムッとして顔を顰《しか》めていた。

「悪かったな。父上のように立派じゃなくて」

機嫌の悪そうな声が聞こえ、エルフィールは自分が本音を垂れ流しにしていることにようやく気づいて口に手を当てた。

「も、申し訳ありませ……」

「まぁ、まぁ。未熟なのは僕も同じだし、拗《す》ねる前に先代よりも立派だと言われるように頑張ろうよ」

取り成すように言うリクハルドに、エルフィールは感謝の視線を送った。

フェルマ国の聖獣は十年ほど前、それまで三百年にわたってこの国を加護してきた先代から、その子どもへと代替わりしている。今の聖獣は三代目で、長い寿命を持つ天獣としてはまだまだ若いが、とても強力な魔力を持っていると聞く。

今は人間の姿をしている聖獣を、エルフィールは改めて見つめた。

「聖獣は、人の姿にもなれるのですね……」

「獣の方が本来の姿だけどね。魔力を持っているから姿はいくらでも変えられるんだよ」

むすっとしたままの聖獣に代わって答えたのはリクハルドだった。

「そうなんですか」

人間離れした美貌も、異国風の変わった姿も、聖獣と言われれば納得できる。……胸を掴《つか》まれて谷間に顔を突っ込まれたのは解《げ》せないが。

「そんなことよりも心臓だ。おい娘、なぜお前が俺の心臓を持っている？」

聖獣が金色の目でエルフィールを睨《にら》みつける。エルフィールは思わず眉を寄せた。

「あの……先ほどからずっと心臓心臓と仰《おっしゃ》っていますが、なんのことです？」

口を開いたのは、やはりリクハルドだった。

「事情を知らない君には訳が分からないよね。僕から説明しよう。その代わり、このことは絶対に他言しないでくれ。国の重要機密なのだから」

そう前置きしてから、リクハルドはすぅっと息を吸って告げた。

「実はね、ラファード……今代の聖獣は心臓が欠けているんだよ」

聖獣——ラファードが自分の心臓がないことに気づいたのは、ほんの数年前だという。

「天獣は獣の姿を取っているけれど、それは魔力で地上の獣を模《も》しているだけで、実際に肉体の機能が必要なわけじゃないんだ。血も出るし内臓もあるけれど、それが欠損したとしても生きていくには支障がない。だからラファードも自分の心臓が欠けていることに気づかなかった」

「それまでまったく気づかなかったんですか？」

エルフィールが思わず尋ねると、ラファードがムッとして答える。

「……魔力の一部が欠けているような気はしていた。ただ、それは聖獣の役目を父上から引き継ぐ時に行《おこな》った継承の儀の影響だと思っていたし、生きていくために心臓が必要なわけではない。だからなかなか気づけなかった」

気づいたのは、国王の妹であるラヴィーナ王女がラファードに抱っこをしてほしいとねだったのがきっかけだったという。

「まだ幼いラヴィーナの要請に応じて、ラファードは人間の姿になって抱き上げた。その時ラヴィーナが、彼から心臓の音がしないことに気づいたんだよ」

『ラファ兄様、どうしてお胸の音が聞こえないの？　リーおじ様のお胸からは音が聞こえるのに』

子どもらしい無邪気な言葉が、今までラファード自身がまったく気づいていなかった衝撃の事実を明らかにした。ラヴィーナ王女の言う『リーおじ様』というのは先代の聖獣のことだ。先代の聖獣からは心臓の音が聞こえるのに、ラファードからは聞こえない。この事実に一番驚いたのはラファード本人だった。彼はそれまで心臓の音が聞こえるのが当たり前だと知らなかったのだ。

心臓がないということは血が巡っていないことになるが、天獣が傷ついて血を流すことは一生に一度あるかないかのことなので、気づく機会もなかった。

人間には心臓が不可欠だということは知識として知っていたものの、彼以外の天獣にはちゃんと心臓があることも、その心臓が生きて脈打っていることも、ラファードは知らなかったのだ。

「生まれつきなかったわけじゃない。そもそも天獣の肉体が欠損して生まれることは有り得ない。つまりラファードは誕生した時は心臓があったのに、今まで生きてきたうちのどこかの時点で失っているんだ。たぶん、聖獣になる前……継承の儀式で記憶が飛ぶ前に」

「継承の儀式？」

先ほども聞いた言葉にエルフィールは首を傾げる。

「ああ。国と聖獣が交わした加護の契約を継承させる儀式だ。これはもともと別の個体、つまりラファードのお祖父《じい》さんに当たる先々代の聖獣が国と交わした契約でね。それを継承させるのはかなり負担がかかることらしく、代償としてそれまでの記憶が飛ぶらしい。だからラファードは生まれてから聖獣になるまでの間の記憶がほとんどないんだ」

「それまでの記憶が……ない？」

エルフィールは目を見開く。記憶や思い出のすべてを失ってしまうのは大変なことだ。そんな思いまでして、彼らはこの国のために聖獣の役目を継承し続けてくれている。

「聖獣になってからの十年は彼もちゃんと覚えている。もちろん僕もね。その間に心臓が欠けるような出来事はなかったと断言できるよ。だから、もしそんな出来事があったとしたら、それは聖獣の役目を継承する前だと思う。ラファードは何も覚えてなくて、手がかりがなかった。でも……」

リクハルドの視線がエルフィールの左胸に注がれる。そこに性的な意味はなかったものの、嫌な予感を覚えてエルフィールはとっさに手で胸を隠した。

さっき聖獣はなんと言った？『あの娘の心臓は俺の心臓』？

――いやいや、まさかまさか！

エルフィールの心臓はエルフィールのものだ。運動すればどくどくと脈打つし、緊張したり興奮したりすればドキドキと高鳴る。今だって、耳の奥でバクバクとうるさいくらいに鳴っている。

これが他人の心臓であるわけがない。

「な、何かの間違いです！　これは私の心臓ですから！」

ラファードがスッと目を細める。

「俺が自分の心臓を間違えるわけないだろう？」

「心臓がないことに数年前まで気づかなかったんじゃないんですか！」

「ぐっ……」

どうやら痛いところを突かれたらしい。ラファードは顔を顰《しか》めると、ずんずんと歩いてきてエルフィールの前に立った。

「そんなことはどうでもいい。問題なのは、お前の胸にあるのが俺の心臓だということだ。娘、どうやって俺の心臓を手に入れた？　覚えていることを話せ」

「だから、これは私のしんぞ――」

「言え」

短く命令されると同時に、目の前の姿がいきなりぶれた。つい今しがたまでくっきりとしていた輪郭《りんかく》が揺らぎ、たちまち薄くなっていく。やがて、人の形の残像が消え、目の前にいたのは大きな虎だった。間違いない。謁見《えっけん》の間で見たあの虎だ。

本人の言う通り、そしてリクハルドの言う通り、彼は聖獣だったのだ。

虎は息を呑むエルフィールを、その金色の目でじっと見据《みす》えている。そして静かな、けれど逆らえない響きのある声で命じた。

「言え。どうやって俺の心臓を手に入れた？」

逃げたいのに、まるで床に縫いとめられたかのように足が動かなかった。

――そんなこと言われても、知らないものは知らないのに……！

抗議したかったが、喉《のど》からはヒューッという空気の音しか出てこなかった。

――なんて大きくて、恐ろしくて、そして綺麗な虎なんだろう。

ぬっと伸ばされ、エルフィールを真正面から見つめている顔は大きい。口を開けばエルフィールの顔などがぶりとひと呑みできそうだ。前脚は太く、鋭い爪が覗いている。

エルフィールの命など一撃で奪ってしまえるだろう。

この瞬間、エルフィールの命はまさしくラファードの手の中にあった。

……怖い。けれど、なぜかエルフィールは目の前の虎に魅入《みい》られていた。

やがてラファードやリクハルドたちにしてみたら、ほんの少しの——でもエルフィールにとっては永遠とも思えるような時間が過ぎ、彼女の身体にかかっていた見えない圧力がふっと消えた。

急に脚の力が抜け、エルフィールはがくりと床に座り込んだ。なぜか全身がぶるぶる震え、心臓が痛いほど脈打っている。

「ふん。どうやら知らないというのは本当らしい」

ラファードは人間の姿になると、床に座り込んで震えているエルフィールから顔を背《そむ》けた。

「心臓を失った原因や、この娘に渡った理由が分かると思ったんだが……」

「結局分からなかったのかい？」

リクハルドがのんびりした口調で尋ねる。ラファードはつまらなそうに頷《うなず》いた。

「この娘は何も知らないし、覚えてもいないらしい」

「父親のジュナン伯爵は何か知っているかな？」

「知っていればいいが、望みは薄いだろう。謁見《えっけん》の間で見た時も、彼からは何も感じなかった。娘の心臓が俺のものだと知っていたなら、あれほど平静でいられるわけがないからな」

やれやれとため息をつき、ラファードはソファまで歩くと、ドカッと腰を下ろした。

「心臓が見つかったはいいが、肝心なことは分からずじまいだ」

「心臓は取り戻せそうかい？」

その質問に、ラファードはちらりとエルフィールに視線を向けて、それから首を横に振った。

「いや。無理だ。さっき触って分かった。俺の心臓とその娘の心臓は同化している。もともとは俺の魔力なので取り出すことは不可能ではないが、それをやるとその娘が死ぬ」

「それは……困ったね」

リクハルドは深いため息をついた。エルフィールは二人の会話を聞いて、呆然とする。

「……死ぬ……」

――本当にこの心臓は聖獣のものなの？　そして取り出されると……私は死ぬの？

お腹の奥がすぅっと冷たくなり、顔から血の気が引いていく。

信じたくない。自分をからかっているだけだと思いたい。けれど、聖獣とこの国の王がエルフィール相手に冗談を言う必要はない。つまり、彼らは真実を言っているのだ。

——私の心臓が、聖獣の……

ぎゅっと手のひらを胸に押し当てると、いつもより速く鼓動を刻む音が聞こえた。

「どうするんだい、ラファード?」

俯《うつむ》くエルフィールをちらりと見ながらリクハルドが尋ねる。

「どうするもこうするも、一つしかない。こうしている間にも、俺の魔力はその娘を生かすために費《つい》やされている。微々《びび》たるものだが、今は少しでも魔力が惜しいんだ」

「彼女の寿命が尽きるまで待ってあげられないのかい? 人間にとっての一生は、長寿の君にとってそれほど長い時間じゃないはずだ」

「平素ならそれでもいいんだが、お前も知っている通り、隣のロウゼルドの動きが怪しい。魔術師を集めているという話だし、もしかしたら百年ぶりに戦争になるかもしれない。その時に魔力が万全でなければ困るんだ」

「どれほど大勢の魔術師を集めようと、天獣に勝てるわけはないと思うんだけど……」

「だが、油断はできない。俺は百戦錬磨《ひゃくせんれんま》の父上と違って、戦った経験があるわけじゃないからな」

二人の会話を聞きながら、エルフィールはのろのろと顔をあげた。

全部が理解できたわけではないが、ラファードがエルフィールから心臓を取り戻したい理由がおぼろげながら分かるような気がした。

この国のためにだ。……なぜなら彼は聖獣だから。ただの変態ではないからだ。

エルフィールはドレスの胸もとをきゅっと握る。

この国の貴族の一人として、命を捨ててでも心臓を返すべきなのだろう。それが義務であり道理だ。

——でも……でも……

父親や母親、そして弟の顔が脳裏《のうり》に浮かぶ。そのとたん、ぶわっと目に涙が浮かんだ。どんなに利己的だと言われようが、非国民だと責められようが、エルフィールはまだ死にたくなかった。

——だって、私はまだ親孝行していないし、小さな弟にも何もしてあげていない……！

辛い時に支えてくれた使用人たちにも、どんなに感謝しているか言っていない。助けてくれたリクリードさんやサンド商会にも何も報《むく》いていない。

——まだまだみんなの傍《そば》にいたい。まだ、死にたくない……！

ぽろぽろと目から涙が零《こぼ》れ落ちていく。

チッという舌打ちの音が聞こえたのは、その時だった。

「ああ、もう。泣くな」

驚いて顔をあげると、目の前にいつの間にかラファードが跪《ひざまず》いていた。ラファードはエルフィールの頬を指でぐいっと拭《ぬぐ》う。そのしぐさは少し乱暴だったにもかかわらず、なぜかエルフィールには優しく感じられた。

「別にお前の命を奪おうと思ってはいない。怖がらせて悪かった」

「で、でも、私の心臓が必要なのでしょう……？」

「それは最後の最後、どうしようもなくなった時の手段だ。守護するべき民の命をいたずらに奪うつもりはないし、そうならないように努力する。だから泣くな」

泣くなと優しく言われると、さらに涙が出てきてしまうのはどうしてなのか。

目じりに溜まった新たな涙を、浅黒くて温かな指が拭《ぬぐ》っていく。

「だから泣くなというのに。心配はいらない。お前の命を奪わないで済むような方法を考えよう」

「どうやって？」

そう尋ねたのはリクハルドだった。ラファードがエルフィールの涙を見てうろたえている図が面白いのか、愉快そうな表情をしている。ラファードはチッと舌打ちした。

——聖獣が舌打ちって……

エルフィールの抱いている幻想をとことんぶち壊してくれる人だ。……いや、人ではないけれど。

調子が戻ってきたのか、瞬《まばた》きして涙を振り払いながら、そんなことを考えているエルフィールだった。

「父上なら、この娘を死なせずに心臓を取り戻す方法を知っているかもしれないだろう」

ラファードは立ち上がりながらリクハルドに言った。

「そうだね。先代の聖獣ならご存じかもしれないね。あの人は博識だから。ただ、フェルマに戻ってくるのは来年とか言っていなかった？」

「ああ、だがそんなに待っていられない」

獣としての習性か、ラファードは指についていたエルフィールの涙をペロリと舐め取る。地面に座り込んだままのエルフィールは見ていなかったが、ラファードは何かに気づいたように目を見開き、一瞬だけ動きを止めた。

「ラファード？」

彼の様子に気づいたリクハルドが眉を顰《ひそ》める。

「あ、ああ。なんでもない。リクハルド。すぐに父上を探して戻ってくるように伝えてくれ」

気を取り直したように指示すると、ラファードはエルフィールを見おろした。

「娘、お前の名前は?」

エルフィールは目を丸くしながら答える。

「え? えっと、エルフィールと申します。エルフィール・ジュナンです」

「エルフィールか。ではエルフィール」

ラファードはエルフィールの腕を取って立たせながら、尊大に命じた。

「お前の身柄は今この瞬間から俺が引き受ける。俺の名を呼ぶことも、傍《そば》に仕えることも許そう」

「え?」

唖然《あぜん》とするエルフィールを見おろし、ラファードはにやりと笑った。

「見つけたからには、俺の許可なくこの城から出られると思うなよ、我が心臓よ」

バタバタと複数の足音が近づいてきているのを耳にしながら、エルフィールはポカンと口を開けたのだった。

＊＊＊

「とんだ一日だったわ……」

用意してもらった部屋のベッドに横たわりながらエルフィールはぼやく。

ラファードの宣言通り、エルフィールは城から出ることを許されず、ひとまず居残ることになった。あのあと、駆けつけてきた父親は仰天したものの、国王と聖獣に言われれば断れるはずもなく、娘をひどく心配しながらも屋敷に戻っていった。

もちろんジュナン伯爵もエルフィールの心臓が聖獣のものとはまったく知らなかったので、なぜこのような事態になったのかは分からずじまいだ。

「私、どうなるのかな……いつになったら帰れるのかしら？」

当然、心臓のことが解決したらだ。発した疑問に自分で答えを出すと、エルフィールはどっと疲労感を覚えた。

今日は舞踏会の準備で朝から忙しかった。体力的には大したことがなくても、慣れない場所でとんでもない事実が発覚し、さすがのエルフィールも疲れ果ててしまった。

――もう休もう。眠れるかどうか分からないけれど。

そんなことを思いながら目を閉じたエルフィールだったが、自分で思っていた以上に疲れていたらしく、五分後には静かな寝息を立てていた。

それからしばらくして、一人の男性が音もなく姿を現す。人の姿となったラファードだ。

ラファードはエルフィールを見おろし、寝入っているのを確認すると、彼女の身体をベッドから抱き上げた。すっかり深い眠りに落ちているのか、エルフィールが目を覚ます気配はない。ラファードはそれをいいことに、彼女を一瞬にして自分の部屋の寝所に運んだ。

寝所のベッドにエルフィールを横たえる。規則正しい呼吸を繰り返す彼女の胸もとをじっと見つめていたラファードは、おもむろに手を伸ばして夜着のボタンを外していった。

レースのついた薄いシュミーズ一枚にされても、エルフィールは目覚めることなくすやすやと眠り続ける。あどけない寝顔にラファードは一瞬だけ気が削《そ》がれたが、すぐに頭を振って罪悪感を隅に追いやり、エルフィールに覆《おお》いかぶさった。

「エルフィール、目を開けろ」

そう囁《ささや》きながらうっすらと開いたピンクの唇に口を寄せる。柔らかな皮膚を押し開き、その隙間《すきま》から舌を潜《もぐ》り込ませると、すぐさまラファードの中に甘美な魔力が流れ込んでくる。

ああ、やはり——そう思いながらエルフィールの舌を絡ませ、咥内《こうない》を満たす唾液を啜《すす》った。

「……ん……ぁ、っ……ん……」

エルフィールは口に違和感を覚えて目を覚ます。うっすらと目を開け、飛び込んできた光景に仰天した。

「んっ？　んんんっ⁉」

口を塞《ふさ》がれている上に、男が自分に覆《おお》いかぶさっているのだ。エルフィールが驚くのも無理はない。

――いったい、何⁉

男を押しやろうと両手で胸を押したが、まるで歯が立たなかった。その時になって、ようやくエルフィールは口の中で蠢《うごめ》く舌の存在に気づく。

――こ、これ、キ、キスされているの⁉

しかもキスといっても親愛のキスではなく、夫婦や恋人同士がするような濃厚なキスだ。

――やめて！

混乱しながらバンバンと男の胸を叩く。ようやく男がエルフィールの口から舌を引き抜いた。その顔を見て、エルフィールは自分に覆《おお》いかぶさっていた男の正体を知る。

それは人の姿をした聖獣だった。

「な、な、なんでっ……」

ラファードはにやりと笑う。

「ようやく起きたか。ここまで起きないとは警戒心がなさすぎやしないか？」

あんぐりと口を開けたエルフィールは、ラファードの頭越しに見える風景が眠る前のものとは違うことに気づいて絶句した。

――ここ、どこ？

周囲は天井から吊るされた白いカーテンで覆《おお》われていた。広さはエルフィールの寝室より狭いようだが正確なところは分からない。なぜなら部屋の角が見当たらず、円形の空間だったからだ。変わった形の天蓋《てんがい》付きのベッドかと一瞬思ったが、それとは少し違うようだ。さっきから起き上がろうと身をよじってもベッド特有の軋《きし》む音がしなかった。

「ど、どこなの、ここ……」

「俺の寝所だ」

「あ、あなたの……聖獣の、寝所？　ここが寝所？」

「砂漠の国の様式だがな」

エルフィールは知らなかったが、かつて砂漠の国の民は砂漠を移動する生活をしており、大きなテントの中をカーテンで仕切ることで用途別に分けて使っていたのだ。その名残《なごり》で、砂漠の国の王族や要人の部屋は居間と寝所をカーテンで仕切る方式になっている。

寝所はマットレスが敷き詰められているので一段高くなっているが、居間の床と高低差はほとんどなく、虎であるラファードが生活しやすいように整えられていた。

「異国風……」

つい物珍しそうに周囲を眺めていたエルフィールだったが、ハッと我に返る。今はそんな場合ではない。

エルフィールは自分の姿を見おろし、顔を顰《しか》めた。

身に着けていたはずの夜着はなく、シュミーズとドロワーズだけというありさまだ。いくらのんき者のエルフィールでも、今自分がどんな状況に置かれているか分からないほどばかではない。寝所のベッドに押し倒され、逃がさないとばかりに組み敷かれているのだから。

けれど、何かの間違いということもある。……というか、間違いだと思いたい。そんな期待を込めて、エルフィールは目の前のラファードに尋ねた。

「あの、聖獣様……私はなぜここにいるのでしょう？」

「ラファードでいい」

質問には答えずに、彼はまったく別のことを言いだす。それでもめげずにエルフィールは続けた。

「えっと、ラファード様、それで私は、いったい……」

「ラファードだ」

国を守る聖獣を呼び捨てにしていいのだろうか。だが、断固として引かなさそうな相手の様子にエルフィールはあっさり白旗をあげた。今は名前の呼び方よりもっと大事なことがあるのだ。

「じゃあ、ラファード。聞きたいのですが、私はいったいなぜこんなところに？」

「まぐわうために連れてきた」

「まぐわ……」

直球で言われて、エルフィールは今晩二度目の絶句をする。

――つまり、私を抱くために連れてきたってこと？　聖獣が？　国を守る聖獣が？　信じられなくてエルフィールがまじまじと見つめると、ラファードは顔を顰《しか》めた。

「俺だって別にやりたくてこんなことをするわけじゃない。でも、今は少しでも魔力が必要なんだ」

「魔力？　どういうことですか？」

「聖獣は各地の精霊たちに力を分け与えることで国土を安定させている。いわば、常にあちこちに魔力を放出している状態だ。その上、心臓を通じてお前を生かすためにも俺の魔力は削られている。お前に費《つい》やしているのは大した魔力ではないんだが、今はそれすら惜しいんだ。少しでも魔力を取り戻すためには、お前から漏れている俺自身の魔力を回収するしかない。さっき泣いた時にお前の涙を舐めてみて、お前の体液には俺の魔力が含まれていることに気づいた。それを取り込めば俺は微量だが魔力を取り戻せる」

「た、体液って……」

「血や涙や、唾液もその一つだ。それらの体液を啜《すす》るのもいいが、それだと効率が悪い。魔力を得る一番の手段は魔力の交換で、その方法は交わることだと父上……先代の聖獣が言っていた」

ラファードは、ふぅっと深くため息をついた。

「俺だって守るべき民にこんな無体なことをしたくはない。けれど、ロウゼルドがまたしてもフェルマ国を狙っている。魔術師たちを集めているようだし、ロウゼルドに送り込んだ間者《かんじゃ》の話だと、フェルマの貴族を唆《そそのか》して謀反《むほん》を起こさせようとしているようだ。それを阻止するために、今は少しでも多くの魔力が必要なんだ。だから、エルフィール」

すっと手を伸ばしたラファードは、エルフィールの左胸をシュミーズ越しにそっと握る。

「ひっ……」

「お前を抱かせろ。……承知しなければ、お前から俺の心臓を抉《えぐ》り出す」

「そ、それは……」

心臓がなくなればエルフィールは死ぬしかない。聖獣と違ってエルフィールは人間だ。心臓を失ったら生きていられないのだから。

――死にたくなければ、ラファードに抱かれるしかないの？

純潔を失うか、死んでラファードに心臓を返すか。その二つの選択肢しかないのなら、エルフィールが選べるのは一つだけだった。

――仕方ないわ、国のためだもの。

貴族は土地や爵位をもらう代わりに王族に忠誠を誓い、いざとなればその命を差し出してでも、国と国民を守る義務がある。エルフィールはそう父親に教えられてきた。

純潔と、国を守る義務。どちらが重要なのか火を見るより明らかだ。

抵抗をやめ、ラファードの胸を押し戻そうとしていた手をベッドに戻す。それでエルフィールの意思が分かったのだろう。ラファードは胸を掴《つか》んでいた手を離し、そっと彼女の頬に触れた。

「すまない。エルフィール」

「……いえ、国を守るためですもの。それに、死んで両親や弟を悲しませることはできません。……ただ、婚約者には悪いことをしたなと思うだけです」

まだ見たこともない婚約者。約束された結婚。きっと相手はエルフィールが純潔だと思っていることだろう。結婚に純潔という条件は含まれていないが、それでもエルフィールは夫となるべき相手に捧《ささ》げるのが筋だし、当たり前のことだと思っていた。

――ごめんなさい、リクリードさん……

「婚約者？　聞いてないぞ」

ラファードが盛大に顔を顰《しか》める。

「そりゃあ、言ってないですから」

「いや、そういうことじゃなくて！　とにかく、婚約者とは誰だ？　言え」

命令されて、エルフィールはしぶしぶ相手のことと婚約に至った理由を話す。隠しても仕方がないし、聖獣相手に嘘をつくのも憚《はばか》られるからだ。

エルフィールの話を聞いたラファードは呆れ顔になった。

「お前もお前の父親も、変に真面目で義理堅いのだな」

「みんなだいたい同じことを言います」

それでもエルフィールは自分や父親の決めたことが間違っているとは思っていなかった。

「だって、受けたご恩は返さなければ、父の信用にも関わりますから」

ジュナン伯爵が娘との結婚を条件にサンド商会から融資を受けたことは広く知られている。それなのに約束を守らなかったら、父親の信用は失墜《しっつい》するだろう。

「エルフィール、俺は父親の名誉を守ろうとするお前も、受けた恩は返そうとするお前の父親も立派だと思う。だが、俺が聞きたいのはお前の本音だ。お前はそれでいいのか？それがお前の望むことなのか？」

もちろんです――そう答えようと思ったのに、なぜか喉《のど》がつかえて言葉が出てこなかった。

「それは……」

エルフィールを探るように見ていた金色の目が、すぅっと細まる。何を見出したのかは分からないが、ラファードはエルフィールを真剣な眼差しで見おろした。

「エルフィール。恩を返したいというのなら、結婚以外にもいくらだって方法はあるはずだ。お前がこれから捧《ささ》げてくれるものに値するかは分からないが、婚約のことは俺かリクハルドに任せてくれ。ジュナン伯爵にとっても決して悪いようにはしない」

確かに聖獣と国王が介入するなら、父親の信用を損なわない形で婚約を解消できるだろう。けれどエルフィールには二人を頼ること自体とても不誠実なように思えた。

「ありがとうございます。でも、私の口から説明するのが筋だと思うので……」

正直に純潔を失ったことを伝えて、相手が難色を示せば婚約は解消されるだろう。そう思いはしたが、エルフィールはあまり残念だという気にはならなかった。ただただすまないと思うだけだ。

ラファードが苦笑いを浮かべた。

「……お前は真面目で頑固だな。だが、そういう人間は嫌いじゃない」

「ラファード？」

「人間は脆《もろ》くて、弱くて……でも時にはとても強い。まさしくお前そのものだな」

それから、ラファードはエルフィールのシュミーズの肩紐に触れた。

「……いいか？」

その言葉が意味することは明らかで、エルフィールはごくりと息を呑んだあと、小さく頷《うなず》いた。

シュミーズとドロワーズが脱がされ、全裸《ぜんら》になったエルフィールの身体にラファードの手が触れる。もっと乱暴にされると思っていたのに、その手は意外に優しかった。

「……あっ……」

左胸のふくらみを掬《すく》い上げるように揉まれ、柔らかな肉が形を変える。その下に彼の心臓があるせいか、ラファードは執拗《しつよう》に左の乳房を弄《まさぐ》るのだ。エルフィールの心臓も、まるで彼の愛撫《あいぶ》に呼応するかのように、ドクドクと速く脈打っていた。

「尖《とが》ってきてるな」

最初は柔らかかった胸の先端が徐々に硬くなり、存在を主張するように立ち上がってくるのを、ラファードは興味深げに見つめる。

「んっ、っ、あ……」

張りつめた蕾《つぼみ》を指の腹で撫でられて、エルフィールの口からくぐもった声が漏れる。弄《いじ》られているのは胸なのに、なぜかお腹の奥がキュンと疼《うず》いてたまらなかった。

「んんっ……」

指で摘《つ》まれてコリコリと転がされ、エルフィールはシーツの上で身をくねらせる。下腹部がどんどん熱くなり、じっとしていられないのだ。

――なに、これ、変になる……！

貴族令嬢として一般的な性の知識は教えられていたが、行為によって女性がどんなふうになるかを知らなかったエルフィールは、触れられることよりも自分の反応に怯《おび》えた。

「お前は敏感なのだな」

くすりと笑って、ラファードはエルフィールの耳朶《みみたぶ》を舌でくすぐった。耳の穴に熱い息を吹きかけられ、ぞわぞわとエルフィールの背筋を何かが這《は》い上がる。足の先が丸まり、むなしくシーツを掻いた。

耳を嬲《なぶ》った舌は徐々に下へ移動し、今度は首筋を這《は》い回る。そのたびにラファードの髪が肌を撫で、エルフィールはくすぐったさに身をよじった。

やがてラファードの舌はさらに下がり、右胸に達するとその先端を捕らえた。張りつめた先端が濡れた口の中に含まれ、舌が絡まる。

「あっ、あっ、い、や」

左のふくらみは相変わらずラファードの手によって弄《まさぐ》られ続け、今や先端は熱を帯びて痛いくらいにじくじく疼《うず》いていた。

下腹部の熱が全身へと回り始め、エルフィールの肌を赤く染め上げていく。

「ん、は、ぁ……あ、く、っ」

舌でさんざん刺激された胸の蕾《つぼみ》に今度は歯を立てられて、エルフィールは身体の芯を貫《つらぬ》く強い快感に思わず背中を浮かせる。けれどその動作によって胸をラファードに押しつけることになってしまう。彼は捧《ささ》げられたものを遠慮なく貪《むさぼ》った。

両胸に与えられる愛撫《あいぶ》に、エルフィールは身悶《みもだ》える。お腹の奥が熱くて仕方がなかった。

「エルフィール……」

ラファードは左胸を放すと、その手を下に滑《すべ》らせる。両脚の付け根にラファードの指を感じて、エルフィールは驚きのあまり声をあげた。

「あっ、いやぁ！」

とっさに脚を閉じて彼の侵入を拒《こば》もうとする。けれど、いつの間にかそこに割り込んでいたラファードの脚のせいで、完全に閉じることはできなかった。

「ラ、ラファード、そこ、汚いから！」

「汚くなどないさ。女性のここはとても神聖な場所だ。慣れないだろうが、大人しくしてくれ」

「やぁ……」

探るような手つきでラファードはエルフィールの秘裂に指を這《は》わせた。そこは濡れていたが十分ではなく、蜜口も硬く閉じている。試しに蜜をまぶした指をほんの少しだけ差し込んでみたが、とても狭かった。

それは当たり前だ。エルフィールは処女で、今まで他人にそこを触られたこともない
「んんっ、あ、やぁ……」

のだから。

エルフィールは脚の付け根に埋められた指の感触に唇を噛みしめる。痛みもあったし、何より違和感と圧迫感がすさまじい。胸への愛撫《あいぶ》によって柔らかく解《ほど》け始めていた身体は、今は緊張で硬くなっていた。

ラファードはため息をついて指を引き抜いた。

「痛みはどうあっても免《まぬが》れそうにないな。だから、父上の言っていた魔力の交換を試してみたい。魔力の交換は互いの欲情を刺激し、いわゆる媚薬《びやく》のような効果をもたらすらしい。その方がお前にとっても辛くないはずだ」

「は、はい」

エルフィールは必死に頷《うなず》いた。押し込まれた指は破瓜《はか》の痛みを予感させ、彼女を怯《おび》えさせていた。家庭教師の話だと女性が純潔を失う時は相当痛いらしい。

これが夫相手なら破瓜《はか》の痛みも我慢できるかもしれないが、ラファードとの行為は単なる魔力の補給であり、ひいては国のための行為だ。痛みがないならその方がいい。

「お願いします」

「魔力の交換による効果は一時的なものだ。身体に障《さわ》りがあるわけではないから、安心しろ。今からお前の身体に俺の魔力を通す。その魔力はお前の身体を巡り、やがて何倍にもなって俺に戻ってくる。それが魔力の交換だ。……エルフィール、口を開けろ」

素直に従い、エルフィールが唇を開けると、そこにラファードの口が覆《おお》いかぶさってくる。すかさず潜《もぐ》り込んできた舌が、エルフィールの舌と絡まった。

──キス、されている……。

恋人同士ではないのに、いいのだろうか──そんなふうに思っていた矢先、彼の舌を通じて何かがエルフィールの中に入り込んできた。

入り込んできたものが何かといえば、ラファードの言うように「魔力」なのだろう。けれど、エルフィールには熱の塊《かたまり》のように思えた。熱が口からエルフィールの身体の奥に入り込み、ぐるぐると駆け巡る。そして駆け巡ったところから強烈な疼《うず》きが湧き上がった。

やがてその熱は、エルフィールの口からラファードへと流れ込む。

「……参ったな……」

ラファードが顔をあげ、熱い吐息を漏らしながら呟《つぶや》く。

「話には聞いていたが、まさかこれほどとは……」

「あっ……ん……あ……」

エルフィールの口から喘《あえ》ぎ声があがる。依然として体内を駆け巡っている熱はエルフィールの欲情を引き出し、さらに内側から煽《あお》った。奥から熱いものがドロリと溶け出していく。

――いや、おかしくなっちゃう……！

頭の芯が痺《しび》れたように思考が失われていった。

ラファードは何度か息をして平静を保つと、改めてエルフィールの脚の付け根に手を伸ばす。そこは先ほどよりも蜜で濡れていた。硬く閉じていた蜜口はほころび、奥からどんどん蜜を溢《あふ》れさせている。

媚薬《びやく》のような効果とラファードが言った通り、エルフィールの身体は男を体内に迎えるための準備を整えていた。

つぷっと音を立てて指を押し込めば、柔らかく解《ほど》けた蜜壺が彼を迎え入れる。

「あっ、ん、あんっ……」

エルフィールはビクンと身体を震わせる。感じたのは違和感ではなく、強い快感だった。指がゆっくりと出入りするたび、エルフィールは背筋を這《は》い上がっていく愉悦《ゆえつ》に身体をくねらせた。

「んんっ、あ、はぁ、っく……」

じゅぷじゅぷと自分の秘部からの水音が耳を犯す。けれど、今のエルフィールにとってそれは羞恥《しゅうち》を覚えさせるものではなかった。

「指を増やすぞ」

一本だけだった指が、二本になる。エルフィールの蜜壺は違和感なくそれを受け入れた。

「あっ、やぁ……ん、ん、ふぁ……！」

中でバラバラに動かされて、身体の芯を駆け巡る快感にエルフィールは腰を跳ね上がらせた。

「や、だ、め、おかしく、なり、そう……！」

下腹にたまる熱と疼《うず》きがどんどんふくらみ、押し上げられるような感覚を覚えて、エルフィールは身悶《みもだ》えする。その間もラファードの指が止まることはない。抽挿《ちゅうそう》を繰り返し、時に内壁を探るように弄《まさぐ》る。そのたびにエルフィールは身体をビクンビクンと震わせた。

いつの間にかエルフィールの中に埋められた指が三本になっていた。

「あっ、はぁ、ん、んン、ふ、ぅ、あ……やん」

寝所にエルフィールの喘《あえ》ぎ声と、粘着質《ねんちゃくしつ》な水音が響き渡る。ラファードの愛撫《あいぶ》に全身を紅《あか》く染めて応《こた》えるエルフィールは、少女の面影を残しながらもひどく淫《みだ》らだった。

胸のふくらみの先端は硬く尖《とが》り、彼女が身体を揺らすたびにイヤらしくふるふると揺れる。脚の付け根はしとどに濡れそぼち、シーツに濃い染みを作っていた。ラファードの指が蠢《うごめ》くたびに揺れる腰は無意識のうちに彼の動きに合わせて波立っている。

ラファードはそんなエルフィールを見おろし、愉悦《ゆえつ》に浸《ひた》る。彼女を「女」にするのは商人の息子ではなく自分なのだと思うと、彼の欲はさらにふくらんだ。

「そろそろだな。エルフィール。一度イっておけ」

そう言うなりラファードは指をエルフィールの中に埋めたまま親指で茂みに隠れていた花芯を探り当てると、充血して立ち上がっていた彼女の一番敏感な部分を擦《こす》り上げた。

「や、あああ！」

脳天から足先までを貫《つらぬ》く快感に、エルフィールは声をあげてのけぞった。ぞくぞくと身体の奥から何かが駆け上がり、すべてを押し上げ流していく。

「あああああ！」

目の前がパチパチとはじけ、エルフィールは甘い悲鳴をほとばしらせながら絶頂に達した。

「っ……ぁ……っ……」

ガクガクと身体を痙攣《けいれん》させ、生まれて初めての絶頂に呆然とする。そんな彼女を余所《よそ》に、ラファードは指を引き抜くと、服を脱ぎ始めた。

好きでもなんでもない男に身体を奪われるエルフィールのために、できるだけ優しく辛抱強く扱ってきたラファードだったが、そろそろ我慢の限界に来ていた。魔力の交換で欲望を煽《あお》られているのは彼も同じだ。

全裸《ぜんら》になると、ラファードは呆然としているエルフィールの脚を大きく開かせた。

エルフィールは我に返って、重たい頭をあげる。ラファードの腰にぶら下がる、反り返ってふくらんだ怒張《どちょう》をまともに見てしまい、思わず息を呑んだ。

――お、大きい……！

ラファードの肌と同じ浅黒い肉茎は凶悪なまでに大きく、エルフィールはおののいた。

「む、無理……そんなの無理……」

震えながらプルプルと首を横に振る。男性の大きさの基準は知らないが、これが決して小さい部類に入らないことくらいは本能的に分かる。

「大丈夫だ。女性のここは受け入れられるようにできている」

宥《なだ》めるように言うラファードを見あげる。その金色の目に浮かぶ、くすぶるような欲望に、エルフィールはハッとした。

ラファードがエルフィールに欲望を感じて寝所に連れ込んだのではないことは分かっている。現に最初はエルフィールを感じさせることに終始するだけで、彼女を見つめる目も冷静だった。

けれど、今の彼は違う。魔力の交換をしたせいか、エルフィールに欲情し、それを解放することしか考えていないようだ。

「ま、待って、待って、ラファード」

エルフィールは怯《おび》えて、ラファードを止めようとした。けれど、ラファードは彼女の膝《ひざ》を抱え、ぐっと自分の方へ引き寄せる。慌てて身をよじりシーツを掻きむしって逃れようとしたが、力の抜けたエルフィールに抗《こう》しきれるわけがなかった。

愛蜜でぬめった身体の中心に、硬い何かが押し当てられる。未知のことを怖いと思う反面、身体の芯にしつこく残っている熱が、男を求めて強く疼《うず》いた。

怖いのに欲しくてたまらない。そんな相反する思いにエルフィールが戸惑っている間に、ラファードはぐっと腰を押しつけた。

「あっ……！」

ずぶっと音を立てて太い先端が蜜口に埋まる。自分のそこがラファードの楔《くさび》に合わせて広がるのを感じてエルフィールは唇を噛みしめた。

さんざん解《ほぐ》されたこともあって、痛みは感じなかった。ただ、圧迫感はどうしようもない。

「ふっ、くっ、ぅ……」

隘路《あいろ》を押し広げるように猛った男の肉茎が入ってくる。エルフィールはなす術《すべ》もなく身体の中心にラファードを受け入れていった。

ある地点で自分の何かがラファードの侵入を押し止め、それが儚《はかな》く破られていくのを感じた。ピリッと刺すような痛みと共にそれが純潔の証《あかし》だと悟った瞬間、エルフィールの胸が締め付けられるように痛んだ。破瓜《はか》の痛みより、むしろそちらの方が辛く感じられた。

——ああ、私、とうとう……

後生大事《ごしょうだいじ》にしていたわけではないが、夫となる相手に捧《ささ》げるはずだったものを、好きでもなんでもない相手に渡してしまったのだ。悲しくないわけがない。

「あと、少しだ。エルフィール……」

ラファードは顔を寄せ、エルフィールの唇を奪い、咥内《こうない》に舌を入れながら改めて魔力を注ぎ込む。

「んっ、ふぁ……！」

熱が入り込むのを感じ、エルフィールは抗議するようにラファードの胸を押した。けれど、もう遅かった。再び身体を駆け巡る熱に絡め取られ、エルフィールは抵抗するのを忘れる。その間にラファードは腰を進め、すべてをエルフィールの中に収めてしまった。

「ああっ、あ、あ、んっ、んン」

ゆっくりと抽挿《ちゅうそう》を開始するラファードの動きに、エルフィールは破瓜《はか》の痛みも胸の痛みも忘れた。代わりに訪れたのは強烈な快感だった。

肉襞《にくひだ》を掻き分けるように押し込まれた怒張《どちょう》が、ギリギリまで引き抜かれて、また押し込まれる。笠の部分と肉壁の摩擦《まさつ》は、エルフィールに得《え》も言われぬ悦楽をもたらした。

痺《しび》れるような快感が指の先まで達し、エルフィールの理性を奪っていく。

「あっ、や、あん、気持ち、いい——！」

ラファードの胸を押していた手は彼の肩を掴《つか》み、しっかりと自分に引き寄せている。

「ラファード、ラファードぉ……」

「エルフィール……」

ずんと奥を穿《うが》たれる。感じる場所に当たったらしく、エルフィールの身体をびりびりするものが走り抜けた。

「ああっ」

エルフィールの唇から甘い悲鳴があがった。肉襞《にくひだ》が蠢《うごめ》き、ラファードの楔《くさび》に絡みつく。

「あっ、くっ、エルフィール……！」

搾《しぼ》り取るようなエルフィールの媚肉《びにく》の動きに、ラファードの腰が速くなる。

ずぶずぶと切っ先が中を穿《うが》ち、引いていく。愛蜜が泡立ち、白く濁《にご》った。笠の部分によって体内から掻き出された蜜がラファードとエルフィールの下肢を汚し、シーツに零《こぼ》れ落ちていく。

「あ、あんっ。や、あ、はぁ、ん！」

ひっきりなしにあがる嬌声《きょうせい》に煽《あお》られるように、ラファードはエルフィールの膝《ひざ》を抱え上げると肩にかけさせ、より深くつながった。

「んっ、ふっ……」

身体を折り曲げられて息苦しい中、エルフィールは頭の両脇に置かれた彼の腕を掴《つか》みながら、その激しい動きを必死に受け止める。もう何も考えられなかった。こうして交わっている意味さえも今のエルフィールにはどうでもよかった。

「ラファード、ああっ、ラファード……！」

——気持ち良すぎて、頭がおかしくなる……！

「エルフィール……」

ラファードの動きがさらに激しくなり、体内で肉茎が大きくふくらんでいった。隘路《あいろ》をみっちりと埋めつくす楔《くさび》が生み出す快感にエルフィールの中がざわめく。

再び熱がエルフィールを押し流そうとしていた。

「あっ……もう、だめ、あああ……！」

嬌声《きょうせい》を響かせ、再びエルフィールは絶頂に達した。頭の中が真っ白に染まる。

「くっ……」

エルフィールの肉襞《にくひだ》が搾《しぼ》り取るように動き、ラファードは歯を食いしばった。

「出すぞ……受け止めろ」

ぐっと腰を押しつけ、ラファードはふくらんだ切っ先でエルフィールの奥を抉《えぐ》った。

と同時に怒張《どちょう》がはじけ、先端から熱い飛沫《しぶき》を解き放つ。

体内に広がる熱に、エルフィールは再び頂上に押し上げられた。ラファードの白濁《はくだく》は魔力に溢《あふ》れていたからだ。

それを子宮に直接ぶちまけられて、正気でいられるはずはなかった。

「やぁあああああ！」

頤《おとがい》を反らし、エルフィールは悲鳴をあげる。

エルフィールの中を巡った魔力は、中に埋《うず》められた肉茎を通してラファードに戻される。

「くっ……」

ラファードは身を焼くような快感に震え、歯を食いしばりながら残りの白濁《はくだく》を放出した。

「あああっ、ああ、あああ！」

子種と魔力に子宮を焼かれ、エルフィールの口からはいつまでも嬌声《きょうせい》が響いていた。けれど、やがてそれも収まり、ラファードが楔《くさび》を引き抜く頃には彼女は気を失っていた。両脚の付け根からは純潔の証《あかし》と白濁《はくだく》が混じったものが零《こぼ》れ落ちている。

ぐったりと横たわるエルフィールの頬に優しく触れながら、ラファードは苦笑する。

「これは……くせになりそうだ……」

幸い、その声をエルフィールが耳にすることはなかった。

エルフィールが次に目を覚ました時、身体には上掛けがかけられていた。隣にはラファードが横たわっている。彼はエルフィールが起きたのを知ると、上掛けごとそっと抱き寄せた。

「起きたか？　無茶しすぎたようだ、すまない。だが、おかげでかなりの魔力が戻って、謀反《むほん》を起こそうとしている者もだいたい把握できた」

「え、もう？」

「おおよそ見当はついていたからな」

ラファードはエルフィールから得た魔力を使って精霊たちに探らせ、辺境の地にいる謀反人《むほんにん》たちの情報を城に居ながらにして得たのだ。

「今までは遠すぎることもあって、そこまで地霊の制御ができなかったが、お前から魔力を得たおかげでそれが可能になった。礼を言う。エルフィール」

「……よかった。少しは役に立ったのね」

ほぅっとエルフィールは息をつく。

「少しどころか、お前のおかげで国が救われる。民の平和も守られるんだ」

言いながらラファードはエルフィールの身体にそっと手を這《は》わせた。エルフィールは今はぼうっとしていて何も感じていないようだが、そのうち自己嫌悪に陥《おちい》るだろうということが彼には分かっていた。

夫でもない相手に身体を開き、その上魔力交換の影響とはいえ、あれほど乱れてしまったのだ。この真面目な少女が苦にしないわけがない。だからラファードは先手を打って、この行為が役に立ったことをエルフィールの頭の中に刷り込んだのだ。

「あっ、ん……」

胸のふくらみをラファードに弄《まさぐ》られて、エルフィールは喘《あえ》ぐ。ラファードはエルフイールの唇に舌を這《は》わせながら囁《ささや》いた。

「けれど、せっかく得た魔力を費《つい》やしてしまった。また補給が必要だ。エルフィール、付き合ってもらうぞ？」

行為の名残《なごり》で濡れた秘裂に指を差し込むと、エルフィールは諦《あきら》めたように吐息をついて頷《うなず》く。柔らかな手がおずおずと自分の背中に回されるのを感じて、ラファードは笑った。

彼はこの上なく、いい気分だった。

# 第三章　聖獣と令嬢の淫《みだ》らでもふもふな日々

　エルフィールが城に来てから一週間が経っていた。

　午後から王太后のお茶会に招かれているエルフィールは、つい先ごろまで女官長や侍女長にドレスの着付けを手伝ってもらっていた。普段は楽なシュミーズドレスだが、さすがにお茶会に着ていくわけにはいかず、正式なドレスを着付けてもらったのだ。

　一週間ぶりのコルセットはなかなかキツイものがあるが、これを着ると身が引き締まる思いがした。借り物だが、王太后が見立てたというドレスをエルフィールも気に入っていた。

　……なのに、今エルフィールは私室でせっかくのドレスをパニエごとたくし上げられ、ソファの上で脚を開いて喘《あえ》いでいた。

「や、ラファード、汚い……から……」

　ドロワーズは床に落ちていて、むき出しになった秘所には黄色の虎が顔を埋《うず》めている。

「汚くなんかない。綺麗だ」

「や、ああ、んっん」

ラファードは蜜口からにじみ出てきた愛液を舐め取ると、もっとでも言うようにざらざらした舌を丸めてエルフィールの蜜口にねじ込む。そして粘膜に残っていた愛液を啜《すす》り、内壁を舐め上げた。

「ひっ……」

ふるりとエルフィールの身体が震え、奥からとぷっと蜜が染み出してくる。そのすべてをラファードの口が受け止めた。

――恥ずかしくて死にそう……！

つい先ほど、ドレスの着付けが終わって部屋でくつろいでいたエルフィールのもとへ、ラファードがふらりと現れ、彼女を抱こうとした。もちろんエルフィールは断った。ドレスを着付けたばかりで脱ぐわけにはいかないからだ。

ところが、ラファードは抱けないなら体液を啜《すす》らせろと迫り、こんな状態になっている。

――昼間から、どうしてこんな……

今の自分の格好を思うと、情けなくて涙が出てきそうになるエルフィールだった。

「体液なら唾液でも血でもいいんじゃないの……？」

「こっちの体液の方が効率がいい」

にべもなく言い、ラファードはエルフィールの中をもっと開こうと手を伸ばしかけて、チッと舌打ちする。今の彼は虎の姿をしていて、手には鋭い爪が並んでいる。それでエルフィールに触れたら彼女を傷つけてしまう。

「……やはりこちらの方がいいな」

エルフィールは花弁が指で押し開かれるのを感じてハッとなった。慌てて下を見てみると、いつの間にか人間の姿になったラファードが彼女の蜜口に舌を押しつけ、中を探っている。ざらついた虎の舌とは違い、人間のラファードの舌は滑《なめ》らかだ。それが細やかな動きでエルフィールを翻弄《ほんろう》する。

「あっ、んんっ、んっ……！」

堪《こら》えきれない震えがぞわぞわと背筋を這《は》い上がり、奥からどっと愛蜜が染み出してくる。それを掬《すく》い取るようにねっとりと舐め上げる舌の感触に、エルフィールは頭が痺《しび》れてくるのを感じた。開いた太腿《ふともも》がビクビクと震える。

「もっとだ。もっとよこせ、もっと感じろ」

「あっ、やぁ！」

ラファードは舌で弄《まさぐ》る対象を、花弁の上にひっそりと佇《たたず》む敏感な蕾《つぼみ》に変えた。指でエルフィールの蜜壺を犯しながら、真っ赤に充血した花芽を舌で愛撫《あいぶ》する。

舌で扱《しご》かれ、ちゅっと強めに吸われて、エルフィールは脳天を貫《つらぬ》く淫悦《いんえつ》に身悶《みもだ》えた。

「んんっ、そこ、だめぇ、あ、ああっ、いや、おかしくなっちゃう……！」

スカートをぎゅっと握っていた手が、いつの間にかラファードの黒髪に差し込まれている。最初は引き離そうと思ったのだが、今や逆に押しつけていた。

「ん、ぁ、あ、はぁ、んっ……ああ、や……だめ……」

うわごとのように喘《あえ》ぎ声を漏らしながら、エルフィールは蜜壺を出入りする指の動きに合わせて無意識のうちに腰を動かしていた。

「ああっ……ん、んっ、ぁっ、あ……」

じゅぷじゅぷという淫《みだ》らな水音と嬌声《きょうせい》が部屋中に響き渡る。

絶頂が近いのか、エルフィールの中に埋められた指がきゅっきゅっと締め付けられる。

ラファードは蠢《うごめ》く膣壁《ちつへき》を擦《こす》るように指を出し入れしながら、てらてらと唾液で濡れた花芯に吸い付き歯を立てた。

そのとたん、エルフィールはビクンビクンと震え、一際《ひときわ》高い悲鳴をあげた。

「ああっ、イク、イッちゃう……！」

背中と頤《おとがい》を反らし、ラファードの黒髪をぐっと掴《つか》みながら、エルフィールは絶頂に達した。

ラファードの指を食《は》んだままの蜜壷から愛液がどんどん染み出してくる。ラファードは舌を伸ばしてそれを啜《すす》り、やがて指を引き抜くと、その指にまとわりついた蜜を舐め取る。そのしぐさは人間の姿でありながら、エルフィールの目にはとても獣じみて見えた。

「お前の蜜はいつ舐めても甘いな」

――そんなわけないでしょう⁉

心の中でエルフィールは喚《わめ》いたが、口に出す元気はなかった。

「まぁ、こんなものでいいだろう」

一人満足すると、ラファードは立ち上がり、エルフィールの乱れたドレスを整える。

ぐったりとソファに寄りかかるエルフィールは彼のなすがままに目を閉じた。

――いつもは夜しか来ないのに、どうして今日は……

そんな疑問が湧いたが、疲れ果てていて尋ねる気力もない。

やがて目を開けると、そこにラファードの姿はなかった。どうやら人を貪《むさぼ》るだけ貪《むさぼ》ってさっさと出ていったらしい。

「……あのエロ虎め……！」

じくじくと疼《うず》く下腹部に手を置きながらエルフィールは悪態をつく。

聖獣に向けて言う言葉ではないが、エルフィールの中でラファードはすっかり「エロ虎」という認識になっていた。毎晩のように部屋に来てはエルフィールを抱くのだから当然だろう。

もっとも、ラファードだけを責められないこともエルフィールには分かっていた。いつも抗《こう》しきれずに結局は彼と交わり、それを悦《よろこ》んでいるのだから。

魔力交換の影響があるとはいえ、乱れてしまう自分をエルフィールは恥ずかしく思っていた。

――私、もしかして、淫乱《いんらん》なのかしら……

だが、軽い自己嫌悪に陥《おちい》っていられたのもそこまでだった。ふとチェストの上に備え付けてある時計を見て、エルフィールは目を剥《む》く。

「いけない、お茶会に遅刻しちゃう……！」

慌ててソファから立ち上がると、乱れたドレスを整えるために鏡に向かった。

お茶会は城内の一室ではなく、色とりどりの花に囲まれた庭園で行《おこな》われた。

もっとも、お茶会といっても庭にしつらえたテーブルに座っているのは王太后とラヴィーナ王女、それにエルフィールだけである。少し離れた場所には数人の侍女が待機し、さらに離れた場所では護衛の兵たちが警護に当たっていたが、実質的には三人だけのお茶会だった。

「エルフィール、城には慣れたかしら？」

二十歳過ぎの息子がいるとは思えないほど若々しくて美しい王太后が、おっとりとした口調でエルフィールに尋ねる。

「はい。最初は勝手が分からず戸惑っていたのですが、皆様が気を遣って良くしてくださるので、だいぶ慣れてきました」

手にしていたカップを受け皿に戻して、エルフィールは微笑みながら答えた。お茶会が始まった時は緊張していたが、王太后のほんわかした雰囲気と、愛らしいラヴィーナ王女のおかげで肩の力が抜け始めていた。

「ご配慮くださった王太后様には感謝してもしきれません」

「足りないものがあったら遠慮なく私か、女官長や侍女長に言ってね。対外的には行儀見習いということになっているけれど、あくまでそれは建前で、あなたはこの城、いえ、国にとって大事な存在なのですから」

「そ、そんな恐れ多い。私はただの田舎《いなか》貴族の娘に過ぎません。むしろ本当に行儀見習いとして扱われてもいいくらいです」

エルフィールが聖獣の心臓を持っていることを公《おおやけ》にするわけにはいかないので、

急遽《きゅうきょ》「行儀見習いとして城にあがる」という表向きの理由が用意された。

ただ、行儀見習いの令嬢は王妃や王女などの侍女となるのが普通で、聖獣に近づくことは許されていない。そこで、今までなかった『聖獣の世話係』という役目が作られ、エルフィールがそれにつくことになったのだ。

――おかげで城で浮きまくっているけれど。

本当の理由を知るのは、ごくわずかな人間だけ。それ以外の人にとってエルフィールは、行儀見習いとして入ったのに『聖獣の世話係』という特別な仕事を与えられた稀有《けう》な令嬢という認識だ。訳ありなのは明らかで、皆、彼女にどう接していいか戸惑っているらしい。

個室を与えられ、まるで賓客《ひんきゃく》のような待遇なのだから、不思議がられるのも無理はなかった。

「あのね、お姉様。知ってる？　侍女の中にはね、お姉様のこと、お兄様のお嫁さん候補だと勘違いしている人もいるのよ」

ラヴィーナ王女が楽しそうに笑った。

「ええ!?　陛下には、あの社交界デビューの日以来会ってませんけど？」

ラファードがもたらした謀反《むほん》の情報に対処するべく、リクハルドも毎日忙しく働いているという。そのため、エルフィールは初日以来、彼の姿をまったく見ていなかった。

噂《うわさ》とはいえ、なぜそんな話になるのか。エルフィールが眉を寄せると、ラヴィーナは鈴の音のような笑い声をあげた。

「だから噂《うわさ》しているのは、ほんの一部の侍女たちだけよ。大丈夫。ちゃーんと私が言っておいてあげたから。それは勘違いで、お姉様はラファ兄様のお嫁さんになる人だって」

「え？　ラヴィーナ様？」

エルフィールはあんぐりと口を開けた。

今年十歳になるラヴィーナ王女は、青い瞳に金色の巻き毛をした美しい少女だ。リクハルドに似て顔立ちも美しく、将来はさぞ貴族男性たちの心を虜《とりこ》にするだろうと思われる。すでにその片鱗《へんりん》は見せているが、今はまだおしゃまな可愛らしい王女の域を出ていない。

突然現れたエルフィールに対しても屈託《くったく》なく「お姉様」と呼び、慕《した》ってくれる。リクハルドはこの妹王女をこよなく溺愛《できあい》しているという噂《うわさ》だが、その気持ちも分からなくはない。ラヴィーナには人を惹《ひ》きつけ笑顔にする何かがあった。

「大丈夫。私が言う『ラファ兄様』のことを、侍女たちは人間の姿をしたラファ兄様の方だと思っているから！」

「そ、それもどうかと……」

聖獣を神聖化しているこの国では、やたら敬われたりかしこまったりされるので、ラファードは極力人前では獣の姿にならないようにしている。彼曰《いわ》く「面倒だし、やりにくい」のだそうだ。

では普段はどうしているかというと、ラファードが城を自由に動き回る時は、もっぱら人型を取っているらしい。

もっともこの国の人間とは異なる姿のため、人型でも十分目立ってしまう。そんな彼のためにリクハルドは、東方にある砂漠の国から遊学に来ているラファード王子という仮の身分を与えていた。

砂漠の国のラファード王子には部屋もある。普段ラファードが使っている異国風の内装の部屋だ。聖獣の住居として城の中で一番高い塔も与えられているが、ラファードは塔の方にはめったに行かず、もっぱら異国風の部屋を使用していた。

「ごめんなさいね、エルフィール」

王太后が申し訳なさそうな顔をする。

「この子がそんなことを言うものだから、城の者たちはあなたがラファード王子に見初《みそ》められて、『聖獣の世話係』という名目で城にあがったものと勘違いしているようなの。

リクハルドのお嫁さん候補だと思われるより目立たなくて済むとはいえ……」

「だって、そうしておけば獣姿のラファ兄様と、人間の姿のラファ兄様の、どっちといても大丈夫でしょう？　お兄様もね、よくやったって言ってくださったわ！」

花が綻《ほころ》ぶようにラヴィーナがにっこりと笑う。わずか十歳だというのにそこまで考えた上で噂《うわさ》になるように仕向けたのだろうか。だとしたら、とても末恐ろしい気がするが、エルフィールはあまり深く考えないようにした。突然降って湧いたような城生活の中で、美少女のラヴィーナはエルフィールの癒《いや》しなのだ。腹黒いというより、無邪気なのだと思いたい。

「舞踏会でラファードがあなたにした行為を大勢が目撃しているから、リクハルドはちょうどいいと思ったようなの」

「そ、そうですか……」

確かに舞踏会での出来事を目撃した者は、エルフィールとラファードの噂《うわさ》を聞いて、なるほどと思うだろう。

ただ、エルフィールとしてはあまり噂《うわさ》になってほしくない。行儀見習いとして城にあがるだけなら問題ないが、高貴な人のお手つきだと思われるのは、婚約者がいる身としては困るのだ。

——心臓のことが解決するまで、サンド商会の人の耳に入らないといいんだけど……

エルフィールは内心ため息をついた。

実際問題として、純潔を失った身では婚約者に合わせる顔がないし、ラファードが言うように婚約は解消するしかないだろう。けれど、噂《うわさ》が他人の口から先方の耳に入る前にエルフィール自身がきちんと説明したかった。もっとも、恩を仇《あだ》で返してしまうことになるのは変わりないが。

——説明？　私はいったいなんと言って説明するつもりなの？　毎晩別の男に抱かれているけれど、裏切ってはいないって？

苦い笑いがエルフィールの口元に浮かぶ。

いくら自分で望んだことではなくても、国のために仕方なくやっていることでも、エルフィールが婚約者を裏切っていることには変わりないのだ。

現に今だって、先ほどの行為の名残《なごり》で秘所は潤《うる》み、疼《うず》いたままだ。

エルフィールが快感に溺れれば溺れるほど、ラファードが受け取る魔力は強くなる。そのため、彼はとことんエルフィールの身体を弄《まさぐ》り、感じさせてから奪うのだ。そしてこの身体は、ラファードの愛撫《あいぶ》に簡単に溺れてしまう。いくらエルフィールが彼の心臓を持っているからと言って、それがなんの言い訳になるというのだろう。

「お姉様？」

俯《うつむ》いてしまったエルフィールに、ラヴィーナが心配そうに声をかけてくる。

「あ、ごめんなさい。なんでもありません」

エルフィールが顔をあげると、ラヴィーナの金色の巻き毛越しに、こちらへ近づいてくる一団が目に入った。先頭にいるのがリクハルドであることに気づき、エルフィールは椅子から立ち上がる。リクハルドの頭に日が当たり、キラキラと金色に輝いていた。

「お姉様？……あ、お兄様！」

エルフィールの突然の行動に目を丸くしていたラヴィーナだったが、すぐにリクハルドに気づき嬉しそうに笑った。

「お邪魔していいかな。ああ、エルフィール、礼はいい。今は公《おおやけ》の場ではないのだから、座ってくれ」

リクハルドはテーブルまで来るとにこやかに笑いながら、膝《ひざ》を折って礼をしようとしたエルフィールを制した。

「は、はい」

軽く頭を下げるだけに止《とど》めて、エルフィールは言われた通り椅子に腰を下ろした。リクハルドはそれを見届けると、ラヴィーナの頭のてっぺんにキスを落とす。

「僕の小さな王女様のご機嫌はどうだい？」

「お姉様がお相手してくれているし、お兄様も来てくれたから、とてもいいわ！」

ラヴィーナは嬉しそうに笑いながら背伸びして、リクハルドの頬にチュッとキスをした。麗《うるわ》しい兄妹愛にエルフィールがうっとりしている間に、侍従《じじゅう》がリクハルドのための椅子を用意する。その椅子に腰かける息子に、王太后は優しく声をかけた。

「リクハルド、仕事は一段落したの？」

「はい、母上。ここ最近ずっと懸念《けねん》していた問題がようやく片付きました。そのご報告を兼ねてお茶会にお邪魔したんです」

「ああ、辺境伯の問題ね」

「はい」

「……あの、私、席を外しましょうか」

何やら政治的な話になりそうな雰囲気を感じ、エルフィールは遠慮がちに声をかけた。ところがリクハルドは笑って首を横に振った。

「いや、大丈夫。もう終わったことだから。実はね、エスレット辺境伯がロウゼルドと通じて、内乱を起こそうと画策していたんだよ」

「え!?　エスレット辺境伯がロウゼルドと通じてって、そ、それ、大問題じゃないですか！」

エスレット辺境伯というのはロウゼルドと国境を接する南東側の土地を治める大貴族だ。ロウゼルドとの戦端《せんたん》が開かれる際の要所というだけあり、そこを守り治めるエスレット伯爵家は重要な貴族のうちの一つだった。

もっとも、国王の信頼が厚かったのは先代までであり、今のエスレット伯爵は若いリクハルドに対して反抗的な態度を取ってきた。だが、国の防衛の要《かなめ》ということで、リクハルドも大目に見てきた経緯がある。

「もちろん大問題だ。だから、ラファードがエスレット辺境伯の企《たくら》みを察知してくれても、すぐには動けなかったんだ。あれほどの大貴族を排除するには、反論できない証拠を揃《そろ》える必要があったからね」

ラファードがエルフィールとの交わりで得た強力な魔力で探った反乱の兆《きざ》し。それは、エスレット辺境伯の企《たくら》みのことだった。彼はリクハルドを侮《あなど》り、ロウゼルドの甘言《かんげん》に乗ることにしたのだ。聖獣がいる限り内乱など成功しないが、まだ若いエスレット辺境伯は聖獣の力を目にしたことがなく、ただの象徴に過ぎないと考えていた。己の権力を過信していた彼は、リクハルドさえ殺してしまえば、ロウゼルドの力を借りてこの国を乗っ取れると妄想したのだ。

「馬鹿だよね。ラファードは先代から引き継いでまだ日が浅く、戦争経験のない若虎だとはいえ、歴代の中で一番魔力が強い聖獣なんだよ？」

くすくすと笑うリクハルドの青い目は楽しそうに煌《きら》めいていた。

「ラファードの力でいきなり軍の精鋭を送り込まれてあたふたしている間に、今度は自分一人だけこの城に転移させられて、ひどく狼狽《ろうばい》していた。罪状と証拠を突きつけたら、かわいそうに真っ青になって卒倒してね。ちょうどいいからそのまま牢屋に入ってもらったよ」

一方、辺境の地に送り込まれた精鋭部隊は、混乱する反乱軍をあっさり制圧した。もともとエスレット辺境伯の命令に従っていただけで、彼ら自身に反乱の意思があったわけではない。獣姿のラファードを見て、反乱軍は恐れおののきその場で投降した。

「本来なら、よっぽどのことじゃないと聖獣は戦いの場には出ないんだけど、エスレット辺境伯の後ろにはロウゼルドがいるからね。ラファードがたった一時間で反乱を鎮めたことで、あっちに対する抑止力になるんじゃないかと期待しているんだけど、どうだろうか」

たった一時間で反乱を制圧。それもほとんど誰も傷つけることなく。

それは聖獣の力を大いに見せつけることになっただろう。

リクハルドの説明を聞きながら、エルフィールはなぜラファードが昼間に彼女のもとを訪れて魔力交換をしたのか、合点《がてん》がいった。いくら聖獣とはいえ、軍隊をまるごと城から辺境の地に転移させるのは、かなり魔力が必要だったに違いない。

「陛下。ラファード……聖獣は今どこに？　辺境に行ったままですか？」

「いや、ついさっき帰ってきて反乱軍を制圧したことを報告してくれたよ。さすがの彼も転移の術を連続で使って疲れたみたいだ。少し休むと言って部屋に戻っていった」

「あのラファードが……疲れた？」

エルフィールは驚いてリクハルドを見つめ返す。

たった一週間、それも夜の間だけしか会わなかったが、その間、ラファードが疲れた様子を見せたことなど一度もなかった。エルフィールがぐったりしていても、彼の方は

一晩中元気に彼女を責めさいなんでいた。虎だけに絶倫《ぜつりん》なのかと思ったほどだ。

そのラファードが休むだなんて、よほど魔力を消耗したに違いない。

――大丈夫かしら？

彼がこの国に加護を与えるために、常に魔力を放出していることをエルフィールは知っている。その上、術を重ねて使ったのなら、かなりの負担になっているはずだ。

「私、あの、様子を見てきます」

思わず立ち上がっていたエルフィールを、リクハルドがじっと見つめる。言い訳しなければいけない気になって、彼女は口を開いた。

「わ、私は、『聖獣の世話係』ですから。疲れている彼の世話をするのも私の役目です」

「……そうだね。心臓を持つ君が近くにいれば早く回復するだろう」

リクハルドは感情の読めない笑みを浮かべて頷《うなず》いた。意味深《いみしん》な言葉に、エルフィールはドキリとする。魔力交換のために毎晩のようにまぐわっていることを、リクハルドは知っているのだろうか。その表情から読み取ることはできなかったが、敏《さと》い彼のことだ。もしかしたら感づいているのかもしれない。

「エルフィール、ラファードをよろしく頼むよ」

「は、はい。それでは失礼します」

エルフィールは頭を下げると、ラファードと自分の部屋がある居館へ急いで向かった。その背中を、リクハルドと王太后がじっと見つめていることにも気づかないまま。

＊＊＊

エルフィールの姿が見えなくなると、王太后は息子に尋ねた。

「ねぇ、リクハルド。ラファードとエルフィールはもしかして身体の……」

そこで王太后は慌てて口を噤《つぐ》む。ここには十歳になったばかりの幼いラヴィーナがいるのだ。子どもに聞かせていい話ではない。

リクハルドは王太后が言いたいことを察して、苦笑いを浮かべる。

「そのようです。思ってもみなかったことですが……」

これまでどんなに美しい女性を見ても欲情しなかったラファード。てっきり聖獣だから人間は対象外なのだとばかり思っていたが、どうやらそうではなかったらしい。

「もしかしたら、彼女がラファードの心臓を持っていることが影響しているのかもしれません。天虎族の生態に詳しいわけじゃないので、確証はありませんが。それにしても母上、よく分かりましたね。僕のようにラファードに出会う前の彼女を知っているわけではないのに……」

リクハルドとて確信があるわけではなかった。けれど、謁見《えっけん》の間で見た時のエルフィールと、今の彼女とは明らかに何かが違っていた。どう表現したらいいか分からないが、固い蕾《つぼみ》が花開いたような――俗っぽいことを言えば、艶《つや》が増したように感じられたのだ。

「私の場合は女の勘ね。覚えておきなさい、リクハルド。女はこういう勘が鋭いんだから」

王太后はふふっと笑ったあと、不意に何かを思い出したらしく、困ったように頬に手を当てた。

「ねぇ、でもラファードには確か、先代が決めた相手がいるのではなかったかしら？　昔、先代からそんなことを聞いたような……」

リクハルドがゆっくりと頷《うなず》く。

「ええ。僕も聞き及んでおります」

母子はなんとも言えない気持ちで顔を見合わせた。ふぅっと王太后がため息をつく。

「……聖獣のやることに私たち人間が口を出すべきではないのでしょうけれど、私、エルフィールが傷つくところを見たくないわ」

「僕だってわざわざ傷つけたくはないですよ。今も無理を言って城に留まってもらっているのに」

「大丈夫よ、お母様、お兄様」

二人の会話の意味を知ってか知らずか、ラヴィーナがにっこり笑った。

「私、知っているの。お姉様とラファ兄様は、おとぎ話に出てくるお姫様と王子様のように、結ばれるべき運命の相手なんだって。だから大丈夫」

「そうだね。そうなるといいね」

――本当にそうであったら。

妹に微笑みながら、リクハルドは心の中で呟《つぶや》いていた。

＊＊＊

庭を出たエルフィールはまっすぐ居館に向かった。

王族の部屋や、賓客《ひんきゃく》たちが泊まる部屋がある、城の中でも重要な建物の一つだ。ラファードの部屋とエルフィールの部屋もそこにあった。

エルフィールは迷うことなくラファードの部屋に向かう。思えば自分からその部屋に入るのはこれが初めてだった。いつもは彼が一方的に押しかけてきて、エルフィールを部屋に連れ込むからだ。

大きな扉の前まで来たエルフィールは、どう声をかけようか迷う。なんで「行かなければ」と思ったのか、自分でもよく分からないせいだ。ラファードは魔力が必要になれば勝手にエルフィールの前に現れる。だから、放っておいても大丈夫だと分かっているのに。

――でも……私は『聖獣の世話係』だもの。

一仕事終えて戻ってきた彼がどんな様子なのか、きちんとこの目で確認しないと。

そんな言い訳めいたことを自分に言い聞かせてエルフィールは扉を叩いた。けれど、待てど暮らせど中から返事はない。意を決して扉を開けると、案の定そこはもぬけの殻だった。

――ここじゃなければ……聖獣の部屋かしら？

聖獣の部屋は主塔と呼ばれる、この城でもっとも重要な建物の中にある。大広間や国王の執務室がある主塔の中でも最上階にあり、王族だけしか入ることが許されていない。つまり、いくら『聖獣の世話係』であるエルフィールでも足を踏み入れることができない場所なのだ。

隣にある自分の部屋にすごすごと戻ろうとしたエルフィールは、廊下の向こうから歩いてくる侍女長の姿を見つけた。侍女長はエルフィールがどういう理由で城にいるのか知っているうちの一人で、女官長と一緒にエルフィールの世話をしてくれている。

「あら、エルフィール様、王太后様たちとのお茶会は終わったのですか？」

「あ、はい。あの、ラファード……いえ、聖獣をどこかで見かけませんでした？　帰還したと陛下から聞いたのですが、部屋にいないので……主塔にある聖獣の部屋でしょうか？」

「主塔の方ではお見かけしませんでしたが……」

侍女長は少し考えてから、こう言った。

「もしかしたら『聖獣の庭』にいるのかもしれません。あの方《かた》は聖獣の部屋より、庭の方が気に入っておられるようですから」

「『聖獣の庭』？」

「はい。先代様が憩《いこ》いの場所として作った聖獣専用の庭です」

『聖獣の庭』は、居館の中にある小さな庭だ。百年ほど前、居館を増築した時にできた隙間《すきま》の空間で、庭に面した壁には一切窓がない。もともとは緊急用の井戸を掘るために作られた場所だったらしいが、それをラファードの父親である先代の聖獣が、噴水のある美しい庭園に整えたという。

「庭へは一階の出入り口からのみ入れます。普段は魔術によって施錠《せじょう》されていて特定の者しか入れませんが、おそらくエルフィール様なら入れると思います」

そう言って侍女長が教えてくれた庭への行き方は、かなり複雑だった。

「ご案内しましょうか？」

侍女長はそう言ってくれたが、ただでさえ忙しい彼女の時間を奪ってしまうのは忍びない。

「大丈夫です。一人で行けますから」

けれど、しばらく一階をうろついていたエルフィールは、侍女長の案内を断ったことを後悔していた。居館は無駄に広い上、増改築を重ねたために、入り組んでいて構造が分かりづらいのだ。

――どうしよう。引き返して侍女長に連れていってもらうか、他に知ってそうな人に尋ねる？

そう思っていると、箒《ほうき》を手にした女性の使用人がこちらにやってくるのが見えた。灰色のお仕着せを着ているところを見るに、下級の使用人だろう。けれど、ここは王族の私室や賓客《ひんきゃく》のための部屋がある居館だ。その建物に入るのを許されていることから、下級の使用人の中でもそれなりの立場にある者だと思われた。

うす茶色の髪をした娘はエルフィールに気づくと、さっと廊下の端に避《よ》けて頭を下げた。

どうやらドレス姿のエルフィールを身分の高い貴族令嬢だと思ったようだ。実際その通りなのだが、田舎《いなか》貴族の娘で使用人とも家族同然に育ったエルフィールは、あまりかしこまられると居心地が悪くなってしまう。

エルフィールは足早にその使用人の前を通りすぎようとした。

ところが、ふと思い立って足を止める。掃除女中ならば居館の構造にも明るいだろう。

「あの、教えてもらいたいことがあるの。顔をあげてくださいな」

「は、はい」

娘は緊張しているのか、ぎくしゃくと顔をあげる。優しげな顔立ちをした、エルフィールと同じくらいの歳の少女だった。エルフィールはその顔に見覚えがあるような気がして記憶の中を探る。

「あ。もしかしてこの間の舞踏会で、ワインを給仕していた人？」

間違いない。あの時は上級使用人用の紺色のお仕着せを身に着けていたが、目の前にいるのはエルフィールにワインをくれたあの娘だ。

「……はい。人手が足りないとのことで臨時のお手伝いをさせていただきました」

「そうだったの。立居振舞《たちいふるま》いが綺麗だったから、侍女の方《かた》だと思っていたわ」

「そんな、とんでもない。私はただの掃除女中です。たまたま前に貴族の方《かた》に仕えていたことがあって、その時に作法をかじったことがあるだけなのです」

「あなたの作法は完璧だったわ」

エルフィールが褒《ほ》めると、娘は照れながらも慌てて言う。

「ありがとうございます。あ、あの、でも実はそのことは、あまり人に言っちゃいけないことになっているのです。下級使用人が同じ会場内にいることを嫌う貴族の方《かた》もいるので……で、できれば内緒にしていただけませんでしょうか？」

上級使用人と下級使用人の間には明確な線引きがある。エルフィールには信じられないが、高位の貴族の中には、下級使用人など視界に入れるのも嫌だと思っている者もいるのだ。王族主催の舞踏会で下級使用人が給仕をしていたことが公《おおやけ》になれば、色々と文句を言う人も出てくるだろう。

「分かったわ。絶対に口外しないわ」

厳《おごそ》かな口調で誓うと、エルフィールは話題を変えた。

「ところで教えてもらいたいことがあるの。『聖獣の庭』への出入り口はどこか知っているかしら？」

「え、『聖獣の庭』、ですか？」

目を丸くする娘にエルフィールは微笑んだ。

「陛下に言われて聖獣のお姿を探しているのだけど、見当たらなくて……」

もちろんリクハルドからそんな命令はされていない。よろしくと言われただけだが、一介の貴族令嬢が聖獣を探す理由がこれしか思い当たらなかった。

「あの、『聖獣の庭』の入り口はもちろん知っていますが、下級使用人の私には近寄ることが許されていないのです。もし誰かに見とがめられたら……」

箒《ほうき》を握りしめながら申し訳なさそうに俯《うつむ》く娘に、エルフィールは優しく声をかけた。

「ならば、できるだけ近くまで連れていってくれる？　もし誰かに見られて怒られそうになったら、『聖獣の世話係』であるエルフィール・ジュナン伯爵令嬢に頼まれたって言えばいいわ」

茶目っ気たっぷりにエルフィールが笑うと、娘は目を丸くしてポカンと口を開けた。

「『聖獣の世話係』、ですか？」

「ええ、このたび陛下から任命されたの。そういえばあなたの名前は？」

「あ、アイラ、アイラと申します。エルフィール様」

「そう。よろしくお願いね、アイラ」

城に来て以来、侍女長と女官長以外の使用人と会話をしたのはこれが初めてだったので、エルフィールは嬉しくなった。

事情を知らない上級使用人の侍女たちは、特殊な立場にいるエルフィールを遠巻きにして近づいてこない。陰でコソコソ言われているのもなんとなく肌で感じている。

――やっぱり田舎《いなか》貴族の私は、ああいう人たちとは根本的に合わないのだわ。

王族や身分の高い貴族に対して媚《こび》を売る一方で、下級使用人にはひどく横柄《おうへい》な態度を取る侍女たちを何度か目撃してしまい、ますますエルフィールはそう考えていた。

「……か、変わってらっしゃいますね、エルフィール様は」

思わず本音を呟《つぶや》いてしまったのだろう。アイラはハッとして口元を押さえ、頭を下げた。

「申し訳ありません！　私、なんと無礼なことを……」

「気にしないでちょうだい。よく言われていることだから。でもね、うちではこれが普通なのよ」

エルフィールは朗《ほが》らかに笑いとばす。身分に関係なく、たとえ相手が平民であっても分け隔《へだ》てなく接する。それは、父親であるジュナン伯爵の教育方針だっただけでなく、自分がいずれ平民に嫁ぐ身であると自覚しているからだ。

――身分が低いからと言って相手に横柄《おうへい》な態度を取れば、それはいずれ自分に撥《は》ね返ってくる。

没落寸前までいったエルフィールたち家族は、あれ以降そのことを忘れたことはない。貴族である親類は真っ先にエルフィールたちを見捨てた。辛い日々の中、変わらず傍《そば》にいて支えてくれたのは、ずっと昔から仕えてくれていた平民の使用人たちだ。

彼らの忠義が揺るがなかったのは、父親や母親が横柄《おうへい》な態度を取ることなく、彼らに公正に接していたからだとエルフィールは知っている。だから使用人に対する態度が気安すぎて貴族らしくないと言われても、少しも気にならないのだ。むしろ誇らしい。

「ね。だから気にしないで。それよりも、アイラの仕事をこれ以上邪魔したくないわ。『聖獣の庭』の近くまで案内してもらえる？」

「はい、エルフィール様！」

アイラはようやく笑顔になって頷《うなず》いた。

案内されたのは、半地下へ続く階段の前だった。階段の下には扉があり、今は閉まっている。

「私はこれ以上近づけませんので、中がどうなっているか分かりません。ですが、ここが聖獣様の大事な場所だと先輩から教えられました」

「ありがとう、アイラ」

エルフィールが振り返って礼を言うと、アイラは首を横に振った。

「いえ、お礼など……とんでもありません」

「親切にされたら必ず礼を言うのが我が家の家訓よ。じゃあ、アイラ、行ってくるわね。あなたは誰かに見とがめられる前に戻って」

「はい」

エルフィールはアイラと別れ、半地下へ向かう階段をゆっくりとおりていく。施錠《せじょう》されているのかと思いきや、扉は押すだけで簡単に開いた。

半地下に入ったエルフィールは、薄暗くて狭い通路の先に、もう一つ扉があることに気づいた。木でできた扉の隙間《すきま》からは日の光がうっすらと差し込んでいる。

「これが魔術がかかっている扉かしら？」

扉の前でひとりごちると、エルフィールは取っ手に手を伸ばした。こちらも鍵はかかっていないようで、少し力を入れるだけで扉は開いた。

――魔術がかかっているというのは本当かしら？

あまりに簡単なため拍子抜けしてしまう。けれどその扉はもちろん、先ほどの扉にも魔術がかかっていて、聖獣に認められた者以外には決して開けられないようになっていた。

扉の外に一歩踏み出したエルフィールは、暗い所から急に明るい場所に出たせいで眩《まぶ》しさに目を閉じる。鼻腔《びこう》をくすぐる青草の香りと、頬を撫でるささやかな風が、ここが建物の外であることをエルフィールに伝えていた。

光に目をならし、ゆっくりと瞼《まぶた》を開ける。次の瞬間、視界に飛び込んできたものに、エルフィールは感嘆のため息をついた。

「……すごい……！」

そこは絵のように整えられた美しい庭だった。壁際にそって花壇が取り囲み、色とりどりの花が咲いている。庭の中央には満々と水をたたえる噴水が置かれ、青々とした芝生が周囲を覆《おお》っていた。

――これが『聖獣の庭』。

整然とした庭は、どこか異国情緒に溢《あふ》れていて、エルフィールは物珍しそうに見回す。

すると、日光がちょうど当たる庭の一角に、一頭の虎が横たわっているのが目に入った。

そっと近づきながら、エルフィールはラファードの様子を窺《うかが》う。

謁見《えっけん》の時のようにラファードは悠然と横たわっていた。けれど、昂然《こうぜん》と顔をあげて広間を見おろしていたあの時とは違い、片腕に顔を乗せるようにして目を閉じている。

「ラ……」

呼びかけようとしてエルフィールは口を噤《つぐ》んだ。なんだか妙に疲れているように見えたのだ。

――寝ているのなら、起こしちゃ悪いかな……

そう思っていると、まるで心を読んだかのようにラファードが言った。

「眠ってはいない。ちゃんと起きている。お前が扉を開ける前から気配に気づいていた」

ラファードはぱちりと金色の目を開け、顔をあげる。けれど身体は横たわったままだ。

エルフィールはラファードの前に跪《ひざまず》くと、彼を気遣いながら口を開いた。

「起こしたのならごめんなさい」

「だから寝てないって言ってる」

嘘ではないようだ。そういえば目を閉じていても、耳はピコピコ動いていたような気がする。

「そ、そう。寝ているのを邪魔したわけじゃないならよかったわ」

エルフィールはあさっての方を向いて言った。こんなところまで探しにやってきたものの、いざ彼を前にすると妙に恥ずかしい。

虎の姿のラファードは人型の時と違い、聖獣としての威厳に溢《あふ》れている。毎晩のようにエルフィールを貪《むさぼ》っていたエロ虎の面影はない。

「え、えっと、こんな庭があるなんて知らなかったわ。ここも部屋と同じく異国風なのね」

エルフィールが誤魔化《ごまか》すように言うと、ラファードは彼女をじっと見つめながら答えた。

「ああ。父上の父上——俺にとっては祖父に当たる初代聖獣が砂漠の国で生まれたからな。祖父の生まれ故郷を偲《しの》んで、聖獣が関係しているところは砂漠の国の様式に合わせて造られている」

だからラファードの部屋も『聖獣の庭』も、彼が人間の姿になった時の服装も異国風なのだと、エルフィールは合点《がてん》がいった。

「俺は祖父の生まれ故郷に行ったことがないが、父上はたびたび砂漠の国を訪れていたそうだ。その時に目にした庭を真似て、ここを造ったらしい」

「へぇ」

改めて庭をぐるりと見回すエルフィールに、ラファードが少し笑いを含んだような声で尋ねた。

「ところで、お前から俺のところへ来るのは初めてだな。いったい、どうした？」

「そ、それは……」

エルフィールは言いよどむ。

「俺に嘘は通じないぞ。言え」

そう促《うなが》され、エルフィールは正直に口にすることにした。どうせ誤魔化《ごまか》せないのだ。だったらさっさと白状した方がいいに決まっている。

「その、陛下に聞いたわ。あなたが辺境伯の反乱を収めるために、だいぶ魔力を使ったって。だから、その……補給が必要かと思って……」

恥ずかしさが増し、言っているうちにどんどん声が小さくなる。

一方、言わんとすることを悟ったラファードは、金色の目に楽しげな光を浮かべて笑った。

「なんだ、俺に抱かれに来たのか？」

「ち、違います！」

エルフィールは頬を真っ赤に染めて叫んだ。

「魔力の補給は体液ならなんでもいいんでしょう!? だったら唾液とか血でも――」

「唾液？ 血？ なんだ、お前の愛液を舐めさせてくれるんじゃないのか」

笑いを含んだ声が虎の口から聞こえて、エルフィールは顔どころか身体から火が噴き出る思いだった。

「ち、違いますってば！」

「今朝は時間がなくて中途半端だったから、身体が疼《うず》いて――」

「それだけイヤらしいことが言えるなら十分元気ですよね！ 帰ります！」

エルフィールはパッと立ち上がる。恥ずかしいやら悔しいやら腹が立つやらで頭の中がぐるぐると回っていた。ところが、行きかけたエルフィールの腕に何かが巻きついて、ぐいっと引っ張る。

「まぁ、待て」

「きゃっ」

バランスを崩したエルフィールは地面に尻もちをつく。腕に巻きついているのはラファードの尻尾《しっぽ》だった。下が芝生なので大した痛みはないものの、突然引き倒されたエルフィールは怒り心頭だ。

「ちょっと！」

「まぁ、まぁ、せっかく来たのだからゆっくりしていけ」

笑い混じりに言うと、ラファードはエルフィールの腕を自分の身体に引き寄せる。手のひらに柔らかな毛並みを感じて、エルフィールは怒りを忘れた。

――こ、これは……！

ラファードの毛は思ったよりも長く、滑《なめ》らかで艶々《つやつや》していた。

――やだ、気持ちいい。

ミーちゃんを思い出させる毛並みに、エルフィールの手のひらがうずうずしている。

――撫でたい。もふりたい。この毛に顔を埋《うず》めたい！　そして嫌がられて猫パンチされたい……！

人間の姿をしたラファードには決して覚えない衝動に、エルフィールは我を忘れそうになった。ところがラファードが発した言葉で、ハッと我に返る。

「しばらくこうして触れていろ。そうすれば少しずつだが魔力が回復するから」

いつもより弱々しく響く声に、驚いてラファードの顔を見る。すると、彼は目を閉じて、自分の腕に顔を埋《うず》めていた。最初見た時に元気がないと思ったのは気のせいじゃなかったのだ。

「だ、大丈夫？」

「大丈夫だ。こうしていればそのうち回復する。お前を抱けばすぐに回復するが、今の俺じゃ、加減ができずにお前を壊してしまう。……人間の形になるのも億劫《おっくう》なんでな」

エルフィールはぎょっとしてラファードを見る。

「ラファード、やっぱり魔力が足りないんじゃ……！」

「……さすがの俺も、何人もの人間を転移させるのは骨が折れる」

今度は虚勢《きょせい》を張ることもなく、ラファードは目を閉じたまま素直に呟《つぶや》いた。

「俺一人だったら大したことじゃないんだが、人間たちが一緒だからな。人間は脆《もろ》く、壊れやすい。リクハルドの大事な兵士たちを生きたまま移動させるには、細心の注意を払う必要があった。……父上ならもっと効率よく魔力を使えるんだろうが、今の俺にはまだまだ経験が足りない」

そこで言葉を切ったあと、ラファードはふぅっとため息をついた。

「経験豊富な父上ならもっとうまく処理できただろう。俺のように力でごり押しするのではなく。……でも、今回は一刻も早く事態を収拾する必要があった。防衛の要《かなめ》である辺境伯がフェルマ国を裏切ったことが広まり、国民や貴族たちを混乱させる前に。それこそロウゼルドの真の狙いだった。だから奴らの思う通りにならないよう早く決着させなければならなかった。……そうだろう？」

それはまるで自分に言い聞かせるかのような口調だった。

「ええ……」

相手が相槌《あいづち》など求めていないことは分かっていたが、エルフィールは頷《うなず》いた。

「本来なら、これくらいの反乱で聖獣が出る必要もなかったし、出るべきではなかった。あくまで聖獣が出るのは王族がどうにもできなくなった時だけ。それ以外はいたずらに手を貸すべきではないし、依存させることは人間たちのためにもよくない。……それは分かっているんだ。リクハルドも自分たちでやると言っていた。彼の腕ならなんとか収拾をつけられるのも分かっていた。だが、俺は強引に協力することに決めた。どうしたって犠牲は出るからだ。俺が出ていけば最小限の犠牲で済むのが分かっていながら、黙って見ていることはできなかった」

「ラファード……」

彼は落ち込んでいるし、苦悩してもいるのだと、エルフィールにはなんとなく分かった。

過干渉すべきではないという思いと、できる限りのことはしてあげたいと思う気持ちの狭間で揺れ動いているのだ。

迷ったあげく、エルフィールはそっとラファードを撫で始めた。

ラファードは、超然としている聖獣のイメージとはまるで違う。とても人間くさい。

でもエルフィールはそんな彼が嫌いではなかった。

縞模様《しまもよう》の毛並みを流れに沿ってゆっくり撫でながら、エルフィールは尋ねる。

「ねえ。ラファードって今何歳なの？　人間に換算しての話だけれど」

「……人間に換算しても、実年齢でも二十歳だ」

「え!?　二十歳？」

確かに外見はそれくらいに見えるが、もっと年上かと思っていた。

――本当に若虎で、またまだ子ども同然なんだ。……私のように。

「なんだ。ひよっ子みたいなものじゃない。だったら迷うのは当然だし、泰然《たいぜん》としていられないのも当然でしょう？　だって子どもは失敗して、そこから学びながら成長するんだから」

エルフィールがわざと明るい声で言うと、ラファードは目を開け、ムッとしたように睨《にら》んだ。

「人間の子と一緒にするな。俺は天獣としてとっくに成人している！　天獣は生まれてから十五年ほどは成長のスピードが人間と変わらないが、成人すれば成長が止まる。だいたい、聖獣が未熟で迷ってばかりだと困るのはお前たちだろうが！」

「生まれてから十五年で成人ってことは、やだ、まだ成人してから五年しか経ってないってことじゃない！」

「お前、人の話を聞いてたか？」

「聞いてたわよ！　図体ばかりが大きくなっても頭の中身が成長しなければ、子ども同然だってことでしょう？」

ラファードに向かって目をくりっとさせてみせると、彼は思いっきり顔を顰《しか》めた。けれど怒っているわけではないようだ。

「お前なぁ……聖獣に向かってよくもそんな口を利けるものだ」

「聖獣だって生まれた時から経験豊富で、泰然《たいぜん》としているわけじゃないのでしょう？先代聖獣がそう見えたのは、長く生きて色々経験を積んでいるからよ。まだ若いラファードが先代聖獣のように割り切れないのは当然じゃない。まだひよっこなんだから」

「俺は成人していると言っただろう？」

「でも天獣の寿命は長いのでしょう？　五百年くらいだっけ？」

世間一般で言われている聖獣の情報を頭の中から引っ張り出して尋ねると、ラファードはしぶしぶ頷《うなず》いた。

「もっと生きる種族もいるが、天虎族はだいたい五百年から六百年くらいだ」

「ほらね。五百年生きた天獣にしてみたら、たった二十歳の天獣なんて子どもじゃないの」

「……ぐ……」

痛いところをつかれたらしく、ラファードは押し黙る。

「大丈夫。ラファードはこれから経験を積んで、もっともっと強くなる。人との関わり合い方も、悩みながら自分なりに見つけることができる。そして数百年後には、きっと先代聖獣のように聖獣の中の聖獣と呼ばれるほどの存在になると思う。……まぁ、その姿を私も陛下もラヴィーナ様も見ることができないわけだけど」

人間と天獣では寿命が違う。人間であるエルフィールやリクハルドはあっという間に老い、死んでいくのだ。けれど、きっとエルフィールたちより、残されるラファードの方が何倍も辛いに違いない。ラファードはそんなふうに人との別れを何度も経験しながら、立派な聖獣になっていくのだろう。

「……そうだな。先代国王のように、お前たちもやがては俺の傍《そば》からいなくなるんだな」

彼は目を細めて呟《つぶや》き、すっかり黙り込んでしまった。エルフィールは両手を彼の首元の毛に突っ込んでワシャワシャと撫でた。

「なっ……！」

ぎょっとしたようにラファードが目を剥《む》く。

「元気出して、ラファード」

「何やってんだ、お前！」

「撫でているの。こうすればすぐ元気になるわよ。何匹もの猫を虜《とりこ》にした私の指技を見るがいいわ！」

勝ち誇ったように宣言したあと、エルフィールはさっそくラファードの身体を撫で始める。どこが気持ちいいのか、猫たちの反応から学んできたのだ。

ラファードは天獣だが虎だし、感じる場所は猫とそう変わらないだろう。

「お、おいやめろ！　……くっ、そこっ、は……っ、くっ、ぅ」

ラファードは身をよじって悶《もだ》える。

「うふふ、ここよね、ここがいいんでしょう？」

エルフィールには分かっている。ラファードは気持ち良いのだ。その証拠に喉《のど》がグル

グルと鳴り始めている。

「うう、やめろっ、っくっ、なんだ、力が抜ける……！」

「ミーちゃんもここが弱かったのよね。ああ、ミーちゃんを思い出すわ」

「おい、ミーちゃんとは誰のことだ……っ、て、お、おい、尻尾《しっぽ》はやめろ！　あっ、くっ、そぉ……！」

「このお腹に顔埋《うず》めたい！」

「やめろ！　くそっ、今晩、覚えておけよ！　この屈辱《くつじょく》は絶対に晴らす、からなっ……っ」

明るい陽射しが降り注ぐ『聖獣の庭』には、聖獣とエルフィールの声がいつまでも響いていた。

# 第四章　ロウゼルド国

廊下を従者と共に歩く青年の表情は冴《さ》えなかった。けれど、その憂《うれ》いさえも彼の甘い顔立ちに色を添えていて、たまたま近くを通りかかった女性の使用人たちの視線を釘づけにしている。

ところが当の青年は女性たちの視線に気づくことなく、ただひたすら前を向いていた。

彼の名前はクレメンス。ロウゼルドの第二王子だ。

美しい緑色の瞳を持った青年で、背は高く、茶色の髪は上着の襟足《えりあし》に届くほどの長さがある。

父王がだいぶ年を取ってから誕生した彼は、王太子の娘たちを除けば王族の中でもっとも若い。気さくな性格で国民や使用人たちには人気がある一方、重臣や年配の貴族たちからは侮《あなど》られることも多かった。

要職にはつかず、ふらふらと遊んでばかりいる顔だけの王子。クレメンスの評判はおおむねそんな感じだ。だが、実際には公務をきちんとこなし、あちこちの部署の調整役のような仕事もしている。地味なようだが重要な役割だ。

そんなクレメンスが父王から呼び出されたのは、まだ朝も早い時間帯だった。

「この時間に呼び出されるのは珍しいな。父上がもう起きて活動しているのも」

「そうですね。王太子殿下も呼ばれているそうですよ」

「兄上……いや、王太子殿下もか」

従者と共に国王の執務室に向かいながら、クレメンスはため息をつく。彼は父親だけでなく、歳の離れた異母兄も苦手だった。

――どうせまた何か碌《ろく》でもないことを考えているのだろう。

つい先日もフェルマ国の辺境伯を抱き込んで反乱を起こさせる予定が、あっさりと企《たくら》みが露見して失敗に終わったというのに。

密かに派遣するつもりで魔術師を大勢雇《やと》っていた父王は、作戦の失敗に怒り狂い、しばらく城の中がピリピリしていた。

だが、クレメンスに言わせれば、あれは反乱にもならない反乱だった。かえってフェルマ国王の統率力を示す結果に終わっただけだ。

フェルマ国王リクハルドは反乱の狼煙《のろし》があがる前に辺境伯を捕らえ、信頼のおける者をその地位につけた。新しい辺境伯はリクハルド王に絶対的な忠誠を誓っており、こちらの買収に乗ることはないだろう。父王はもう同じ手は使えないのだ。

もともと先のエスレット辺境伯は現体制に反抗的で、リクハルド王にとっては煙《けむ》たい存在だった。だからこそロウゼルドの付け入る隙《すき》があったわけだが、エスレット辺境伯を排除したいリクハルド王にとっても絶好の機会となったはずだ。

エスレット辺境伯の反乱を未然に防いだことで、フェルマ国はますます強固になるだろう。ロウゼルドがしたことは、皮肉にもリクハルド王の権力を高めてしまう結果になったのだ。

——だから、聖獣の国に喧嘩《けんか》を売るのは無意味だというんだ。

クレメンスは口には出さずに、心の中で呟《つぶや》く。誰が聞いているか分からないからだ。傍《そば》にいる従者は、クレメンスに付いて三年になるが、どことなく信用ならないため本音を打ち明けたことはない。少しでも反抗的なことを言えば、すぐさま父王に伝わるだろう。

父王は自分の意見に反対する者を許さず、そうした者はすぐに処罰される。かつてクレメンスが親しくしていた貴族がそうだった。王のやり方にほんの少し意見しただけで彼は処刑され、妻や娘も危うく殺されるところだったのだ。

——父上は年々おかしくなっていく。

もはやフェルマ国と聖獣に対する妄執《もうしゅう》は病気の域だ。国民の幸せや、国をどうやって豊かにするかということよりも、フェルマ国に復讐することばかり考えている。

――兄上も、昔はそんな父上を笑っていたのに。

『父上のようにはなりたくないな。俺は俺のやり方でこの国を豊かにしていきたい。クレメンス、早く大きくなって、俺を手伝えよ』

まだ幼いクレメンスを膝《ひざ》に抱き、そう言って笑っていたのに。

今の異母兄は父王と同じように、フェルマ国と聖獣に対する憎しみを募《つの》らせている。クレメンスは妄執《もうしゅう》を深めていく異母兄を見るのが忍びなかった。

――でも……気持ちは分からなくはないんだ。

どんなに手を尽くしても、聖獣を抱えるフェルマ国との差は開く一方だ。ロウゼルドは貧しく、国民の暮らしは一向によくならない。それなのに、国境を挟んだ向こう側の国は栄え、国民は豊かな暮らしを享受《きょうじゅ》している。妬《ねた》むなというのが無理な話なのだ。

異母兄は王太子として政治に参加するようになって、否応《いやおう》なくその差に直面し、無力感に打ちのめされた。そしてままならない現実に絶望したのだろう。

そんな異母兄を笑うつもりはなかった。政治に参加してはいなくても、国の現状が分からないクレメンスではない。

一方で、ロウゼルドの現状は自分たちが作り上げたものであることも理解していた。父王や異母兄は決して認めないだろうが。

代々の王はフェルマ国に対する憎しみを募《つの》らせ、国の現状を省《かえり》みることなく戦《いくさ》を仕掛けていた。戦《いくさ》は金もかかるし、国民に大きな負担を強いる。それが積み重なってできたのがこの現状だ。いわばロウゼルドは自分たちの首を自分たちの手で絞めてきたのだ。

――フェルマ国にこだわらなければ。憎しみを捨て、隣人として上手に交流できていたら。

きっとこんなに貧しい国にはならなかっただろう。フェルマほど発展はしなくても、それなりに国力のある国となっていたに違いない。けれど、それはこの宮殿の中では口にしてはならない言葉だ。

「殿下、遅くなるとまた陛下に叱られます。早く行きましょう」

歩みの遅くなったクレメンスを従者が急《せ》かす。

「……ああ」

クレメンスはすっかり馴染《なじ》みとなった無力感と胸の痛みを覚えながら、歩く速度を速めた。

「おお、来たな、クレメンス！」

執務室に入ったクレメンスは、意外にも機嫌の良い父王に迎えられた。

――これはいったいどういうことだ？

つい昨日までは作戦が失敗したことで機嫌が悪かったのに。

不気味に思いながらも、視線を父王の机の横に立つ異母兄に向ける。表情が明るいところを見ると、こちらも機嫌が良いようだ。

だが、二人の機嫌が良いことが、かえってクレメンスに不安を抱かせた。彼らの機嫌が良い時はフェルマ国に対する企《たくら》みを考えた時なのだ。また何か碌《ろく》でもないことを思いついたのだろう。

――もっと国のことを、国民のことを考えてほしい。

エスレット辺境伯を買収し、何人もの魔術師を雇《やと》う予算があるなら、その分を孤児院の建設や道路の整備にも回せたはずなのだ。それを考えるとクレメンスは歯噛《はが》みしたくなる。

ささくれ立った心を隠しながら、クレメンスはにこやかに返した。

「おはようございます。父上。兄上」

父親であるロウゼルド国王は、六十近い高齢だ。顔には皺《しわ》が刻まれ、がりがりに痩《や》せていて、鋭い目つきだけが目立っている。元はクレメンスと同じ色をしていた髪も今はもう真っ白だ。

一方、三十五歳になる異母兄はがっしりとした体格で、顔立ちは端整とは言い難《がた》いものの、男性的で力強い容姿をしている。まさに男盛りといった感じだ。二十歳になったばかりのクレメンスとは年齢差があり、容貌も正反対だが、瞳の色だけはクレメンスと同じように緑だった。

クレメンスは慎重に言葉を選びながら口を開いた。

「このような時間にお呼びになるとは珍しいですね。何かあったのですか？」

「ああ。だが案ずるな。朗報だ」

父王の言葉を継ぐように、異母兄が一歩前に出て言った。

「クレメンス、喜べ！　我々に運が向いてきたぞ！」

異母兄は珍しく興奮しているようだ。クレメンスは戸惑いながらも聞き返す。

「我々に運が、ですか？」

「そうだとも。聞いて驚け。フェルマ国に聖獣の心臓を持つ娘が現れたんだ！」

「――え？」

びっくりしたクレメンスは、まじまじと異母兄の顔を見つめる。

呆然としているクレメンスに、父王が重々しく言った。

「クレメンスよ、お前も知っているだろう？　王家だけに伝えられてきた、我らロウゼルドが聖獣を奪われた原因のことを」

父王の声は気持ちの高ぶりからか、妙にしわがれている。かつてないほど興奮していることにクレメンスは気づいた。

「……はい、存じております。私も王族の端くれですから」

ロウゼルド王家がフェルマ国を憎む根本的な理由。それはかつてロウゼルドの聖獣だった天獣を、フェルマ国に奪われたからだ。長い間国民には伏せてあるものの、その事実を王族は代々子孫に伝えてきた。……いつか聖獣を取り戻すために。

「ロウゼルドの聖獣が奪われたのは、フェルマ国にかの聖獣の心臓を持つ娘が現れたから。そう聞き及んでおります」

「うむ。その通りだ。今から五百年も昔、聖獣の加護を受けていたのはロウゼルドの方じゃった。ところがフェルマ国はどんな手を使ったのか、聖獣の心臓を手に入れて、強引に奪ったのだ！　聖獣の加護を得て繁栄しているのは、本来であれば我がロウゼルドじゃったのに！」

机を拳《こぶし》で叩くと、父王は憎しみのこもった声音《こわね》で呻《うめ》いた。

「おのれフェルマ国め。この恨み、何百年経とうと忘れはせぬ……！」

「父上、あまり興奮めされるな。身体に障《さわ》りますぞ」

異母兄は父王を宥《なだ》めると、クレメンスに顔を向けて説明した。

「フェルマ国に放っていた間者《かんじゃ》から、報告が届いたんだ。聖獣の化身と思《おぼ》しき男がとある貴族の娘に『なぜお前が俺の心臓を持っている』と言ったという。それで父上は本当かどうか確かめさせた」

「……それで？　その報告は真実だったと？」

信じられない思いでクレメンスは尋ねる。

「そうだ。複数の間者《かんじゃ》から、聖獣が一人の娘を特別に傍《そば》に置いているという報告を受けている。心臓の話を聞いたのは最初に報告してきた間者《かんじゃ》だけだが、聖獣が王族でもない人間の娘を傍《そば》に置くなど前代未聞《ぜんだいみもん》だ。かなり信憑性《しんぴょうせい》があると、私と父上は見ている」

「その娘を手に入れれば、我がロウゼルドに聖獣を取り戻すことができるのじゃ！」

目を爛々《らんらん》と光らせながら父王は立ち上がった。

「王太子よ、隙《すき》を見て件《くだん》の娘を攫《さら》うよう間者《かんじゃ》たちに命じよ！」

「はい、父上。さっそく手配します」

異母兄は父王に従順に頷《うなず》く。クレメンスは慌てて二人を制した。

「お待ちください。間者《かんじゃ》といえど、そうやすやすと聖獣のもとから娘を奪えるとは思えません。たとえうまく拐《かどわ》かせたとしても、すぐに聖獣に気づかれ、国境を越える前に奪い返されるのが落ちです」

彼は聖獣の心臓を持つ娘の存在を疑っていたし、もし実際に存在したとしても、その娘を手に入れるだけで聖獣を奪い返せるとは思っていなかった。そんな単純なものではないはずだ。

――そもそも、なぜ聖獣の心臓が人間の娘のもとにある？

言い伝えの中にその答えはない。そんな不確かなことに、これ以上国民を巻き込むわけにはいかないのだ。

父王はにやりと笑う。

「魔術師たちがおるだろう。魔術師たちを雇《やと》ったのは無駄骨だと思ったが、意外なところで役に立ちそうだ。聖獣が気づく前に、あの者たちに命じて娘を魔術でロウゼルドに送らせればいい。ひとたび国境を越えてしまえば、聖獣といえどそう簡単に奪い返すことはできぬ。何しろ聖獣が他国へ攻め入ることは禁止されておるからの」

くっくっくっと愉快そうに笑うと、父王はクレメンスに視線を向ける。

「娘を攫《さら》うことに関しては、クレメンス、お前にももちろん役に立ってもらうぞ？」

逆らうことを許さない声と視線に絡め取られ、クレメンスは屈《くっ》せざるを得なかった。

＊＊＊

同じ頃、フェルマ国の国王の執務室では、リクハルドがエルフィールの訪問を受けていた。

「え？　聖獣のことを？」

そう聞き返したリクハルドに、エルフィールは恥ずかしそうに頬を染めながら頷《うなず》く。

「はい。聖獣のことをもっとよく知りたいのです。この間『聖獣の庭』でラファードと話をして、私、自分が聖獣のことをほとんど知らないことに気づきまして。その、『聖獣の世話係』として知っておくべきなのではと思ったのです。それで、あの……どなたか聖獣のことをよく知っている方をご存じないでしょうか？　聖獣を研究されている方とか。色々と話を聞きたいんです」

「話ねぇ……」

表面上はにこやかに受け流しながらも、リクハルドは内心苦笑していた。

――お互いに似たようなことを言うものだなぁ。

実はつい昨夜、リクハルドの私室にラファードがいきなりやってきて、こう言ったのだ。

『エルフィールの婚約者のことを調べてくれ。お前、こういうの得意だろう？』

びっくりしたのはリクハルドだ。何しろ人間に深く干渉しないはずの天獣がそんなことを言うとは予想外だったし、そもそもエルフィールに婚約者がいるというのもリクハルドには初耳だ。

婚約者の有無などジュナン伯爵から聞いていないし、尋ねる必要があるとも思わなかった。

――だって、まさか聖獣と人間が男女の関係になるなんて夢にも思わないだろう？

エルフィールがここにいるのも先代聖獣が帰ってきて心臓のことが解決するまでの間だし、互いに親の決めた相手がいるのだから、肉体関係を結ぼうと刹那的《せつなてき》なものでしかないだろう。

そんなふうに考えて、二人の関係を放置するつもりでいたのだが、当のラファードが最初の一歩を踏み出してしまったようだ。

『エルフィールは結婚を望んでいない。家のためと、受けた恩を返すために、自分を犠牲にするつもりでいるんだ』

ラファードの説明によれば、エルフィールの婚約者は平民だという。金を援助してもらうのと引き換えに、エルフィールが十八歳になったら商人の息子と結婚することが決まったらしい。

貴族令嬢が平民に嫁ぐというのは、フェルマ国では珍しいことだが、まったくないわけじゃない。ただ、借りたお金は返し終わっているし、ジュナン伯爵の商売もうまくいっている。もう商人の援助を必要としているわけではないのに、エルフィールは嫁ごうとしているのだった。

エルフィールも、それをよしとしているジュナン伯爵も、真面目で義理堅い性格なのだろう。

リクハルドとしても、それはとても好ましい点だと思う。だからといって一国の王が、さほど重要でない貴族の結婚に口を出せるかどうかは別問題だ。

『だから相手を調べてほしいんだ。徹底的に』

要するに相手のことを調べて弱みを握り、エルフィールとの結婚をなかった方向に持っていけと言いたいらしい。

『お前の交渉術は父上のお墨付きだ。俺にはできそうにないが……』

尊敬する先代聖獣に褒《ほ》められたことは純粋に嬉しいが、リクハルドはエルフィールの結婚を妨害することには、どうも気が乗らなかった。

そこで適当に調べて、万一相手がエルフィールに相応《ふさわ》しくない屑《くず》だったら妨害し、逆に人格者だったらラファードを説得するつもりで引き受けることにした。

――なのに、まさかエルフィール嬢までこんなことを言いだすとはね。

エルフィールは聖獣のことを教わりたいという。二人の間に何があったか知らないが、どうやらお互いに何か思うところがあるらしい。

――さてはて。それは本当に『聖獣の世話係』として必要だからかな？

エルフィールの様子を窺《うかが》いながらリクハルドは口を開く。

「実はね、聖獣を研究対象にするのは失礼に当たるということで、この国に天獣を研究している者はいても、聖獣を研究している者はいないんだ」

「いない？」

エルフィールは目を丸くする。リクハルドはくすっと笑いながら頷《うなず》いた。

「そうだ。だから聖獣のことをよく知っているのは、一番接することの多い王族《ぼくら》ということになるな。君は天獣のことが知りたいのではなく、聖獣のことが知りたいんだろう？」

「はい」

「だったら僕が教えてあげよう。国家機密になるようなことは教えられないけれど、言える範囲のことなら伝えても構わないだろう。……まぁ、僕が教えるよりラファードに直接聞いてもらった方が早いけれど」

リクハルドが少し意地悪く付け加えると、エルフィールは慌てて首を横に振った。

「……い、いえ、ラファードにはちょっと、その」

「本人に聞くのは抵抗ある？」

エルフィールは頷《うなず》いてから、何かを思い出したようにおずおずと尋ねた。

「あの、いいんでしょうか？　陛下はすごくお忙しい身なのに……」

「大丈夫。それに、君のために時間を取るわけじゃないから」

リクハルドが笑いながら言うと、エルフィールは目を瞬《また》かせた。

「君は母上とラヴィーナのお茶会によく誘われているだろう？　僕も時々顔を出すから、その時間を利用して聖獣のことを教えてあげるよ。ちょうどラヴィーナも聖獣のことを復習する良い機会だ」

エルフィールはリクハルドのことをまじまじと見つめていたが、彼の言っていることを理解したのか、頭を深く下げた。

「ありがとうございます。よろしくお願いします」

リクハルドは鷹揚《おうよう》に頷《うなず》き、それから付け加えた。

「あ、そうだ。ちょうどよかった。君に少し聞きたいことがあったんだ。ラファードから聞いたけど、婚約者がいるんだって？」

「え、あ、はい。そうですが……」

不思議そうなエルフィールを巧みに導きながら、リクハルドは婚約者についての情報を聞き出す。けれど、ラファードが語った以上のことをエルフィールも知らないようだった。

——変だな。父親の方に会ったことはあっても、当の婚約者の顔は一度も見たことがないとは。その婚約者は本当に実在しているのかな？

俄然《がぜん》興味が湧きだしたリクハルドだが、そんなことはおくびにも出さず微笑んだ。

「今日の午後も母上のお茶会があったよね。ではさっそく今日から始めようか」

「はい！　よろしくお願いします！」

笑顔で執務室を出ていくエルフィールを見送ると、リクハルドはさっそく行動を開始する。

——サンド商会か。ジュナン伯爵からも話を聞く必要があるな。

部下を呼び、段取りよく調査の手配をしながら、自分の知らないところで何か大きな力が動いているのを感じていた。

＊＊＊

その日の午後、エルフィールは王太后とラヴィーナ王女のお茶会に出席していた。今回のお茶会の場所は庭ではなく、王太后の私室だ。

「お姉様と一緒にお兄様とお勉強するの、とても楽しみだわ！」

兄のリクハルドも来ると知ったラヴィーナはご機嫌だ。そんなラヴィーナを見て、王太后も楽しそうに微笑んでいる。

国王であるリクハルドは毎日忙しく、朝から晩まで公務が入っている。ラヴィーナは昼間はめったに兄と会えないため、勉強という名目ながら一緒にいられるのが嬉しくて仕方ないのだ。

「お父様が病気になられる前は、家族揃《そろ》って朝食をとることもできていたのだけれど」

先代国王はもともとあまり身体が丈夫ではなかったらしく、五年ほど前に大病を患《わずら》ったあとはほとんど寝たきりで、代わりに王太子だったリクハルドが父王の代理を務めていた。

国王となった今も多忙な状態が続いていて、家族揃《そろ》って食事をとることもままならないらしい。

「お兄様とは週に一度、一緒にお食事できればいい方よ。でも会えばうんと甘やかしてくださるの」

めったに会えないからこそ、リクハルドは妹を溺愛《できあい》せずにはいられないようだ。

王太后がくすりと笑う。

「実はね、私のお茶会はリクハルドの午後の休憩時間にセッティングしているの。休憩も取れないほど忙しい時はともかく、余裕がある時はここに来れば家族の時間が持てるでしょう?」

エルフィールはそれを聞いて恐縮した。

「そんな貴重な時間を、私のために使わせてしまって申し訳ありません」

彼女が椅子の上で縮こまると、王太后は優しく微笑みながら首を横に振った。

「いいのよ。あなたに教えるために、あの子も頑張って時間を取るでしょうし。ちょうどラヴィーナも聖獣と国の関わりや、王族の役割を知っていい時期ですもの」

「聖獣と国の関わり……」

「ええ。王族は代々それを学び、子孫に伝えてきたの。この国が三代にもわたって聖獣の加護を受け続けていられるのは、そのことを代々の国王や王族が戒《いまし》めとして刻んできたからでしょう」

「そ、そのような大事なことを私に教えていいんですか？」

考えていた以上に大事になっていくのを感じて、エルフィールは焦った。

「構いませんよ。それにリクハルドも言っていたけれど、ラファードの心臓を持つあなたは、聖獣について詳しく知る必要があるわ」

「そ、そうですか、陛下が……」

――私はただ、ラファードのことを、もっと知りたいと思っただけなのに……

エルフィールの聖獣に対するイメージは、国民の大多数が考えているように漠然《ばくぜん》としたものに過ぎなかった。国を守り導いてくれる、長寿で慈悲《じひ》深い天獣。

だが日常的にラファードと関わるようになって、意外にも彼が「人間らしい」ことに驚いた。リクハルドに教わるまで彼は人間だと思って疑いもしなかったほどだ。

エルフィールから見たラファードはひどく強引な男で、エロ虎で、彼女の持っていた「聖獣」のイメージを見事に粉砕《ふんさい》してしまった。

その一方で彼はまぎれもなく「聖獣」で、人間との距離感に迷っているようだった。

庭でラファードを慰《なぐさ》め、発破《はっぱ》をかけながら、エルフィールは自分が彼について何も知らないことを改めて感じたのだ。

──聖獣っていったいなんなのかしら？

もっともっと知りたいと思った。だからリクハルドに頼んで詳しい人を紹介してもらおうと考えたのだが、思いがけず大事になってしまい、戸惑いを隠せなかった。

「不安にならなくていいわ。別に門外不出の話ではないし、王族だけじゃなく重臣や身近にいる者なら知っていることだから」

王太后が言い終わるのと同時に、扉の外にいた護衛兵がリクハルドの訪問を告げた。

「待たせたね」

「お兄様！」

颯爽《さっそう》と入ってきたリクハルドにラヴィーナが飛びつく。エルフィールたちの他には気心が知れた侍女長しかいないため、ラヴィーナは気兼ねなく甘えることにしたらしい。いつもは召使たちの視線を気にして、こうした王女らしくない振舞《ふるま》いを我慢しているのだ。

「僕の小さな姫、この間抱えた時よりまた少し大きくなったみたいだね」

リクハルドはラヴィーナを腕に抱き上げ、頬にキスをしながら笑った。ラヴィーナはくすぐったそうに、それでいて嬉しそうに頬を染めた。

「本当？　嬉しい！　早く大きくなって、お兄様を補佐するくらいになりたいの」

「ラヴィーナ、嬉しいけれど、そんなに急いで大きくならなくていいんだよ。いつまでも僕の小さな姫でいてほしい。でないとお嫁にやらなければならないからね」

「もう、お兄様ったら！」

麗《うるわ》しい兄妹のやりとりを微笑ましく見ていたエルフィールは、ふと「陛下ははたして結婚できるのかしら？」などと思ってしまった。

――陛下が結婚しないのは忙しいからというだけではなくて、奥方をもらえばラヴィーナ様を愛《め》でる時間がなくなってしまうから……だとか……？

自分の考えを否定したいところだが、この溺愛《できあい》ぶりだと、まったく外れているわけではなさそうだ。兄妹はさんざんイチャついたあと、テーブルに戻ってきた。

侍女長に淹《い》れてもらったお茶を飲み、一息ついたところでリクハルドが口を開く。

「さて、聖獣のことを知りたいんだったね」

「は、はい」

エルフィールは居住まいを正す。

「具体的に何を知りたいのか分からないから最初に断っておくが、実は彼らの生態については、王族の僕らもよく分かっていないんだ」

「え？」

「だからそれを聞きたいのなら、僕は期待に応《こた》えられないと思う。意外に思うかもしれないけれど、僕ら王族は聖獣を従えているわけじゃない。国を守護してもらう契約を結んだだけで、基本的に彼らの生活には干渉しない。また聖獣の方もよほどのことがない限り人間に干渉しない。そういう間柄だ。そこは誤解しないでほしいな」

思いもよらないことを告げられてエルフィールは唖然《あぜん》とした。ラファードとリクハルドを見ていると、とてもそんなふうには見えないからだ。

彼女の表情からそんな思いを読み取ったらしく、リクハルドは苦笑を浮かべた。

「もっとも僕とラファードは歳が近くて一緒に育っているから、聖獣と国王というよりは幼馴染《おさななじみ》で友人同士という関係だ。ラファードは聖獣の枠を踏み越えてまで僕を補佐してくれている。僕がもっとしっかりしていればいいんだけど……つい甘えてしまってね。でもいつかは彼本来の役目に戻してあげたいと思っている」

「あなたはよくやっていますよ、リクハルド」

「そうよ、お兄様」

王太后とラヴィーナが口を挟む。リクハルドは母と妹に向かって微笑んだ。

「ありがとう、母上、ラヴィーナ。……それで話を元に戻すけれど、エルフィール嬢、君はなぜ天獣が守護の契約を交わし、国や人を守ってくれると思う?」

突然尋ねられてエルフィールは戸惑う。

「え、えぇっと、その国や人を気に入ったから、ですか？」

フェルマ国に聖獣がいるのも、時の王を天虎族の青年が気に入り、守護の契約を交わしたのが始まりだったと聞いている。

「その通り。初代聖獣――ラファードのお祖父《じい》さんは、当時の国王を気に入ったから、彼の治める国に加護を与えてくれた。その国王が亡くなったあとも、同じように守り続けてくれている。聖獣は義理堅くて誠実で、そして忠実だ。だからこそ僕ら王族は、それに甘えてはいけないんだよ」

そこまで言って一息つくと、リクハルドは目の前のカップを取り上げて、ほんの少し残っていた中身に視線を落とす。

「初代の聖獣が僕らの先祖と守護の契約を交わした時、彼が僕ら人間に望んだのは良き隣人であれ、ということだった。互いに深く干渉せず、聖獣の力に頼るだけではなくて自分たちの力で国を治めることを王に求めた」

「良き隣人であれ、ですか？」

「ああ。僕ら王族は戒《いまし》めとして、その言葉を代々伝えてきた。だからこそ、聖獣も僕らの努力に応《こた》えて、代を重ねても守護してくれている。もしその戒《いまし》めが忘れられた時は、この国から聖獣は失われ、その加護も我々の手から零《こぼ》れ落ちてしまうだろう」

まるで予言のように告げると、リクハルドはカップの中のお茶を飲み干し、静かに受け皿に戻した。

「聖獣の加護を受けた国は過去にいくつもあったが、いずれも長く続かなかったのは、ほとんど人間が原因だ。人間は弱く、すぐ楽な方に流される。聖獣のおかげで享受《きょうじゅ》できているものが当たり前になると、そのありがたさを忘れて、もっと多くを求めてしまう。聖獣にとっても人間に深く関わることは危険なことだ」

リクハルドは一瞬だけエルフィールに意味ありげな視線を向けた。

「知ってるかい？　聖獣になることは、天獣にとって何一つメリットがない。守護する国に縛られ、自由に世界を飛び回ることもままならなくなる。自然と天候を安定させるため、常に魔力を費《つい》やしている。好意を持った、ただそれだけで彼らは加護を与え続けてくれるんだ。彼らは慈悲《じひ》深く、愛情豊かで、僕らが望めばできる限り叶えてくれようとする。聖獣と人間が互いに依存せず、適度な距離を置いて付き合い続けるのは、ひどく難しいことなんだよ」

「陛下……」

エルフィールはラファードが庭で言ったことの意味を、ようやく理解した。

聖獣が人間と共にあるためには、ある一定の距離を置くことがどうしても必要なのだ。距離が近いことは互いのためにならない。

でもラファードにとってリクハルドは幼馴染《おさななじみ》で友人だ。その友人のためにできるだけ手助けをしたいと思うのは当然だろう。だが、それは聖獣として越えてはならない一線なのだ。

リクハルドは手を伸ばして、隣に座るラヴィーナの頭を撫でた。

「だからラヴィーナ、君がラファードを兄のように慕《した》うのはいい。でも、僕らにするように我儘《わがまま》を言ってはいけない。ラファードは大好きな君の願いを叶えようと、できるだけのことをするだろう。でもそれは君にとってもラファードにとってもよくないことなんだ。ラファードは聖獣で僕らは人間。そのことを決して忘れてはいけないよ」

ラヴィーナは真剣な表情でこくんと頷《うなず》いた。

「はい、お兄様」

――聖獣と人間の距離……。

リクハルドの言葉はラヴィーナに向けられたものだったが、なぜかエルフィールにも向けられているような気がした。

「それと聖獣と国との関わり合いについて、もう一つ重要なことがある。ラヴィーナ、これは君にもいずれ圧《の》し掛かってくることだから、しっかり覚えておいてほしい」

ラヴィーナの頭を撫でながらリクハルドは言う。その表情はいつになく真剣だ。

「聖獣の加護を受ける国はいいこと尽くめのような気がするが、一つ落とし穴があってね。他国に侵攻してはならない決まりがあるんだ。聖獣の力は強大だ。その力を戦いに転用させれば周辺諸国は膝《ひざ》を屈《くっ》するしかない。そうならないために、聖獣が守護する国にはある制約が課せられる。他国に軍を侵攻させてはならないということと、聖獣にも国境を越えて力を行使させてはならないということだ。もし破れば聖獣は他の国の聖獣から力を封印され、制裁を科せられる。国は聖獣とその守護を失い、他国に蹂躙《じゅうりん》されるだけだ」

すいぶん厳しい措置《そち》だ。けれどエルフィールには納得できるものがあった。同じことを考えたのか、ラヴィーナも頷《うなず》いている。

「制約が課せられるのは仕方ないことね」

「そうだね。でも制約には別の側面もある。たとえばロウゼルドが今我が国に侵攻する計画を立てているとしても、あの国に兵を送ってそれを叩き潰すことはできないんだよ。侵略行為に当たってしまうからね」

エルフィールは目を見開く。ラヴィーナも表情をこわばらせた。

「つまり……攻撃されて反撃することは許されても、こちらから進軍することは許されないってことなの、お兄様？　戦いの場になるのも、血が流れるのも、このフェルマ国の大地だけってこと？」

「そうだ。大勢の民がロウゼルドの兵に殺されようが、国境を越えて逃げられてしまえば、それを追いかけて仇《かたき》を取ることもできないんだ。ロウゼルドが何度我が国に出兵しようが、あの国を滅ぼすことはできないんだよ。いくら国民が報復を望もうと、僕ら王族はそれを止めるしかないんだ。それが聖獣に加護を受ける国の制約だ。絶対に守らなければ」

「……はい」

悔しそうにラヴィーナは頷《うなず》いた。

ロウゼルドとの戦いの歴史は長い。この五百年の間に何度も侵攻され、その都度聖獣の力を借りて撃退してきた。フェルマ国が普通の国だったら、とっくにロウゼルドを滅ぼし併合していたことだろう。それができないのは、皮肉にも聖獣の加護を受けた国だからだ。

「ロウゼルドもそれが分かっていて喧嘩《けんか》を売ってくる。幸い五十年前にあちらが大飢饉《だいききん》に陥《おちい》った時、先代聖獣が食料援助と引き換えに、フェルマに対して挙兵しないことを誓約させたんだ。でも、かの国は挙兵できない代わりに、先日の辺境伯の事件のように陰で卑怯《ひきょう》な手を使うことが増えてきた。この先もそれは変わらないだろう」

リクハルドの顔は悲しんでいるようであり、達観しているようでもあった。

「僕らにできるのは、いち早くロウゼルドの動きを探り、被害を最小限に抑えることだけだ。ラファードだけに頼ることはできない。これは僕ら王族がやるべきことだから」

＊　＊　＊

お茶会のあと、エルフィールは護衛の兵が送ると言うのを断り、一人で居館の廊下を歩いていた。

――王族というのは大変なのね。

聖獣に守られたこの国は、豊かで国力が安定し、政変もなく平和が続いている。だから王族はもっと楽に生活していると思っていた。

でも現実は違っていた。リクハルドやラヴィーナは重いものを背負っているのだ。

……そしてラファード自身も。

制約は国だけでなく聖獣にも重く圧《の》し掛かっている。過度に人間に干渉しないというのも、あるいは聖獣自身のためだけではなくて、国や王族のためを考えてのことだったのかもしれない。

エルフィールは歩きながら深いため息をつく。

お茶会の前は意気揚々《いきようよう》としていたことが嘘のようだった。知らなければよかったとは思わないけれど、重苦しい気持ちになるのを止められない。

立ち止まって自分の左胸をそっと押さえる。

手のひらの下では、ドクンドクンと規則正しい鼓動の音が鳴り響いていた。

気が重い理由は聖獣と国、そして王族との関わりを聞いたからではない。リクハルドの戒《いまし》めのような言葉がずっと耳を離れないからだ。

『ラファードは聖獣で僕らは人間。そのことを決して忘れてはいけないよ』

エルフィールは人間で、ラファードは人間の形になれるとはいえ、本性は天獣。

「最初からそれは分かっているのに、どうしてその言葉が気になるの……？」

ポツリと呟《つぶや》いた言葉に答える声はなかった。

やがてのろのろと歩き始めたエルフィールは、自室ではなく隣のラファードの部屋に向かった。

今、無性にもふもふしたいと思った。ラファードのあの滑《なめ》らかな毛に触れたい。顔を埋《う》めたい。

ところが部屋にラファードはいなかった。

「……『聖獣の庭』かしら?」

『聖獣の庭』はラファードのお気に入りの場所らしく、日が照っている間はあそこにいることが多い。あれ以来、時々エルフィールも『聖獣の庭』におりて、ラファードと日光浴を楽しむようになっていた。

さっそく一階におりて、『聖獣の庭』の出入り口へと向かう。通路を歩きながら馴染《なじ》みの姿を探すが、どうやら今日はいないようだ。

下級使用人のアイラはこの辺の掃除を担当しているらしく、エルフィールは『聖獣の庭』に行く時に、たびたび行き合って会話を交わすようになっていた。

アイラの仕事を邪魔しないように、ほんの二言《ふたこと》三言《みこと》だが、エルフィールにとってはそれも楽しみの一つだった。純朴で真面目なアイラはジュナン伯爵家に仕えてくれている馴染《なじ》みの使用人たちを彷彿《ほうふつ》とさせる。

——もっともアイラは実家の使用人たちより、かなり上品だけれど。

本人は貴族に仕えていたことがあるからだと言っていたが、物腰や立居振舞《たちいふるま》いを見る限り、貴族かそれに準ずる家の出身なのではないかとエルフィールは見ている。

もしかしたら実家が没落してしまい、今は平民として働いているのかもしれない。

詳しく聞くことはできないが、家が没落しかけたことがあるエルフィールにとって、アイラはまったくの他人には思えないのだ。サンド商会に援助してもらわなければ、今頃エルフィールも掃除女中として働いていたかもしれない。

そんなことを考えながら、『聖獣の庭』の出入り口に近い角を曲がった次の瞬間、エルフィールは口を塞《ふさ》がれ、太い腕に抱きかかえられた。

「っ……！」

足が浮き、その下の床が見えた。何が起きたのかとっさに理解できない。

――え？　いったい、何が？

口元を覆《おお》う大きな手のせいで顔は動かせなかったが、なんとか視線を斜め上に向けると、下働きのような服装をした大男がいた。エルフィールはその男の小脇に抱えられているのだ。

大男に見覚えはなかった。もちろん、こんなことをされる覚えもない。

「よくやった！　兵士に見つかる前にここを離れるぞ！」

別の方から誰かの声がした。見れば、同じように下働きの服装をした男が、周囲を窺《うかが》いながら大男に指示を出している。

「入ってきたのと同じ窓からなら、なんとかその娘を抱えたまま出られるだろう。あとは城に入る時に持ってきた荷物に紛《まぎ》れさせれば、城の外へ出せるぞ」

そこでエルフィールはようやく自分が拐《かどわ》かされそうになっていることに気づいた。

——どうして私が？

理由は分からないが、非常にマズイことになっているのは分かる。口が塞《ふさ》がれているため、声を出して助けを呼ぶこともできない。このままだと男たちに攫《さら》われてしまうだろう。

——どうしよう、どうしたらいいの？

その時、エルフィールの脳裏《のうり》に浮かんだのはラファードの面影だった。

——ラファード……！

男たちはエルフィールを抱えたまま、近くの小さな部屋へと向かった。おそらくその部屋の窓から居館に侵入したのだろう。

扉を開けた男が、エルフィールを抱えた大男を振り返る。

「今のうちにここから出るぞ。その娘を城の外へ出して向こうに引き渡せば、俺たちは大金を手にすることができ——」

そこで言葉が途切れる。驚愕《きょうがく》の表情を浮かべた男の視線は大男に注がれている。……

いや、男が見ているのは大男ではなく、その背後に悠然と浮いている存在だった。

しなやかな身体を持つ、大きな大きな虎。

この国を守護する聖なる獣——聖獣だ。

「聖……ぐっ」

男が震える声で口にした言葉は、不意にうめき声に変わった。ガクリと男の膝《ひざ》が崩れる。

エルフィールが驚く間もなく、彼女を抱えた大男も力を失い、床に倒れ込んだ。

「あっ……」

男に手を離されたエルフィールも床に激突するはずだった。ところが次の瞬間、エルフィールは空中に浮かぶラファードの背中に乗っていた。

「ラファード……」

「もう大丈夫だ。怪我はないか、エルフィール？」

「は、はい」

こくこくと頷《うなず》くと、エルフィールは下を見おろした。

廊下の床には男が二人倒れている。ピクリとも動かないので意識はないようだ。

「ま、まさか、殺し……」

「殺してはいない。魔術で気絶させただけだ。尋問する必要があるからな」

——よかった。

声に出さずに呟《つぶや》くと、エルフィールはホッと安堵《あんど》の息を吐く。自分を誘拐した男たちの身を案じたのではない。聖獣であるラファードに人間を殺《あや》めてほしくなかったのだ。

「まったく。この城の中でこのような狼藉《ろうぜき》を働く者がいるとはな」

冷たい響きを帯びた声がラファードの大きな口から零《こぼ》れる。彼も眼下を見おろし、床に伸びている二人を睨《にら》みつけていた。

「リクハルドにも現況を伝えた。すぐに兵がやってきて、こいつらを捕らえるだろう。……ああ、来たな」

ガチャガチャと甲冑《かっちゅう》の音を響かせながら、何人もの兵士が走ってくるのが見えた。

「彼らに任せて俺たちは部屋に戻ろう。……怖かっただろう？　もっと早くに気づけばよかった」

気遣うような声に、エルフィールは胸がポッと温かくなるのを感じた。その熱は誘拐されそうになったショックと恐怖を、いとも簡単に吹き飛ばしてしまう。

「ううん、大丈夫。だって、きっとラファードが来てくれる、助けてくれると思っていたもの」

攫《さら》われそうになっている間、恐慌状態にならずに済んだのは、きっとラファードが助けに来てくれるという思いがあったからだ。

「その通りになったわ。ありがとう、ラファード」

エルフィールが笑顔でお礼を言うと、なぜかラファードはふいっと視線を逸《そ》らした。

「お前の声が聞こえたからな。それに、俺たちはお前の中にある心臓を通してつながっている。お前がどこにいようが、俺には分かる……だから、安心するといい」

虎の姿をしているので表情は分からない。けれど、なんとなく照れているように感じた。

「はい」

嬉しくて笑いながらエルフィールは頷《うなず》く。

二人の眼下では、兵士たちが気絶した男たちの身柄を拘束していた。


同じ頃、兵士たちが男たちを運んでいくのを物陰から窺《うかが》う人物がいた。

掃除用具を手にしたアイラだ。

アイラは先ほどまで聖獣とエルフィールが浮かんでいた天井を見あげ、踵《きびす》を返した。

使用人専用の通用口から出たアイラに、そっと近づく男がいた。男は地味な文官の服装をして、書類の束を抱えている。

「やぁ。アイラ、調子はどうだい？」

親しげに声をかけてくる男に、アイラは微笑み返した。

「調子はいいわ。あなたは？」

二人はその場で立ち止まり、会話を続けた。彼らの姿は一見、顔馴染《かおなじ》みの男女が立ち話をしているだけのように見える。けれど、笑みを浮かべたまま彼らが口にする言葉は、微笑ましさとは無縁のものだった。

「やっぱり聖獣はエルフィール様の危機を感知できるようです。すぐに聖獣がやってきて男たちを捕らえました」

「そうか。やはり正攻法で攫《さら》うのは無理なようだな。魔術師の力を借りた上で、聖獣の気を逸《そ》らす必要がある。さっそく本国に伝えよう。お前は引き続き例の娘を監視しろ」

文官風の男は笑みを浮かべたまま命じる。彼はロウゼルドからこの国に送られた間者《かんじゃ》たちを束ねていた。アイラの上官であり監視役でもある。

アイラはエルフィールの笑顔を思い浮かべ、罪悪感に胸を塞《ふさ》がれながら頷《うなず》いた。

「はい。……じゃあ、またあとでね」

微笑を浮かべたまま、わざと大きな声で挨拶《あいさつ》すると、アイラはその場から歩き始めた。男も何もなかったように仕事へ戻っていく。

しばらくして足を止めたアイラは、箒《ほうき》をぎゅっと握りしめ、目をつぶって小さな声で呟《つぶや》いた。

「ごめんなさい、エルフィール様……ごめんなさい……」

苦悩に満ちたその声は、誰の耳にも届くことはなかった。

＊＊＊

「エルフィール嬢の様子はどうだい？」

リクハルドは執務室を訪れたラファードに尋ねた。虎の姿なので表情は分かりづらいが、長い付き合いのリクハルドには彼が苛《いら》ついているのが分かる。

「落ち着いているが、念のために今は休ませて、侍女長に傍《そば》についてもらっている」

「そうか……」

椅子に座ったまま、リクハルドは思わしげな表情で頷《うなず》いた。

「で、あいつらはどうしている？」

あいつらというのはもちろん、ラファードが捕らえた二人組のことだ。

「意識が戻ったので尋問したよ。観念して素直に吐いている。どうやら城へは出入りの業者を脅し、従業員を装《よそお》って紛《まぎ》れ込んだようだね」

「他には？　何か分かったのか？」

「あいつらはチンケな犯罪グループの一員で、エルフィール嬢を攫《さら》ったのは依頼があったからしい。ただ、何人もの仲介を経た依頼だったらしく、エルフィール嬢を狙う理由は聞いていないようだ。一応その犯罪グループ全員を捕まえて取り調べるつもりだが、おそらくこれ以上のことは分からないと思う」

ラファードは尻尾《しっぽ》を苛立《いらだ》たしげに床に叩きつけた。

「どうせロウゼルドだろう。エルフィールが俺の世話係になったので、利用できると考えたに違いない」

リクハルドは意味ありげにラファードをちらりと見た。

「あるいは君の心臓を持っていることを嗅ぎつけたのかもしれないね。ラファード王子の正体が聖獣だと見当をつけていたなら、舞踏会での君とエルフィール嬢のやりとりを見れば予想はつくもの」

ラファードはムスッと口を引き結ぶと、床を睨《にら》みつける。公衆の面前で心臓のことを口にした自分の迂闊《うかつ》さを悔いているようだ。

「まぁ、今さら言っても始まらないか。ただ不思議なのは、ロウゼルドの仕業にしてはお粗末なんだよね。あの二人組を手引きした者がいるのは間違いないけれど、こんな派手な方法を取らせるなんて、失敗しろと言わんばかりなのが気になる。何か別の理由があったのかもしれない。

「あるいは本気で攫《さら》うつもりはなかったのか……」

ロウゼルドの思惑が分からず、ラファードとリクハルドは難しい顔で考え込んだ。

「……とにかく、今まで以上に警戒が必要だね。城に出入りする者のチェックと、居館の警備を強化。それに間者《かんじゃ》の割り出しも急ごう。ラファード、エルフィール嬢には居館からなるべく出ないように言ってほしい」

「分かった」

ラファードは頷《うなず》くと、その場から姿を消す。一刻も早くエルフィールのもとへ戻りたいのだろう。

リクハルドは椅子の背もたれに背中を預けて、深いため息をついた。

まだ確定ではないことなので言わなかったが、彼にはもう一つ懸念《けねん》材料があった。

フェルマ国で商《あきな》いを行《おこな》っている会社や商会に詳しい役人たちに、サンド商会について聞いたのだ。ところが彼らはサンド商会についてはよく分かっていないと答えた。

十五年ほど前からフェルマ国で商売を始め、瞬《また》く間に豪商にのし上がったというサンド商会。そのフェルマ支部を預かる者の名前は分かっているけれど、商会の持ち主については名前すら把握できていないらしい。

——正体不明の商人が、エルフィール嬢を見初《みそ》めたのは偶然だろうか？

リクハルドは嫌な予感を覚えながら、改めて徹底的に調査することを部下に命じた。

聖獣の心臓を持つ娘。その価値は計り知れない。そんなエルフィールの周囲に、素性不明の者が近づいていた。それも十年も前から。

「まったく。頭が痛いことが次々と……。国王になんてなるもんじゃないね」

苦い声で呟《つぶや》くと、リクハルドは空に向かって囁《ささや》きかけた。

「先代様、一刻も早く戻ってきてください。どうも僕の手には負えないようです」

途方に暮れたように呟《つぶや》くリクハルドの表情は、国王のそれではなく、年相応の青年のものだった。

＊＊＊

その夜、エルフィールは自室のベッドの端に座り、脚をぷらぷらさせながらラファードを待っていた。そこへ音もなく小さな光が現れ、それがあっという間に人間の形になる。

「エルフィール、大丈夫か？　怖くはないか？」

現れるや否《いな》や、ラファードはそんな言葉を口にした。

「大丈夫よ」

怖い思いはしたが、ラファードがいるから大丈夫という心の余裕があったせいだろう。エルフィールは自分でも驚くほどケロリとしていた。むしろみんなに心配されすぎて、申し訳ないくらいだ。

ラファードはエルフィールの隣に座り、頬に手を触れながらじっと見つめてくる。きっと彼女の心を探って後遺症がないか確かめているのだろう。

ようやく納得できたのか、金色の瞳に安堵《あんど》の色を浮かべ、エルフィールの鼻にキスを落とす。エルフィールはくすぐったいと思いながら、ラファードに抱きついた。

彼の腕の中にいると、とても安心できた。

「エルフィール。お前が無事でよかった……」

しみじみとした声で呟《つぶや》くと、ラファードはエルフィールの顔に何度も何度もキスをした。まるでちゃんと腕の中にいるのを確かめるかのように。

やがてそのキスが唇に移る。エルフィールは口を開いてラファードの舌を受け入れた。

「ん……っ」

最初は戯《たわむ》れるだけだったキスがどんどん深いものに変わる。舌を絡ませ合い、咥内《こうない》を弄《まさぐ》り、唾液を交換する。そこに魔力は含まれていなかったが、エルフィールは身体がどんどん熱くなるのを感じた。頭の芯が痺れて何も考えられなくなる。

やがて身体がぐらりと傾《かし》いで、ドサッとベッドに倒れる。ギシッとベッドが軋《きし》む音がした直後、ラファードに圧《の》し掛かられてエルフィールは戸惑った。

「こ、ここで？」

いつもはラファードの部屋の寝所に連れ込まれて、そこで行為をしていた。最初の夜からずっとそうだ。だから自分のベッドに押し倒されてエルフィールは驚いた。

「たまには変わった趣向でいいだろう？」

ラファードはエルフィールの夜着を脱がしながら笑う。

「まぁ、本音を言えば移動させるのも面倒なくらい、早くお前を抱きたいだけだ」

「そ、そう……」

エルフィールは恥ずかしさにもじもじしていたが、やがて頬を赤く染めて頷《うなず》いた。

「こ、ここでいいわ」

「悪いな」

誘うようにうっすらと開いた唇に頬を寄せながら、ラファードが淫靡《いんび》に笑った。

「あ、ん……あ、はぁ……ん」

部屋にエルフィールのこもったような声が響く。彼女はラファードの片腕に抱えられるようにして、愛撫《あいぶ》を受けていた。

ラファードは頭を下げ、胸のふくらみにキスをし、尖《とが》った先端を咥《くわ》えて舌で嬲《なぶ》る。その一方で、膣《ちつ》の中を指で弄《まさぐ》り、いつものように彼女の身体を高めていく。

指が出し入れされるたびに響く水音に、エルフィールは恥ずかしいと思いながらも、熱く火照《ほて》っていく身体を止めることができなかった。

身体の芯がじんじんと疼《うず》き、背中を幾度となく震えが駆け上がっていく。

「いつもより濡れているようだな」

掻き回され、白く泡立った蜜が零《こぼ》れ落ちるのを見て、ラファードがくすっと笑う。エルフィールは顔を真っ赤に染めた。

「い、いつもとは違うから、その、恥ずかしくて……」

そう答えながらも、常とは違う場所での交わりに、どういうわけか興奮を覚えていた。認めたくはないが身体は正直で、自分の淫《みだ》らさが恥ずかしくてたまらなかった。

「恥ずかしがることはない。お前が興奮するのは俺にとっては喜ばしいことだ」

「ラファード……」

その言葉に勇気づけられるように、エルフィールはラファードの身体に手を伸ばす。

最初の頃は翻弄《ほんろう》される一方だったが、次第に慣れてきて、今ではラファードの身体に触れることも多くなってきた。彼の裸体に手を這《は》わせ、筋肉の盛り上がりを感じる。エルフィールの愛撫《あいぶ》にラファードが熱い吐息をつくのが、彼女の密かな悦《よろこ》びだった。

ラファードの愛撫《あいぶ》を受けながら、エルフィールも彼の裸体を弄《まさぐ》る。胸の筋肉を楽しみ、平らな下腹部の筋肉が手のひらの下で波打つのを楽しんだ。

そしてさらに手を滑《すべ》らせ、ラファードの怒張《どちょう》におずおずと触れる。最初は見るだけでおののいていた凶悪な男性器にも、今では触れられるようになっていた。

少しだけ濡れたような感触のする先端の部分を手のひらで包む。その時、ラファードがエルフィールの胸の頂《いただき》をカリッと噛んだ。キュンと子宮を刺激され、エルフィールは喘《あえ》いだ。

「あんっ……！」

「その辺でやめておけ、我慢が利かなくなる」

それでもエルフィールは手を離すことなく、恥ずかしそうに告げた。

「が、我慢しなくていいのよ？　私はその、構わないから」

「エルフィール？」

「ラ、ラファードを感じたいの。だ、だめ……？」

　上目づかいに見あげると、ラファードの呆然とした顔が、一瞬にして獲物を前にした獣のような表情に変わった。自分の言葉が彼の理性を吹き飛ばしたのを感じて、エルフィールは嬉しくなった。

　両膝《りょうひざ》が大きく開かれ、脚の間にラファードが身体を落ち着かせる。彼はずっしりと重そうな性器の先端をエルフィールの濡れた蜜口に押し当てた。身体を前に倒して彼女の両脇に腕を置き、自重《じじゅう》を支えながらキスしてくる。

「ふぅ、ん……」

　舌を絡ませているうちに、エルフィールは「あら？」と内心首を傾げた。

　いつもだったらここでラファードは魔力を流し込んでくる。だが今の彼は舌を絡ませ、唾液を流し込んではいるものの、それに魔力は感じなかった。

「な、なんで、魔力……」

　顔をあげたラファードを、エルフィールは不思議そうに見あげる。彼はにやりと笑った。

「せっかくいつもと違う場所なんだ。今日は趣向を変えて、魔力の交換はせずに愛し合おう」

　――『愛し合おう』。

その言葉に思いがけない喜びと胸の疼《うず》きを感じながら、エルフィールは手を伸ばし、彼の首に腕を絡ませた。

「うん。……来て、ラファード」

ずぶっと音を立ててラファードの楔《くさび》が突き立てられる。エルフィールの蜜壺はすっかりなじんだ肉茎を、蜜を垂らしながら喜んで迎え入れた。

いつもだったら魔力交換により、燃えるような欲望に突き動かされてつながるが、今日はその衝動がない。そのため、いつもに比べて悦《よろこ》びが劣るのではないかとエルフィールは思っていた。

けれど違った。身体を駆け巡る熱がなくとも、そこに欲望はあり、じりじりと押し込まれる楔《くさび》がもたらす悦楽は、いつもの行為に勝るとも劣らないものだった。

「……あ、んんっ……」

ラファードの首にすがりつき、隘路《あいろ》を掻き分けて侵入する肉茎の感触を堪能《たんのう》する。

――きもち、いい……！

「はぁ……」

やがてエルフィールの奥深くに怒張《どちょう》が収まると、二人の口から同時に熱い吐息が漏れる。

なぜかエルフィールの目からは熱い涙が零《こぼ》れた。

「痛いか？」

「……ううん、違うの。でも、なぜか涙が零《こぼ》れて……」

涙が出る理由はエルフィールにもよく分からない。生理的なものかもしれないし、純粋に男女として愛し合う行為に感激したからなのかもしれない。あるいは、自分たちが愛し合う男女ではないことが分かっているせいかもしれなかった。

『ラファードは聖獣で僕らは人間。そのことを決して忘れてはいけないよ』

どういう訳か、リクハルドの戒《いまし》めの言葉が脳裏《のうり》をよぎる。

「動いていいか？」

律儀に聞いてくるラファードに、エルフィールは内心苦笑いをしつつ、彼の背中に手を回して頷《うなず》いた。今は余計なことを考えたくない。ラファードだけを感じていたい。

ラファードはエルフィールをじっと見おろしながら、ゆっくりと腰を動かす。肉襞《にくひだ》を擦《こす》られて、エルフィールの子宮からぞくぞくと愉悦《ゆえつ》が湧き上がる。

「あっ、いいっ……！」

「お前の感じる場所はここだろう？」

「ああっ、奥、気持ち、いい！」

奥の感じる場所を小刻みに突かれ、のけぞって嬌声《きょうせい》を放つ。自分の欲情に濡れた声を聞きながら、エルフィールはラファードの脚に自《みず》らの脚を絡ませ、彼と深くつながった。

エルフィールが攫《さら》われかけたことは、ラファードにとっても衝撃的なことだった。そのせいか今日は抑制が利かず、一刻も早く抱きたくてたまらなかった。

彼女の熱を感じて、失っていないのだと安心したかった。エルフィールの中で自分の心臓が鼓動を刻んでいることを確かめたくて仕方なかった。

だから自分の部屋に連れ込む時間も惜しんで、エルフィールの部屋で抱いた。

攫《さら》われかけたエルフィールをすぐに寝所にひっぱり込まなかったのは、ショックを受けているであろう彼女を慮《おもんぱか》ってのことだった。

けれど、エルフィールの心に事件の後遺症がないのなら、ラファードが遠慮することもない。気遣いながらもエルフィールの中に侵入し、何度も蜜壺を犯した。

「エルフィール……」

熱く締め付けるエルフィールの体内に魔力を伴《ともな》わない子種を注ぎながら、ラファードは自分の中に激しい独占欲が芽生えていくのを感じていた。

# 第五章　ロウゼルドの王子

エルフィールが城で暮らすようになってから一ヵ月が過ぎた。

攫《さら》われそうにはなったものの、心配していた精神的な後遺症もなく、以前と変わらぬ穏やかな日々を過ごしている。

けれど、あの日から変わったこともあった。

「……っ、あ、ラファード……こんなところでだめ……」

エルフィールは『聖獣の庭』で、シュミーズドレスの胸もとから乳房を露《あら》わにし、芝生の上に座り込んだまま震えていた。

むき出しの胸の片方を大きな浅黒い手が覆《おお》い、肉の柔らかさを堪能《たんのう》するように揉みしだく。もう片方のふくらみにはラファードの顔が埋《うず》められ、尖《とが》った胸の先端が咥内《こうない》に収められていた。

「だ、誰かに見られた、ら……」

「ここはどの建物からも見えないようになっている。安心しろ」

「そ、そこでしゃべらないで！」

ラファードが胸の頂《いただき》を口に含んだまま話すものだから、そのたびに硬く尖《とが》った乳首に唇や歯が当たり、肌がざわめいた。下腹部が疼《うず》き、どんどん熱を帯びていく。

「す、姿が見えなく、ても。……っこ、声、出ちゃう……からっ」

「大丈夫だ。聞こえないように魔術で音を封じている。お前のこんな声を俺が誰かに聞かせるわけないだろう？」

ラファードはにやりと笑いながら人差し指と親指で胸の先端を摘《つ》まみ、ぐりぐりと捏《こ》ねた。さらには口の中に含んでいる尖《とが》りに歯を立てる。

両胸に同時に快楽を与えられ、エルフィールは背中を反らして声をあげた。

「あっ……！」

快感がさざ波のように全身を這《は》い上がっていく。

「お前の声を聞いているのは俺だけだ。遠慮なく啼《な》くがいい」

「あ……ふ、ぁっ……！」

乳首を甘噛みされながらチュッと吸い上げられ、ビクビクと身体が震えた。体内からじわりと蜜が染み出し、両脚の付け根を濡らしていく。

――屋外で、こんな淫《みだ》らな行為をしているなんて……

自分が信じられない。恥ずかしくてたまらない。

なのに、エルフィールの身体はラファードの求めに応じて柔らかく解《ほど》けていく。子宮が彼を迎え入れたくてキュンと疼《うず》いた。

「あっ……ん……ぁ、んっ」

「エルフィール……」

胸を弄《まさぐ》っていた手が下にさがり、ドレスの裾を掴《つか》んだ。と、そこでなぜかラファードは身体の動きを止め、「はぁ……」と深いため息をついた。

「ん……ラファード……？」

ラファードはエルフィールの胸から頭をあげると、不機嫌そうに顔を顰《しか》めた。

「悪い、リクハルドが俺を呼んでいる」

「へ、陛下が？」

「ああ、妙に慌てている。あいつがあんなふうに俺を呼ぶ時は、何か重大なことが起こった時だ。……チッ、残念だが、行ってくるか」

エルフィールから手を離してラファードは立ち上がった。エルフィールは慌ててシュミーズドレスの襟《えり》を引き上げて胸を隠す。それを名残《なごり》惜しげに見つめると、ラファードは屈《かが》んで耳元に囁《ささや》いた。

「この続きは帰ってきてからだ。いい子で待っているんだぞ」

エルフィールの頬が、かぁと熱くなる。ラファードは彼女の身体が求めていることを、ちゃんと分かっているのだ。

ラファードは笑いながら顔をあげると、ふわりと身体を宙に浮かせた。

「じゃあ、行ってくる」

「い、行ってらっしゃい」

空気に溶けていくように、ラファードの姿がその場から消える。エルフィールは体内の熱を吐き出すように「ほぅ」と息をついた。

ドレスの下では胸の先端が疼《うず》き、両脚の付け根にはじわりと蜜が溢《あふ》れている。口ではだめだと言いながら、身体はすっかりその気になっていた証拠だ。

エルフィールは頬に両手を当て、火照《ほて》りを鎮めようとした。けれど身体の熱は一向に衰《おとろ》えることなく、エルフィールの中で荒れ狂っている。ラファードと交わらない限り、治まることはないだろう。

……エルフィールが誘拐されそうになって以来、二人の関係は大きく変化していた。

それまで、身体を重ねるのはあくまで魔力の交換のためだった。けれどあの日以降、二人が交わる目的は魔力だけではなくなった。今では普通の男女のように身体を重ねている。

もちろん魔力の交換も続けている。けれどそれはラファードの魔力を補うためでなく、欲を煽《あお》るためだ。魔力の交換は互いに媚薬《びやく》のような効果をもたらす。それは聖獣であるラファードにとっても例外ではない。

その結果、エルフィールの身体は淫《みだ》らに開かれ、すっかり行為の虜《とりこ》になっていた。エルフィールだけでなく、彼も同じだ。

前は必要にならない限り、昼間にエルフィールに触れることはなかったのに、今では昼間でも頻繁《ひんぱん》に部屋に連れ込み、淫《みだ》らに貪《むさぼ》り合っている。

――彼は聖獣で私は人間。違う種族なのに。

いけない、間違っていると心の底では分かっているのに、魔力の交換を言い訳にして、この関係にすっかり溺れていた。

「ラファード、早く戻ってきて……」

身体の熱を持てあまし、芝生の上に身体を投げ出しながらエルフィールは呟《つぶや》く。

穏やかで平穏な日々がもうすぐ崩れることを、この時の彼女は知るよしもなかった。

＊＊＊

その少し前、フェルマ国王リクハルドは執務室で報告書を前に頭を痛めていた。

――半月調査しても何も出てこないとは。

報告書の内容はサンド商会に関する調査結果だった。案の定、サンド商会の経営者のことはいくら調べても掴《つか》めずにいる。

各都市の支部長に話を聞いても、非常にあいまいな人物像しか出てこない。相手によっていくつも顔を使い分けていることが窺《うかが》えた。ましてやその息子のことなど噂《うわさ》にすらあがらないのだ。

――いよいよこれは怪しいかな。

「せめて直接会ったことがあるジュナン伯爵に話を聞いてから結論を出したいんだけど」

リクハルドとしてはまず最初に彼から話を聞きたかったのだが、あいにく商談のためブラーム伯爵と共に国外へ出かけてしまっていた。フェルマに戻ってくるのはもう少し先らしい。

――先代様も依然として所在不明だしね。

先代聖獣の姿を思い浮かべながら、リクハルドはため息をつく。

ひとまずラファードに調査結果を知らせて、どう処理するか考えよう――そんなことを考えていると、いつもは冷静な外務大臣が息せき切って執務室へやってきた。

「陛下！　一大事ですぞ！　たった今ロウゼルドから書状が届いて……！」

「書状？」

外務大臣が差し出した書状を手に取り、中身を確認したリクハルドは思わず唖然《あぜん》とした。

「は？　ラヴィーナをロウゼルドの第二王子のもとへ？」

ロウゼルド王からの書状には、第二王子クレメンスの結婚相手としてラヴィーナを迎えたいと書かれていたのだ。

「ふざけるな！　ラヴィーナはまだ十歳だぞ！　結婚など早すぎるし、そもそも大事なラヴィーナをあんな国へやるものか……！」

リクハルドが珍しく怒り心頭で書状を握りしめる。

「お気持ちは分かります、陛下。ですが、腹立たしいことに今回のこの件に関してはあちらが上手《うわて》のようで、簡単には断れないようになっております」

「分かってる、分かっているさ。くそっ」

苛立《いらだ》たしげに前髪を掻き上げると、リクハルドは侍従長《じじゅうちょう》を呼んだ。

「緊急会議だ。大臣たちを至急集めてほしい。外務大臣はロウゼルド国に潜《もぐ》り込ませている間者《かんじゃ》に、情報を集めるよう指示してくれ。あちらの思惑を探ってもらいたい」

「はい、陛下」

壮年の侍従長《じじゅうちょう》と外務大臣はリクハルドに頭を下げると、やるべきことをやるために執務室を出ていった。他に誰もいなくなった執務室でリクハルドは頭を抱える。

「まったく、頭の痛い問題が次々と……」

若き国王の悩みは尽きることがないようだ。リクハルドはもう一度だけ深いため息をつき、気持ちを切り替えると、空に向かって声を張り上げた。

「ラファード！　問題が起きた！　すぐに来てくれ！」

ややあって、不機嫌そうな「声」がリクハルドの頭の中に響く。

（……いったい、なんだ？）

回路を開いた者たちの間で交わすことのできる、心話《しんわ》と呼ばれる魔術だ。どんなに距離が離れていても、互いの言葉を声に出さずに伝えることができる。

「今すぐ来てくれ！　問題が起きた。相談したい」

（……分かった、ちょっと待ってくれ）

ラファードの声からはしぶしぶといった様子が窺《うかが》える。きっとエルフィールといるのだろう。最近は昼間でもよく一緒にいるという報告があがっていた。

「いったい何事だ?」

その声と共に、人間の姿になったラファードがふわりと空中に現れる。

彼は不機嫌さを隠そうともしていない。妙に気だるげな雰囲気とだだ漏れしている色気に、リクハルドはピンとくるものがあった。

おそらくただ一緒にいただけでなく、不埒《ふらち》な行為をしている最中だったのだろう。それを中断させられたから不機嫌なのだ。

——君、確か人間の雌には欲情しないって言ってなかったっけ?

皮肉が喉元《のどもと》まで出かかったが、今それを口に出している暇はない。

リクハルドは前置きすることなく、単刀直入に伝えた。

「ロウゼルドから、あちらの第二王子とラヴィーナの縁談が持ち込まれた」

「……は?」

さすがのラファードも予想外だったのか、怪訝《けげん》そうに眉を寄せた。

「縁談? どの面さげてそんな世迷言《よまいごと》を……。ラヴィーナはまだ十歳じゃないか。第二王子は確か二十歳くらいだったはずだ。ラヴィーナが成人していれば十歳の差は大したことではないが、成人してない今は大問題だ。さっさと断るんだな。どうせ碌《ろく》なことにはならない」

「ところが、そう簡単にはいかないんだよ。あちらもそれを見越してか、ラヴィーナが成人するまで待つと言っている」

「勝手に待てばいい」

「そう言いたいのはやまやまなんだけど、あっちもなかなか上手でね。第二王子とラヴィーナの婚約を互いの架《か》け橋にしたい、長らくいがみ合っていた両国の平和の象徴にしたいと言うんだ」

「互いの架《か》け橋？　両国の平和の象徴だと？」

ラファードは鼻で笑った。

「一方的に戦いを仕掛けてくるのは、いつもロウゼルドの連中の方だ。つい先日だって、辺境伯をそそのかして内乱を起こさせようと画策していた。そんな連中の戯言《ざれごと》に耳を貸す必要はないぞ、リクハルド」

「でもその事件のことも今までのことも公表されてない。知っているのは重臣たちや一部の貴族だけ。他の国民は何も知らないんだ」

ロウゼルドの陰謀は常に先手を打って潰してきた。そのため表沙汰《おもてざた》になることはなく、表面上はこの五十年間ずっと休戦状態を保っているように見えている。

「戦争の記憶は薄れ、ロウゼルドへの悪感情も忘れられつつある。国民に不安を与えないようにと、今まで事実をひた隠しにしてきたことが裏目に出た。縁談の話が公《おおやけ》になれば、事情を知らない国民や貴族の間からは『この結婚を機に憎しみを捨て、争いの歴史に終止符を打とう』という声が必ず出てくるだろう」

リクハルドはこめかみを押さえた。

「無下《むげ》に断ることはできない。断れば、我が国の歩み寄りが足りないという印象を周辺諸国に与えてしまう。それだけならまだいいが、国民や貴族が縁談の反対派と賛成派に二分されてしまうことは避けたい」

「案外、それがあちらの目的かもしれない」

ラファードが考えながら言った。

「お前が国王になってから二年。最初は反対派もいたが、次第に数を減らしていった。その筆頭だったエスレット辺境伯が失脚したことで、お前の地位はゆるぎないものになっている。ロウゼルドの奴らも今までのような手を使うことはできないと踏んで、方法を変えたのかもしれないな。お前がラヴィーナを溺愛《できあい》しているのは有名な話だ。ラヴィーナに縁談を持ってくることで世論を二分させ、この国に揺さぶりをかけることが目的なのかもな」

「だったら、ますますラヴィーナをロウゼルドなんかにはやれないね」

そこでラファードが目を細める。

「どうする？　なんなら俺が反対したということで、賛成派の意見を抑えてもいいぞ」

リクハルドは首を横に振った。

「ありがとう。でも『聖獣様のご意向』は最後の手段に取っておきたいな。これから重臣たちと協議に入って、皆の意見を聞くことになっているけど、僕としてははっきりと断らず、時間を稼ぎたいと思っている。そのうち第二王子が待ちくたびれて愛人との間に子どもを作ってくれれば、堂々とこの縁談を破棄できる。是非ともそうなってほしいね」

「ラヴィーナ様に、ロウゼルドの第二王子との縁談が？」

『聖獣の庭』に帰ってきたラファードから話を聞いて、エルフィールは仰天した。

「ああ。ロウゼルドの王太子にはすでに正妻がいるからな。第二王子クレメンスの妃に迎えたいという書状がきた。さすがのリクハルドも驚いていたし、対処に苦慮していたよ」

「ラヴィーナ様はまだ十歳なのに……」

「人間の貴族社会では、そう珍しくもないだろう」

確かにそうだ。エルフィールも貴族の端くれなので、生まれてすぐに婚約者が決まる例も少なくないことを知っている。

「あら？　でもラヴィーナ様はもとより、陛下も婚約者はいないわよね？」

王族なら幼い頃から婚約者がいてもおかしくないが、リクハルドはまだ結婚どころか婚約したこともないと、王太后から聞いていた。

「この国は国力をこれ以上強化する必要がないからな。縁談話は山ほど持ち込まれているが、下手な娘を選ぶと各国の勢力図、あるいは国内の勢力図が変わる恐れがあるから慎重にならざるを得ない。これはラヴィーナも一緒だな」

「なるほど」

聖獣を擁《よう》する国の王族の結婚は、周辺諸国に大きな影響を与えるものらしい。聖獣の加護を利用したい、加護を持つ血を取り込みたい、そんな思惑が思いもよらない混乱と争いをもたらすこともあるという。

「今の王太后は公爵家の出身で、王族の親戚だ。だから結婚もすんなり承認された」

前国王と王太后は貴族にしては珍しい恋愛結婚だった。血縁関係があり、幼馴染《おさななじみ》でもあった二人は、成長すると共に自然に恋愛感情が生まれ、結婚するに至ったのだという。

自分たちが恋愛結婚だったせいか、息子と娘に婚約や結婚を強要することはなかった。

リクハルドも「伴侶《はんりょ》となる相手は自分で選んでほしい」という両親の望みを知っているので、ラヴィーナへの縁談もすべて断っていたようだ。

「それなのに、今回は容易に断れないのね……」

「ああ、複雑な事情があってな。おまけにあっちも『両国の平和への架《か》け橋』『友好な関係を築くための一歩』などと体のよい言葉で飾って、すぐに断れないような状況を作っている」

どちらの国民も戦争は望んでいないだろう。いがみ合うより手を取り合う方がいいに決まっている。それが王族の結婚という平和的な方法で実現するのであれば、国民の感情がどちらに流れるのかは火を見るより明らかだ。

エルフィールもラヴィーナを直接知らず、あのまま領地で暮らしていたら、同じように考えただろう。リクハルドが縁談を断ろうものなら、彼は国の利益より妹を優先させたのだと思ったかもしれない。

公《おおやけ》になっていることがすべてではない、事実は隠されている——

そんな、貴族なら分かっていて当然のことを、エルフィールはラファードの傍《そば》で色々見聞きして初めて実感したのだ。

「……ロウゼルドの第二王子との縁談について、ラヴィーナ様はどういう反応をなさったの？」

リクハルドに溺愛《できあい》され、大事に育てられたラヴィーナ。隣国とはいえ、今まで敵対していた国へ嫁入りさせられるかもしれないと知って、どれほど不安に思っていることだろう。

――しっかりなさっているようで、まだ十歳なんですもの。きっと嫌がっているわ。

ところが、エルフィールはラヴィーナという少女をまだまだ分かっていなかったらしい。

ラファードが苦笑を浮かべた。

「いや、それが……」

「私？　別に気にしていないわ、お姉様」

次の日のお茶会の席で、縁談について尋ねたエルフィールに、ラヴィーナはあっさり答えた。

「その結婚がフェルマの利益になるのなら、別に構わないと思うの」

「で、でもロウゼルドですよ？　今までずっと敵対してきた……」

エルフィールが唖然《あぜん》としながら尋ねると、ラヴィーナは朗《ほが》らかな表情で頷《うなず》いた。そこには敵国の王子と政略結婚させられることへの悲嘆も悲痛さも一切ない。

「分かってる。でもね、敵対していた国の王子だからといって、嫌な相手とは限らないじゃない？　リーおじ様も言っていたわ。周囲の言っていることだけを鵜呑《うの》みにしないで、自分の目で見て人となりを判断しなさいって。それにね」

ラヴィーナはにっこり笑う。

「もし第二王子の正室になれば、色々とフェルマのために動けるわ。ロウゼルドの宮廷を掌握《しょうあく》して、フェルマにちょっかい出すことをやめさせられるかもしれないじゃない？」

「宮廷を掌握《しょうあく》……」

エルフィールはあんぐりと口を開く。十歳児の発想ではない。

「あらあら、ラヴィーナったら。それを成し遂げるのは大変よ？　何しろあちらは五百年もの間、フェルマに恨みを抱いているのだから」

王太后は娘の言葉に驚くこともなく、いつものようにおっとりと笑いながら指摘する。

母親の言葉に、ラヴィーナは頷《うなず》いた。

「もちろん、すぐには無理だわ。だけど夫となる第二王子の才覚次第では可能だと思うの。王太子を排除して、第二王子を王位につければ、私は自動的にロウゼルド国の王妃になれる。その影響力を使って少しずつ周囲を懐柔《かいじゅう》していけば――」

あどけない美少女の口から出る言葉の数々に、エルフィールは唖然《あぜん》とするばかりだった。

わずか十歳だというのになんということを考えているのだろう。

弟のフリンも十歳にしては大人びてしっかりしているが、ラヴィーナの早熟ぶりは突出しているように思えた。

――それとも王族ともなると、みんなこんなふうに考えるものなのかしら？

嬉々としながらロウゼルド懐柔《かいじゅう》計画――いや、乗っ取り計画を語るラヴィーナだったが、急に言葉を止めて肩を竦《すく》めた。

「もっとも、この計画も第二王子がぼんくらだったら無理だけど。王位につくにはそれなりの器が必要だわ」

「今度その第二王子がフェルマに来るそうだから、実際に会ってみて判断すればいいじゃないの」

娘に微笑を向けながら王太后が言った。エルフィールは目を見張る。

「第二王子が来るんですか？　この国に？」

「ええ。書状を持ってきた使者に『この件については検討します』と返事をしたとたんに、そう切り出されたそうよ。まるで最初から決まっていたみたいに」

『クレメンス王子もラヴィーナ殿下にお会いしたがっておりますし、互いに親睦《しんぼく》を深めるためにも、王子を特使として派遣したいと王は申しております』

使者は畳み掛けるようにそう提案したという。

「言ってみれば、特使の名を借りたお見合いのようなものね。リクハルドは憤慨《ふんがい》していたけれど、和平のための特使と言われては無下《むげ》に断ることもできず、結局受け入れる方向で動いているわ」

「つまり、私は近いうちに、第二王子が結婚相手に相応《ふさわ》しいかどうか、この目で見極められるわけね」

ラヴィーナがしたり顔で頷《うなず》いた。

一方、リクハルドとラファードは、ロウゼルドの性急で強引なやり方に懸念《けねん》を覚えていた。

「第二王子を送り込むことが、最初から決まっていたような印象だ。いや、実際そうなんだろう。縁談をきっぱり断ったら、おそらく別の方法で第二王子を送り込んだに違いない。……このやり方は気に入らないな。実に気に入らない」

リクハルドが難しい表情で唸《うな》った。

「……それこそが奴らの真の狙いかもしれないな」

ラファードが目を細めて言うと、リクハルドも頷《うなず》く。

「この国に、第二王子を送り込むことがね。ラヴィーナの縁談も単なる名目に過ぎないだろう」

「リクハルド、警備を強化し、第二王子の一行を監視する体制を整えてくれ。……嫌な予感がする」

＊＊＊

まだ日も高い午後、フェルマ国の城に到着したクレメンス王子ら特使の一行は、大広間で国王リクハルドと王太后、ラヴィーナ王女に謁見《えっけん》した。

ロウゼルドの王族がフェルマ国の地を踏んだのは、両国の歴史の中でも数えるほどしかない。

それだけ争いの歴史が長かったということでもある。そのため、第二王子クレメンスはフェルマ国民に不安と期待、そして不審感を持って迎えられた。大広間にはロウゼルドの王族を一目見ようと人々が集まり、クレメンスの一挙一動に注目している。

エルフィールも人の姿になったラファードと共に、人々に紛《まぎ》れて大広間にいた。

――あれがロウゼルドの第二王子、クレメンス殿下……

リクハルドによれば、クレメンス王子のロウゼルドでの評判は可もなく不可もなくといったところらしい。要職にはついておらずふらふらしている一方で、人当たりがよく、国民の人気は高いという。

反対に、クレメンスの異母兄である王太子は強権的で、施政者《しせいしゃ》としても人間的にも評判がよくないようだ。それでもクレメンスを次期国王にという声はほとんど聞かれず、現王と王太子の支配力の強さが窺《うかが》える。

「クレメンス殿下、遠いところをフェルマへようこそいらっしゃいました」

「陛下、王太后様、ラヴィーナ殿下。このたびは我々一行を受け入れてくださり、心から感謝いたします。両国にはかつて不幸な争いの歴史がありました。それを乗り越えて休戦協定が結ばれてから五十年。ちょうど節目となるこの年に、特使としてこの国に来られたことを喜ばしく思います。これより両者の架《か》け橋となれるように努める次第であります」

クレメンスは茶色の髪と緑色の瞳を持つ見目麗《みめうるわ》しい青年で、とても礼儀正しかった。大広間に集まった女性たちは、うっとりと見とれている。

もっとも、それは何も知らない貴族や使用人たちだけであって、この五十年の間、ロウゼルドが隠れて行《おこな》ってきたことを知る者たちは失笑するしかない。

「よくもまぁ、白々しいことを言う」

ラファードはそう呟《つぶや》いてクレメンス一行を冷ややかに見つめる。聖獣の姿をとっていないのは、目立たずに彼らを観察するためだ。

「魔術師が何人も交ざっているな……」

エルフィールは驚いて隣にいるラファードを見あげた。

「え？　魔術師が？」

「ああ、魔力を保持している奴が十人ほど交じっている。普通の従者や文官、護衛の兵などに偽装して、な」

王族が敵対していた国に行くとなれば、護衛として魔術師を同行させるのは当然のことだ。けれど、クレメンス一行に交じっている魔術師の数は尋常ではない上に、別の職業に偽装していた。これで他意はないと信じる方がどうかしている。

「なんのために……」

「まだ分からない」

首を横に振り、ラファードは再びクレメンスを凝視した。

——いったい、何が目的だ？　リクハルドの暗殺か？

ラファードはその可能性が一番高いと思った。

リクハルドは結婚していないし、当然子どももいない。王太子の座には第二王位継承者であるラヴィーナがついているが、彼女は女であり、しかもまだ十歳という若さだ。今リクハルドに何かあったら、いくら聖獣《ラファード》がいるとはいえ、この国は大混乱に陥《おちい》るだろう。

使者の一行に暗殺者を紛《まぎ》れ込ませるというのは、よくある手だ。だが、ただの暗殺者ではなく魔術師というのが解《げ》せなかった。

魔術は痕跡が残りやすく、術の行使者もすぐに特定できてしまう。むしろ毒や、物理的に剣を使って暗殺した方が下手人を特定しづらい。

それに、魔術師を何人揃《そろ》えようと、聖獣であるラファードの方がけた違いに強い。ラファードの魔力が巨石だとすると、魔術師の魔力は小石程度にしかならないのだ。小石がいくら束になろうと巨石を潰すことはできない。

聖獣の加護を受けたリクハルドに、たかが十人程度の魔術師がどれだけ魔術を仕掛けようが、彼を傷つけることは実質的に不可能だ。ロウゼルドがそれを知らないわけがない。

——ならば、なぜ魔術師を紛《まぎ》れ込ませた？　何が目的だ？　エルフィールか？

誘拐未遂事件のあと、エルフィールを狙う者は現れていない。なぜ狙われたかも不明だ。念のため密かに護衛させ、ラファード自身も彼女に強力な加護の術をかけている。だが、犯人の正体や目的が分からないこともあって、いくら守りを固めても不安はぬぐえなかった。

——もし、エルフィールに何かあったら……

そう考えると、ラファードは奇妙な焦燥感《しょうそうかん》に駆られた。エルフィールはラファードにとって、単に自分の心臓と魔力を持つ娘でしかなかったのに。

心臓は天獣であるラファードにとって不可欠なものではない。現に欠落していることに何年も気づいていなかったほどだ。だからもしエルフィールが亡くなって彼の心臓が消えたとしても、ラファードがこの先生きるのに支障はない。

けれど、エルフィールを失うのは嫌だと思った。

——俺の心臓がエルフィールを生かしているのだから、彼女は俺のものだ。

思わず隣にいるエルフィールの手をぎゅっと握る。すると彼女は驚いたように見返した。

「ラファード？」

「……なんでもない」

──誰にも渡さない。ロウゼルドにも、素性の知れない商人の息子にも。

心の底からそんな思いが湧き上がり、冷静になれという自戒《じかい》の念すら押し流されていく。その感情がどこから来るのか自分でも理解していないまま、ラファードは決意する。

──心臓のことが解決しても、エルフィールを放すつもりはない。これは俺のものだ。ずっと、この先も……！

気がつけばクレメンスの挨拶《あいさつ》が終わり、特使の一行は広間を出ようとしていた。

「見るべきものは見た。部屋へ戻ろう、エルフィール」

ラファードはエルフィールを促《うなが》す。もともと自分一人で見に来るつもりだったのだが、エルフィールもクレメンスを見てみたいと言ったので、一緒に連れてきたのだ。万が一のことを考えたら、自分の傍《そば》にいるのが一番安全だという思いもあった。

「はい」

エルフィールは素直に頷《うなず》く。ラヴィーナの結婚相手になるかもしれないロウゼルドの王子を、遠目からとはいえ自分の目で確認できて満足したのだろう。

「ラヴィーナ様はクレメンス殿下のことを気に入ったのかしら？」

「さあな」

そんな会話を交わしながら踵《きびす》を返した直後、ラファードは視線を感じて振り返った。

ちょうど広間の真ん中の通路を、クレメンスと特使の一行が出口に向かって歩いている。そんな時に、いくら目立つ容姿だとはいえ、ラファードに注目する人物などいるはずもなかった。

それなのに振り返ったラファードの視線が、緑色の瞳と交わる。

普通は気づかない距離だが、天獣としての鋭敏な感覚が的確に相手を捉《とら》えていた。

一行の先頭を行くクレメンス――ロウゼルドの第二王子がラファードを見ていた。彼は通路を歩きながらも意味ありげにラファードたちの方を見ていたのだ。

ほんの数秒、いや、たった一秒だったかもしれない。ラファードの金色の瞳とクレメンスの緑色の瞳が交差する。

先に目を逸《そ》らしたのはクレメンスだった。すっと視線を前に戻すと、まるで何事もなかったかのように歩いていく。

――あいつ、もしや俺が聖獣だと気づいた……？

「ラファード、どうしたの？」

動こうとしない彼を怪訝《けげん》に思ったのか、エルフィールが見あげてくる。

「……いや、なんでもない。さぁ、行こう」

誤魔化《ごまか》すように微笑むと、ラファードはエルフィールを促《うなが》し、特使一行が向かったのとは別の扉に向かって歩き始めた。

ちょうど同じ頃、大広間から出ていくロウゼルドの特使一行をじっと見つめる人物がいた。

下級使用人のアイラだ。同僚たちとこっそり紛《まぎ》れ込んだ広間の隅で、彼女は人波に隠れるようにして、先頭を歩くクレメンスを見つめていた。

「クレメンス王子ってすごい美形じゃない、ねぇ、アイラ！」

同僚が興奮したようにアイラを振り返る。

「そうね……」

同意しながらも、アイラの目はひたすらクレメンスに向けられている。

――こんな、こんなところで会うとは思わなかった……

「……殿下」

小さく震えるような呟《つぶや》きは、ざわめきに掻き消され、誰の耳にも届くことはなかった。

＊＊＊

「あの方《かた》、私にはまったく興味ないみたい」

五日後、久しぶりに開かれた王太后のお茶会で、ラヴィーナは率直に告げた。エルフィールの「クレメンス殿下とはどうですか？」という質問に答えてのことだった。

「礼儀正しくて優しいけれど、私を将来の相手として見ている感じじゃないわ。縁談も、単に特使を送り込む口実に過ぎないんじゃないかと思うの」

今日のお茶会は中庭で行《おこな》われていた。テーブルにいるのは王太后とラヴィーナ、それにエルフィールだけ。リクハルドは忙しく、今日は来られないという。

「え？　そ、それでいいんですか？」

「よくないわね。だからお兄様は警戒しているわ。おかげで縁談は立ち消えになりそうだから、私としてはいいんだけど。だって、あの方《かた》お人形みたいで気味が悪いもの」

「まぁ、ラヴィーナったら。ロウゼルドの方の耳に入ったらどうするの？」

王太后がやんわりたしなめると、ラヴィーナは肩を竦《すく》めた。

「どうもしないと思う。それに、お母様だってそう思っているのでしょう？」

「えっ……？」

エルフィールが驚いて王太后を見ると、彼女は困ったように笑っている。その顔を見てエルフィールは、ラヴィーナの言う通りなのだと悟った。

「クレメンス殿下は積極的にフェルマの要人と会っていると聞いたのですが……」

ラヴィーナに人形みたいと評される人と、特使として精力的に動いているという人が、エルフィールの中でどうにも結びつかなかった。

「確かに、あの方《かた》はリクハルドだけでなく、重臣たちやフェルマに滞在している各国の大使とも毎日のように会談しているわ。特使としては立派だと思うのだけれど……」

王太后は言葉を慎重に選びながら続ける。

「私たちは、あの方《かた》と毎晩夕食を共にしているでしょう？　接している時間が長いから分かってしまうの。いつも礼儀正しく微笑んでいるけれど、目は少しも笑っていないわ。ラヴィーナどころか、私やリクハルドにも興味がない。口では聞こえのいいことを言っていても、心はうつろのようね」

「だからお人形なのよ。周囲に言われるまま動いているだけ。言っていることが少しも心に響いてこないの。あれじゃダメね」

ラヴィーナは可愛い顔をして辛辣《しんらつ》に言ったあと、話題を変えた。

「そういえば、お姉様。お姉様が城に来てしばらく経つけれど、ご実家の方は大丈夫なんですの？　確かご実家の方には、お姉様が城にいることを伝えてないのですわよね？」

「はい。私が城に逗留《とうりゅう》していることを知っているのは、父だけです。そろそろ予定していた滞在期間が終わってしまうので、今後のことを父と相談しないといけません」

聖獣の心臓を持っていることや、そのせいで城に留まることになってしまったことを、母親と弟には伝えていない。舞踏会のあと、父と相談して二人には知らせないことにしたのだ。知れば身体の弱い母親は無理をしてでも王都に来ようとするだろう。

幸いにもエルフィールは社交界デビューのあと、しばらく王都に留まる予定だった。その間に心臓のことも解決するだろうと考えていたのだが……

「リーおじ様、一度出かけたらなかなか帰ってこないものね」

カップを手にラヴィーナはため息をつく。先代聖獣は番《つがい》を連れて行き先も告げずに旅行に出かけ、何ヵ月も帰ってこないのが普通らしい。そしてある日、ふらっと戻ってくるという。

何かを思い出したのか、王太后は懐かしそうに目を細めた。

「あの方《かた》は放浪癖《ほうろうへき》があるから。聖獣だった時もどこかへ行くと何日も戻ってこなくて、何かあった時は陛下が慌てて呼び戻していたものよ」

王太后の言う「陛下」とはリクハルドではなく、亡き夫である先代国王のことだ。

誠実な人柄だった彼を、未だに多くの臣下が慕《した》っている。ラファードにとっても、もう一人の父親のような存在だったらしく、彼が病気で亡くなった時にはかなり落ち込んだようだ。

「お兄様も手を尽くしてリーおじ様を探しているんだけど、まったく手がかりがないらしいの。聖獣の役目をラファ兄様に譲《ゆず》ってしまったから、私やお兄様との心話もつながらないし、ひょっこり帰ってくるのを待つしかないみたい。つまり、お姉様はもうしばらく城にいるしかないってことね」

そう言いながらラヴィーナは嬉しそうだ。

「私としては、お姉様がずっといてくださるのは大歓迎よ。いっそのこと正式に行儀見習いとして城に来るというのはどうかしら？　そうすれば心臓のことが解決しても、ずっと城にいられるじゃない？」

「ラヴィーナ。エルフィールの家の都合もあるのだから、我儘《わがまま》はダメよ」

王太后は娘をたしなめつつも、エルフィールににっこりと笑顔を向けた。

「でも、エルフィール。あなたさえよければ城にいつまでもいてもらっていいのよ。行儀見習いとしてでもいいし、ラヴィーナの話し相手としてでもいいわ。それに私の勘だと、心臓のことが解決してもラファードはあなたを——」

その時、女官長が慌てて走ってきた。

「王太后様！」

普段、女官長はお茶会の会話を中断させるような不作法はしない。何かよほど重大なことが起きたらしい。異変を悟った王太后が表情を引き締める。

「どうしたの？　女官長」

「実は——」

女官長が耳に囁《ささや》くと、王太后の顔色が変わった。

「え？　クレメンス殿下が？　もうそこまで来ているの？」

クレメンスの名前を聞いて、エルフィールとラヴィーナは顔を見合わせた。

「はぁ」と深いため息をつくと、女官長に命じる。

「仕方ないわ。もうそこまで来ているんですもの、今さらだめとは言えないでしょう。王太后は了承しますと伝えてちょうだい」

「はい。ではそのように伝えます」

女官長が離れていくのを見守って、王太后は再び疲れたようなため息をつく。

「聞いていたわね、二人とも。クレメンス殿下がどこからかお茶会のことを聞きつけて、すぐそこまで来ているそうなの」

「事前に予告もなく突然参加しようだなんて、なんて不作法なの」

ラヴィーナが眉を寄せる。

――クレメンス殿下がここに来る？

「あ、あの、私……」

エルフィールが席を外そうとしたところへ、クレメンス王子が従者を連れてやってくる。

「突然の訪問、すみません」

退出の機会を失ってしまったエルフィールは、思わず身を縮めた。

――どうしよう？　ロウゼルドの人には近づくなと言われているのに。

『クレメンス殿下はもちろん、ロウゼルドの連中が行きそうなところには近づくな』

厳しい口調でラファードはそう言い渡した。子どもじゃないんだからと思いつつ、エルフィールは頷《うなず》いたのだった。

何者かに誘拐されそうになったことはまだ記憶に新しい。誰が自分から怪しい相手に近づきたいと思うものか。そのくらいの警戒心はエルフィールにだってある。

だが、向こうから近づいてきた場合は、どうやって避ければいいのか。

クレメンスはにこやかに微笑みながらテーブルに近づくと、王太后とラヴィーナに優雅な仕草で頭を下げた。

「ごきげんよう、王太后陛下、ラヴィーナ殿下」

ラファードの野性味のある美しさや、リクハルドの少年のような愛嬌《あいきょう》とも違う、端整で上品な容姿に柔らかな物腰。クレメンス王子は一言でいえば、物語の王子様のような正統派の美形だった。

だが、ここにいるのはラファードやリクハルドという美形を見慣れている面々だ。それに、先代聖獣が人間に変化した姿もラファードに劣らぬ美しさだと聞く。

ともかく、広間でクレメンスに見とれていた女性たちとは違い、彼の容姿にはまったく驚かない人間ばかりだった。

「ごきげんよう、クレメンス殿下」

にっこりと笑ってラヴィーナが応じる。彼を「人形みたいで気持ち悪い」と思っていることなど微塵《みじん》も感じさせない笑顔だった。

「事前の知らせもなく突然の訪問、どうかお許しください。時間ができたものですから、陛下たちとご一緒できればと思いまして」

「構いませんよ」

にこやかに笑いながら、王太后が空いている席を示した。奇《く》しくもそこはエルフィールの隣だ。

「ありがとうございます。ですがその前に、こちらのご令嬢を紹介していただけますか？」

クレメンスの視線が自分に向けられるのを感じて、エルフィールはますます縮こまった。

「……私の友人のエルフィール・ジュナン伯爵令嬢ですわ」

ラヴィーナがクレメンスをじっと見つめながら、エルフィールを紹介する。エルフィールは椅子から立ち上がってドレスの裾を掴《つか》み、クレメンスに向かって頭を下げた。

「初めまして。エルフィール・ジュナンと申します」

「エルフィール嬢、初めまして。ロウゼルドの第二王子、クレメンスと申します。以後お見知りおきを」

クレメンスはエルフィールの手を取ると、屈《かが》み込んで甲にキスをする。完全に不意打ちだったのでエルフィールはうろたえ、慌てて手を引いた。それが失礼に当たると気づいたのは、その直後のことだ。

――手にキスなんて挨拶《あいさつ》代わりなのに、私ったら……！

でも、なぜかラファード以外の男性に触れられるのが嫌だと感じてしまったのだ。

「す、すみません……慣れてなくて……」

クレメンスの顔に、ふっと甘い笑みが浮かんだ。

「いえ、いいんですよ。手にキスしたくらいで照れるなんて、初心《うぶ》な方《かた》ですね」

「は、はぁ……その……」

普段甘い言葉を聞きなれていないエルフィールは、ますます戸惑ってしまう。すると、見かねた王太后が口を挟んだ。

「いいからお座りなさいな、エルフィール。それに殿下も」

「は、はい」

ホッとして腰を下ろしたエルフィールだが、それで終わったわけではなかった。その後もなぜかクレメンスは頻繁《ひんぱん》に話しかけてくる。もちろんラヴィーナや王太后とも話すが、すぐに話を切り上げ、エルフィールの方に顔を向けるのだ。

『エルフィール嬢、君のご実家はどこだい？』

『そう、この間社交界デビューしたばかりなんだね』

『城へはよく？　ああ、なるほど。行儀見習いとして出仕しているんだね』

礼儀として受け答えはするものの、エルフィールはすっかり困ってしまっていた。

「エルフィールお姉様はラファ兄様の婚約者ですのよ」

牽制《けんせい》するようにラヴィーナが口を挟む。エルフィールはこくこくと頷《うなず》いた。だが、それを聞いたクレメンスはにっこりと笑う。

「ラファ……というと、砂漠の国《サンド・ヴェール》から遊学に来ているというラファード王子のことですか？　そういえば、まだ彼にお会いしていませんでしたね。フェルマに滞在している間に、ぜひともお会いしたいものです」

牽制《けんせい》がまったく牽制《けんせい》になっていないようだ。

王太后とラヴィーナは、さっと視線を合わせた。

『砂漠の国のラファード王子』のことは、公《おおやけ》になっていない。訳ありの遊学と思わせ、深く詮索されないようにするために、国名もはっきりさせてはいなかった。ぬかりのないリクハルドはサンド・ヴェールという実在の小国から来ている設定にしたのだが、その国名もほんの一握りの人間にしか伝えていないはずだった。

「ラファードを呼んだ方がいいわね」

エルフィールたちに聞こえないように、こそっと王太后が呟《つぶや》く。すると、ラヴィーナも小さな声で答えた。

「心話で呼ぶわ」

そんな二人の横では、クレメンスがエルフィールを質問攻めにしていた。

「お二人の結婚は決まっているのですか？　結婚後はどちらの国で？」

「えっと、その……」

「サンド・ヴェールに行かれるのですか？　それともフェルマで？　どちらにせよ、ぜひロウゼルドにもいらしてください、お二人で」

「あの……」

「国をあげて歓迎いたしましょう」

　そう言いながら、クレメンスは腕を伸ばしてエルフィールの手を取ろうとした。ところが、それを横から伸びてきた手が払いのける。

「失礼」

　すっと割り込んできたのは、いつの間にか傍《そば》に来ていたラファードだった。彼はエルフィールの肩に片手を回し、クレメンスを冷ややかに見据《みす》えた。

「我が国では身内か夫、または婚約者でもない限り、女性の身体に触るのは許されていない。エルフィールに触れていいのは俺だけだ。ご遠慮願おう」

「これは失礼しました。あなたがラファード王子ですか？」

　クレメンスはすっと手を引き、にっこりと笑う。ラファードはそれを無視して王太后とラヴィーナに目を向けた。

「王太后陛下とラヴィーナ殿下、我が婚約者を連れていっても構いませんか？」

「ええ。もちろんよ」

王太后がにっこり笑う。ラヴィーナもクレメンスに口を挟む隙《すき》を与えなかった。

「お姉様、またぜひお茶会にいらしてね」

「はい。それでは王太后様、ラヴィーナ様、お先に失礼します」

エルフィールは内心ホッとしながら立ち上がる。

さすがのクレメンスも引き下がることにしたようだ。ほんの一瞬だけ苦笑を浮かべると、エルフィールに視線を向けた。

「エルフィール嬢、そのうちまたお会いしましょう」

その時、エルフィールはクレメンスの目を初めてまともに見返した。思わずゾッと背筋を震わせる。クレメンスの顔は微笑んでいるのに、目はまったく笑っていなかったのだ。

緑色の瞳は、果てしなく荒涼としていた。彼はなんの感情もなく、ただ目に映るものを見返しているだけなのだ。

――なんだろう、怖い……！

その時、エルフィールの肩を掴《つか》むラファードの手に、ぎゅっと力が入った。

「行こう、エルフィール」

「ラファード王子、ぜひともフェルマにいる間に、ゆっくり話がしたいものですね」

その言葉を無視して行きかけたラファードだったが、数歩進んで急に振り返った。

「俺は私的な遊学のためにここに来ている。俺と話をしても何にもならないぞ。もっと時間を有意義に使うんだな」

そう言ってクレメンスの返事を聞かずに、彼はエルフィールを連れて庭から出た。

クレメンスは二人の背中を見送ったあと、何事もなかったかのように王太后とラヴィーナに向き直る。

「そういえば、リクハルド陛下からお聞きしました。王都の郊外に大きな運河を引いて、物資の輸送量を飛躍的に増やしたのは、王太后陛下と前国王陛下がご提案なさった公共事業だそうですね。ぜひ当時の話をお聞きしたいです」

＊　＊　＊

ラファードは庭からエルフィールを連れ出すと、そのまま自室に転移した。

エルフィールは突然のことにびっくりしたものの、そこが見慣れたラファードの部屋であることに気づき、ホッと胸を撫で下ろした。

「ラファードったら。誰かに魔術を使うところを見られたりしたら……」

咎《とが》めるような視線を、不機嫌そうなラファードに送る。

聖獣と『ラファード王子』が同一の存在であることを知られないよう、彼は人間姿の時はなるべく魔術を使わないようにしていたはずだ。

「大丈夫だ。誰も見ていないのを確かめて使った」

ムスッとしたまま答えると、ラファードはエルフィールを見つめた。

「あいつに何を言われた？」

あいつとはクレメンスに違いない。でも何をと聞かれても、特別なことを言われた記憶はない。どれもごくごく一般的な世間話だった。

——そりゃあ、私の方にばかり話しかけてはいたけど。

「何って言われても……」

エルフィールが困ったように首を傾げると、ラファードはたちまち険しい表情になった。

「何も言われてないわけないだろう？　お前に色目を使ったあげく、ロウゼルドに誘うような言葉を吐いていたじゃないか」

「ああ、あれ。でもあれは私だけではなくて、ラファードも一緒にって言っていたわよ？

色目を使ったというけれど、だとしても見せかけだけのような気がするの」

確かにエルフィールにばかり話しかけていたが、あの空虚な目に彼女自身に対する興味は窺《うかが》えなかった。

「見せかけだけ？　だが、現にあいつはお前に触れようとしていた」

エルフィールがクレメンスへの懸念《けねん》を否定すれば否定するほど、ラファードの表情はますます険しくなっていく。けれど、エルフィールはどうやって説明したらいいかを考えるのに一生懸命で、そのことに気づいていなかった。

「だから、それもわざとだという気がするのよね」

「わざと？　わざと俺を怒らせたかったのなら大成功だな」

ラファードは鼻で笑うと、エルフィールにずいっと迫った。その時になってようやくエルフィールは、ラファードが怒り狂っていることに気づく。

「ラ、ラファード？」

「あいつはお前に触れようとしていた。だが、あの時が最初か？　お前の身体から微《かす》かにあいつの残り香《が》がする。言え、どこを触られた？」

「え、えっと、触る……？」

脳裏《のうり》に浮かんだのは、挨拶《あいさつ》された時のことだ。不意をつかれて手の甲にキスをされた。

「た、たぶん、手の甲だと思……う。キスされて……」

「キスだと？」

スッと目を細めたかと思うと、ラファードはいきなりエルフィールを抱き上げた。

「え？　ラ、ラファード？　ちょっと！」

不意をつかれたエルフィールは脚をじたばたさせる。その際ヒールが脱げてしまったが、それにかまっている暇はなかった。

ラファードはエルフィールを連れてまっすぐ寝所へ向かう。

カーテンを開けてエルフィールをやや乱暴にベッドに下ろすと、彼女の手を取って金色の目でじっと見つめる。そして、おもむろに歯を立てた。

「ひっ……」

それほど痛くはなかったが、突然のことにエルフィールは息を呑む。すると、ラファードは今度は舌を出して、今自分が歯を立てた場所を舐め始めた。

──な、なんなの？

エルフィールは怪訝《けげん》に思ったが、その理由はすぐに知れた。

「他の男の匂いなどさせて……。すぐ消して、俺の匂いしかしないようにしてやる」

唸《うな》るような声がラファードの口から漏れる。どうやら所有の証《マーキング》のような意味らしい。

天獣である彼は匂いに敏感なので、自分の身近な者に他人の匂いがついているのが気に入らないようだ。

——なんだマーキングか。そういえばミーちゃん2号にも、あやうくおしっこを引っかけられそうになったことがあったっけ。

大切な友人たちのことを思い出して、エルフィールは懐かしい気持ちになる。

——ミーちゃん2号たち、元気にしているかしら？　フリンがいるから世話は大丈夫だと思うんだけど。

「エルフィール……今、何を考えていた？」

エルフィールが他人（他獣？）のことを考えているのが分かったのだろう。ラファードの顔からいきなりスッと表情が消えた。

エルフィールの本能がこれはマズイと告げている。

「エルフィール。俺は今までお前に所有の印をつけたことがなかった。必要ないと思ったし、お前の肌に余計なものをつけたくなかったからだ。でも、どうやらそれは間違っていたらしい」

「ラ、ラファード……？　あの……待って？」

「自分のものには印をつけておかないとな。誰も手出しできないように——」

「そんな、手の甲にキスされたくらいで大げさな――」

エルフィールは両手を前に出してラファードを宥《なだ》めようとする。けれど金色の目にギラギラとした激情が浮かぶのを見て、逆効果だと悟った。

「ちょ、ちょっと、ラファード、落ち着いて？　あれはラファードが思っているような意味じゃないんだから。と、とにかく寝所じゃなくて、居間でよく話し合いましょう？　ね？」

ここにいては危険だと告げる本能に従い、エルフィールは居間との間を仕切るカーテンへ向かって這《は》い始める。この時、彼から目を離してお尻を向けてしまったのが敗因だった。後々になってエルフィールは猛反省するのだが、この時はまったく気づけなかった。

突然、腰に巻きついた腕によってベッドに引き戻される。

「あっ……！」

ドレスのスカートをパニエごとめくられ、ドロワーズがすごい力で引きちぎられた。

「え？　やっ、ラファード!?」

むき出しになった下半身に焦って振り向こうしたが、次の瞬間、後ろからラファードの楔《くさび》に貫《つらぬ》かれて、エルフィールは痛みと衝撃に悲鳴をあげた。

「ああああ、いやぁああ！」

愛撫《あいぶ》もなしに押し込まれた怒張《どちょう》は、めりめりと音を立てんばかりに膣道《ちつどう》を進む。

「あああっ……」

細く長い悲鳴がエルフィールの喉《のど》からほとばしる。けれど、幸か不幸かエルフィールの膣《ちつ》は寝所に連れ込まれた時から潤《うる》み始めていて、慣れ親しんだ楔《くさび》をすぐさま受け入れた。

奥から染み出した蜜が、ラファードの楔《くさび》の出入りをスムーズにする。その上、楔《くさび》を通して直接子宮に魔力を注がれ、エルフィールは自分の内側を焼く熱に圧倒された。

「やぁ、ぁあああ！」

悲鳴は長く続かず、艶《つや》めいたものが混じり始める。意識が朦朧《もうろう》として何も考えられなくなったのは、その直後のことだった。

ラファードの寝所に、パンパンという音とエルフィールの嬌声《きょうせい》が響き渡る。

四《よ》つん這《ば》いになって腰を高くあげ、後ろからラファードに貫《つらぬ》かれているエルフィールは、今や彼の欲望を受け止めるだけの器と化していた。周囲にはドレスやコルセット、ドロワーズやパニエなどが散乱していたが、もはやそれを認識できるだけの正気も残っていない。

「ああっ、んんっ、ああ、ああっ」

後ろから貫《つらぬ》かれながら甘い悲鳴を放つ。じゅぶじゅぶと耳を覆《おお》いたくなるほど淫靡《いんび》な音が響いていたが、それすらも今のエルフィールにとっては官能を高めるためのものでしかない。

白濁《はくだく》と蜜が混じったものがラファードの楔《くさび》によって掻き出され、エルフィールの太腿《ふともも》を伝わってシーツに滴《したた》り落ちていく。

「ああっ、やぁ、ん、んんっ、あ、はぁ、あん……！」

「エルフィール、こうされるのがいいんだろう?」

エルフィールの双丘を掴《つか》んで腰を押しつけながら、ラファードはその腰をイヤらしく回す。体内を楔《くさび》で掻き回され、感じる場所をゴリゴリと抉《えぐ》られて、エルフィールは嬌声《きょうせい》をあげることしかできなかった。

「あん、んんっ、いい、ああ、いい……！」

髪を振り乱し、獣のような体位でラファードの欲望を受け止める。普段の明るいエルフィールの面影はなく、そこにはただ淫《みだ》らな快楽に流される女がいた。

「これも好きだったな、お前は」

ラファードは双丘を押さえつけていた手を離し、エルフィールの揺れる胸を掴《つか》んだ。

「ああ、あん、ああ、はぁ、んんっ、あ、ぁああ！」

胸を掴《つか》まれながらズンと奥を穿《うが》たれて、脳天からつま先まで貫《つらぬ》く悦楽に乱れ狂う。

――や、おかしく、なる……！

朦朧《もうろう》とした意識の中で、時折ふと我に返り、この状況と自分自身の変化に怯《おび》える。けれど、それ以外の時間にエルフィールが感じるのは喜びだった。

「俺のものだ。俺だけの――」

激しく腰を打ちつけられながらラファードの漏らす言葉を嬉しいと感じる。背中に歯を立てられ、きつく吸われて、残された所有の印にも喜びを覚えてしまう。

――きっと私はおかしくなっているんだわ。

「エルフィール……。お前はずっとここにいるんだ。俺の傍《そば》に、俺の腕の中に。こんなふうにずっとつながって、誰にも会わずに、俺だけを見ていればいい」

――独占欲にまみれたその言葉さえも嬉しいだなんて。

「あああああ……！」

背中を反らし、数えきれないほどの絶頂に達しながら、エルフィールは願う。

――傍《そば》にいて、放さないで。ずっと私をその腕の中から逃さないで……

それから何日にもわたって、ラファードの寝所からはエルフィールの嬌声《きょうせい》と、粘着質《ねんちゃくしつ》な水の音、それに肉を打つ音が断続的に響いていた。

＊＊＊

エルフィールには時間の感覚がなかった。

ラファードに抱かれている時は魔力交換の効果で朦朧《もうろう》としているし、彼がいない時はひたすら眠って体力回復に努めている。

ラファードの部屋は天井から壁一面が布で覆《おお》われており、窓がない。カーテンで区切っているだけの寝所もそうだ。そのため、エルフィールには今が昼なのか夜なのかすら分からなかった。

「……んっ……水……」

さんざん喘《あえ》いだせいで喉《のど》が掠れている。水を求めると、すぐにラファードに抱き起こされ、グラスが口に当てられる。自分の手でグラスを掴《つか》もうとするものの、今しがたまで貪《むさぼ》られていたせいで身体に力が入らなかった。

「飲ませてやろう」

心なしかうきうきした口調で言うと、ラファードはグラスの水を自分であおり、エルフィールに口移しする。

「……っん、んぅ、ん、ふ、……」

エルフィールは流し込まれる水を夢中で飲み干した。口移しされているのは分かっていたが、それを恥ずかしがる余裕はない。それに、食べ物をラファードに手ずから食べさせてもらうこともあるのだ。もうとっくに羞恥心《しゅうちしん》は擦り切れていた。

ラファードは唇を離すと、エルフィールの口の端から零《こぼ》れた水を舌で舐め取った。こういう時の彼は人間の姿を取っていながら、とても獣じみている。

もちろん、エルフィールを攻めたてている時も――

エルフィールは慌てて脳裏《のうり》に浮かんだ光景を追い払った。芽生えそうになった欲望に感づかれて、再び貪《むさぼ》られても困る。

――体力が続かないわ……！　どうしてそんなに絶倫《ぜつりん》なのか。

天獣の体力はきっと底なしに違いない。

実は体力が底なしというより、エルフィールと交わることで魔力を補給しているためにいつでもラファードは元気いっぱいなのだが、幸か不幸か今のエルフィールは気づいていなかった。

「もっと欲しいか？」

そう聞かれてエルフィールは首を横に振った。喉《のど》は潤《うるお》せたから、今はただひたすら休みたい。

「……眠い……」

目を閉じて呟《つぶや》くと、ラファードが笑ったような気配がした。

彼はエルフィールをベッドに横たえ、情事の跡も生々しい裸体をそっと上掛けで覆《おお》った。その間にエルフィールは深く寝入ってしまう。

ラファードがそのあどけない寝顔に見入っていると、扉が叩かれる音と共に、リクハルドの声が聞こえた。

「ラファード、ちょっといいかい？」

声音《こわね》から咎《とが》めるような響きを感じ取り、ラファードは面倒くさそうにため息をついた。

リクハルドは非常に困っていた。

この四日間、ラファードがエルフィールを自分の部屋に監禁して一歩も外に出さないからだ。

エルフィールの世話をするため、ラファードの部屋に入ることが許されている女官長と侍女長の話だと、監禁した上に四六時中彼女を貪《むさぼ》っているらしい。もちろん性的な意味で。

「陛下、あれではエルフィール様が持ちません！　ラファード様を止めてください！」

女官長と侍女長は涙ながらにリクハルドに訴えてくる。

「お姉様がもう四日もお茶会に姿を見せないの！　お兄様、どうにかして！」

ラヴィーナにも泣きつかれて、リクハルドは頭を抱えていた。

——まったく、なんだってロウゼルドの連中がいる時に、こう頭の痛いことが起こるんだろう？

いや、ロウゼルドの連中がいるからこそ、ラファードは警戒してエルフィールを外に出さないのだろうが、それにも限度というものがある。

聖獣と王族は互いの私生活には介入しない約束だが、そろそろ限界だ。ここら辺できちんと話をつけなければならないだろう。そう決心してリクハルドはラファードの部屋に向かった。

「ラファード、ちょっといいかい？」

扉の前で呼びかけると、しばらく経ってから面倒くさそうな表情のラファードが現れた。

「なんだ」

「話がある。中に入れてくれ」

ラファードは思いっきり嫌そうな顔をしたが、廊下では人に聞かれる恐れがあるため、しぶしぶリクハルドを部屋に入れた。

「……ここに入るのも久しぶりだな。王太子の時は入り浸《びた》っていたのに、国王になったら全然暇がないんだから」

「用があれば俺の方が出向くからな。靴を脱いで適当に座れ。知っての通り、この部屋に椅子はない」

「分かってる」

この部屋は砂漠の国の様式を模《も》している。椅子やソファの類《たぐい》はなく、ふかふかの絨毯《じゅうたん》を敷いた床に直接座るのだ。邪魔な家具がない広々とした床でゆったりくつろぐことができるため、獣型のラファードには合っているようだ。

リクハルドはクッションの上に腰を下ろし、カーテンで仕切られた寝所に視線を向けた。

「エルフィール嬢はあっちかい？」

「見るな」

ぶすっとした声で返されて、リクハルドは苦笑した。

「減るもんじゃあるまいし。だいたいカーテンに遮《さえぎ》られて中は見えないよ」

「それでもだ。視線を向けるな」

――だめだ、重症だ。

思わずリクハルドは片手で額を覆《おお》った。

ラファードは自分の女に他の男が視線を向けることを嫌っているのだろう。要するに独占欲だ。

――これは困ったぞ。

たとえ心臓のことが解決したとしても、ラファードはエルフィールを解放しようとしないだろう。

でもそれでは困るのだ。なぜなら――ラファードにはすでに番《つがい》となるべき相手がいるのだから。

いつだったか、先代聖獣が言っていた。

『実はね、坊やにはもう番《つが》う相手がいるんだ。お互いまだ小さいから会わせないようにしているけど、成人したら連れてきて娶《めあわ》せるつもりなんだ』

ラファードにはこれから何百年と寿命を共にする番《つがい》がいる。種族の違うエルフィール

は彼の傍《そば》にいても不幸になるだけだ。

「それで？　いったい話とはなんだ？」

そう促《うなが》され、リクハルドはラファードを諌《いさ》める言葉を言おうとした。だが、やはり言

いづらく、代わりにここへ来たもう一つの目的を口にした。

「君の所にも何度か侍従《じじゅう》が伝えに来たと思うんだけど……。クレメンス殿下がラファー

ド王子と話をしたがっているんだ。再三にわたって会談を申し込まれている」

「話すことなんかない。放っておけ」

ラファードはにべもなかった。

「僕だってそうしたいけどね！　毎日毎日しつこいんだよ。ラファード王子は訳ありで

この国にいると説明しても、祖国の話を聞きたいだけだと言って。あげくの果てに、他

国の王族とは話をさせたくない理由があるのかと意味ありげに詮索されたよ。……たぶ

ん、ロウゼルドは『ラファード王子』が聖獣ではないかと疑っているんだと思う」

リクハルドの言葉を聞いて、ラファードは少し考えてから口を開いた。

「……俺が聖獣だと知る者はこの城でも一握りの人間だけだが、もしやと思っている者

はいるだろうからな。そういう連中から話を聞いて確かめようとしているのか、それと

も最初から――」

「君が聖獣であると確信を持っているか。それを確かめるためにも、ラファード王子にはクレメンス殿下と会ってほしいんだよ。ロウゼルドに戻って余計な流言をされても困るし」

「気が進まないが……」

「ほんの少しの時間でいいんだ。どうせ明日には彼らは帰国する」

しばらくリクハルドを見つめていたラファードは、やがて「はぁ……」と大きなため息をついた。

「……分かった。会えばいいんだろう。いつ行けばいい？」

リクハルドはホッと安堵《あんど》の息をつく。

「ありがとう。恩に着るよ。あちらとの調整が済み次第、侍従《じじゅう》に迎えに来させるよ」

「ああ」

「それで……今度は別の話だ。実はこっちが本題なんだけど……」

「なんだ、もったいぶって。いったいなんの話だ？」

咳払いすると、リクハルドは口を開いた。まずはこれを確認しなければならない。

「ラファード……君はエルフィール嬢をいつまでここに閉じ込めておくつもりなんだ

い？」

ラファードは目を瞬《またた》かせ、ふっと笑った。

「なんだ。そんなことか。ロウゼルドの連中が帰るまでだ。ここには魔術師が何人束になろうと絶対に破れない結界が張ってある。ここにいればエルフィールは安全だ」

「そうか、では明日を過ぎれば彼女をこの部屋から出して自室へ戻すんだな。今まで通りに」

――これで、ラヴィーナや女官長たちも安心するだろう。

ホッと安堵《あんど》の笑みを浮かべたリクハルドは、次のラファードの言葉を聞いて固まった。

「いや、自室には戻さない。ここにこのまま住まわせる」

「――は？」

「ああ、もちろん望めば庭には連れていくし、王太后とラヴィーナのお茶会に出たいのなら、許可をするつもりだ」

「待って、待ってよ、ラファード。それじゃ、今とほとんど変わらないんじゃ……」

「変える必要がどこにある？　エルフィールが誘拐されかけたことを忘れたのか、リクハルド？　犯人の正体も目的も分からないままだ。ロウゼルドの連中が帰ったあとも危険がなくなるわけじゃない。エルフィールはここで、俺の傍《そば》にいた方が安全だ」

「……でも、ラファード、それだと彼女の自由はなくなる」

「自由はあるだろう？　エルフィールが望めばどこへでも俺が連れていってやる。家族に会いたいのなら、ジュナン伯爵領にだってあっという間に行ける」

微笑を浮かべて告げるラファードに、リクハルドは愕然《がくぜん》とした。

──違う、ラファード、それは自由なんかじゃない……！

「……ラファード、自由は誰かに与えられるものじゃないんだよ……」

彼は自分が何を言っているのか分かっているのだろうか？　いや、きっと分かっていない。ここで止めなければ、取り返しがつかなくなるだろう。

──ラファードは自分の気持ちを自覚してない。今ならまだ引き返せる。

ぐっと奥歯を噛みしめ、リクハルドはラファードを正面から見据《みす》えた。

「王族としてではなく、友人として聞くよ。君はいったい、エルフィール嬢をどうしたいんだ？」

「え？」

「愛人にするのか？　このまま君の欲を満たすために傍《そば》に留めておくつもりか？　でもそんなの長続きしない！　だって君には、すでに番《つがい》となる相手がいるのだから──！」

部屋中に響いたリクハルドの言葉は、見えない重石《おもし》となって二人に圧《の》し掛かる。そして、カーテンを隔てて横たわるエルフィールの耳にも、その言葉は届いていた。

普段のラファードだったら、彼女がほんの少し前に目を覚ましたことに気づいていただろう。けれど、この時のラファードはリクハルドの言葉にいつになく動揺し、エルフィールが彼らの会話を聞いていることにも気づいていなかった。

「……それは父上が勝手に決めたことだ。俺はまだ会ったこともないし、番《つがい》と認めたわけじゃない」

ややあってラファードが言った。彼の理屈ではそうなのだろう。けれどリクハルドは首を横に振る。

「君は認めてなくても、番《つがい》となるべき相手がすでにいるということが問題なんだよ、ラファード。天獣にとって番《つがい》は絶対だ」

天獣がその長い生涯を添い遂げる番《つがい》は、たった一頭だけ。ひとたび番《つがい》を得れば、他の雌（あるいは雄）には見向きもしない。そして唯一無二の番《つがい》に対する独占欲はすさまじいと聞く。

先代の聖獣は三十年前、城に連れてきた番《つがい》にリクハルドの父親が見とれているのを見て、笑顔でこう言ったそうだ。

『それ以上彼女を見るなら、その目、抉《えぐ》るよ?』

のちに父親は恐ろしそうにリクハルドに語った。『あの日は本気だった。本気で俺の目を抉《えぐ》るつもりだったぞ』と。それほど天獣の番《つがい》に対する執着はすさまじいのだ。

「今はまだいいさ。君の心臓はエルフィール嬢の中にあるし、君はまだ定められた番《つがい》と出会っていない。でも番《つがい》と会えば、君の関心はエルフィール嬢から移る。その時、彼女はどうなる？」

「俺はエルフィールを見捨てない。それに、父上の決めた番《つがい》と会わなければいいだけだ」

なおも言うラファードに、リクハルドはため息をついて首を横に振った。

「君は天獣でエルフィールは人間だ。君が番《つがい》を娶《めと》らなくても、遠くないうちに別れは来る」

「それは……」

ラファードの金色の瞳が揺れる。傍《そば》に留めておく——そう言いながらもエルフィールとの種族の違いを一番分かっているのは彼自身なのだろう。

「寿命の長い君にとっては番《つがい》を得るまでの短い時間に過ぎない。けれど、エルフィールにとっては長い時間だ。それを君の我儘《わがまま》に費《つい》やせというのかい？　結婚も子どもも……女としての幸せを諦《あきら》めて君に尽くせと？　冗談じゃない。当初の取り決め通り、商人の息子と結婚した方がよっぽどマシだろう」

「………」

「ラファード。君がエルフィール嬢に執着していることは分かっている。でも、彼女のためを思うのなら、心臓のことが解決次第、解放してやってほしい。そしてその後は二度と彼女に会うべきじゃない。君は聖獣で、彼女とは生きる道が違うんだから」

……その言葉に対する返事がラファードの口から出ることはなかった。

しばらくしてラファードの部屋から出たリクハルドは「はぁ……」と疲れたようなため息を漏らした。そんな彼に、廊下で待機していた侍従《じじゅう》が声をかける。

「お疲れ様でした。……大変でしたね」

部屋の中で交わされた会話は聞こえなかったものの、リクハルドの右腕である彼には分かっているのだろう。リクハルドの口元に苦い笑みが浮かんだ。

「損な役回りだよね、僕も。仕方ないとはいえ」

好きで警告したわけじゃない。彼も気が重かった。

「……いっそのこと、エルフィール嬢がラファードの番《つがい》であればよかったのに」

思わず呟《つぶや》いてからリクハルドは首を横に振った。すでにラファードには番《つがい》となるべき相手がいるのだ。それはおそらく天獣で、人間のエルフィールではない。

――本当に、人生ままならないものだ。

侍従《じじゅう》や護衛を引き連れ、重い足取りで執務室へ戻る。ラファードとクレメンスの会談の段取りを侍従《じじゅう》に命じて、苦い気持ちを引きずったまま残った仕事に手を付けようとした。そこへ来客が告げられる。

「ジュナン伯爵が？　ああ、すぐに呼んでくれ」

エルフィールの父親であるジュナン伯爵とは、すれ違いが続いていた。サンド商会について尋ねようと思った矢先、彼が商談で王都を留守にしてしまった。そしてジュナン伯爵が王都に戻ってきた時、今度はリクハルドがロウゼルドからの特使のことで多忙になってしまい、時間が取れなくなっていたのだ。

明日ロウゼルドの特使が帰るという段階になって、ようやくリクハルドに余裕が出てきた。そのため、またすれ違わないうちにとジュナン伯爵を呼んでもらったのだ。

「これで謎のサンド氏について何か分かればいいけれど」

そう呟《つぶや》くリクハルドの顔には微《かす》かな笑みが戻っていた。

＊　＊　＊

エルフィールの耳に扉が閉まる音が聞こえた。リクハルドが部屋を出ていったのだろう。

部屋の中はしんと静まりかえり、ラファードが動く気配は感じられない。エルフィールは横たわったまま、今彼はどういう顔をしているのだろうと考えた。

気まずそうな顔だろうか？　それとも、リクハルドの忠告を噛みしめている？

リクハルドの言葉は的を射ていた。ラファードは聖獣で、エルフィールは人間。どうにもならない関係なのだ。なぜなら……

――ラファードには番《つがい》がいる。

その事実が頭の中を駆け巡り、離れてくれなかった。

やがて、居間の方で何かが動く気配がして、寝所を仕切るカーテンが開けられる。とっさに寝たふりをしたのでラファードの表情は分からないが、いつになく沈んだ様子なのは気配で分かった。

ラファードはしばらくエルフィールを見つめたあと、すっと手を伸ばして彼女の髪の毛を掬《すく》う。

「天獣と人間。種族の違い。定められた番《つがい》。……そんなことはとっくに分かっているんだ」

小さな小さな呟《つぶや》きがエルフィールの耳に届く。

「俺たちの関係はどうにもならない。お前のためにもならない。それは分かっているのに……なのに、どうしてこんなに離れがたいのだろう」

——それは心臓のせいよ。あなたの心臓が私の中にあるから、だから……

泣きたい気持ちになりながら、エルフィールは心の中で呟《つぶや》く。

——きっと心臓が戻ったら、あなたは私のことなど簡単に忘れてしまう。だって、あなたには番《つがい》となる相手がいるのだから。

「お前を誰にも渡したくない。いっそ腕の中に閉じ込めてしまいたいほどなのに……」

ラファードはエルフィールの髪の毛にそっと口づける。

「リクハルドにお前を手放して二度と会うなと言われた時、ようやく気づいた。エルフィール、俺は、お前を——」

その先に続く言葉が彼の口から出てくることはなかった。扉が叩かれて、侍従《じじゅう》の声がしたからだ。

「ラファード様。クレメンス殿下との会談の用意が整いました。ご案内いたします」

はぁー、と大きなため息をつくと、ラファードはエルフィールの髪の毛から手を離した。

「分かった。すぐに行く」

扉に向かって声をかけると、エルフィールに視線を戻して小さな声で言う。

「エルフィール。この部屋から決して出るなよ」

寝たふりをしているのは分かっていたらしい。エルフィールはそれでも寝たふりをし続けた。

目をつぶったままのエルフィールを見て諦《あきら》めたのか、小さなため息を一つ残してラファードは部屋から出ていった。

一人残されたエルフィールは、のろのろと起き上がり、自分が裸のままだと気づいて苦笑した。けれど、その苦笑はすぐに歪んだものへと変わる。

――ラファードには番《つがい》がいる。どうして彼は、私にそれを言ってくれなかったんだろう？

そう思いつつも、その答えはよく分かっていた。

ラファードにとってエルフィールは彼の心臓を持っている人間であり、魔力の補給源に過ぎない。だから彼はエルフィールを抱く。それだけだ。決められた番《つがい》がいると告げる必要も、その義務もない。

――最初からそうだったじゃない。どうして忘れてしまったのかしら？

それはエルフィールが攫《さら》われかけた日から、ラファードの抱き方が変わったからだ。

魔力補給のための行為だったものが、男女の交わりになり、いつしか情熱と欲情を分かち合うようになっていた。ラファードの抱き方はとても優しくて淫《みだ》らで――大事にされていると感じた。

だからエルフィールは……自分でも気づかないうちに期待してしまったのだ。

――自分はラファードにとって特別な存在だと。

「ばかね、私。すっかり勘違いして。特別なのは、私が心臓を持っているからというだけなのに……」

もしエルフィールの心臓がラファードのものでなければ、謁見《えっけん》の時に目を留めることもなく、彼女の存在を忘れ去っていたに違いない。

エルフィールは思わず自嘲の笑みを浮かべた。すると、何かがポロッと零《こぼ》れて腿《もも》の上に落ちる。それはあとからあとから溢《あふ》れてきて、瞬《またた》く間に肌を濡らしていく。

――分かっていたのに。最初から分かっていたのに……

「やだな、どうして私は泣いているのかしら……？」

どうして胸が苦しいのだろう？　どうしてこんなに裏切られた気がするのだろう？

どうしてこれほど傷ついているのだろう？

「ばかね、私。本当に、ばかだわ……」

ようやくエルフィールは自分の気持ちに気づく。

――私、ラファードのことが好きだったんだわ……

彼がエルフィールを抱く理由を忘れてしまうくらいに。ラファードが聖獣で自分は人間であることを、決して結ばれることはないという事実を忘れてしまうくらいに。

「……違うわね。忘れていたかったんだわ、私は」

忘れていれば、自分がラファードにとって特別だと思えるから。

「だから、これは自業自得ね……」

そもそもエルフィールにだって婚約者がいるのだ。ラファードには最初から伝えてあるものの、婚約者を裏切る行為をエルフィールはずっと続けていた。自分一人だけ被害者面をするのは間違っているだろう。最初の頃ならいざ知らず、途中からは自《みずか》ら望んでラファードに抱かれていたのだから。

——さぁ、自分を哀れむのはもうやめよう。

シーツで涙を拭《ぬぐ》うと、エルフィールは下着とシュミーズドレスを身に着け始めた。早くしないとラファードが戻ってくる。今は彼の顔を見て冷静でいられる余裕がない。一人になって考えたかった。これからのことを。

——ラファードにはここにいろと言われたけれど、しばらくの間、別の場所にいたい。

少し眠ったおかげで体力はだいぶ回復した。最初はふらつきながら、けれど次第にしっかりとした足取りで扉に向かい、ラファードの部屋を抜け出した。

廊下に出たとたんに、向かいの窓から差し込む明るい光がエルフィールを照らす。日の傾き具合からすると、正午を少し回ったところだろうか。

廊下には誰もいなかった。そもそもこの階にあるのはラファードとエルフィールの部屋だけで、普段からほとんどひと気はない。だから、エルフィールはそのことを気にも留めなかった。

――さて、どこに行こうかしら？

自室はだめだ。あそこにいたらすぐにラファードに見つかってしまうだろう。彼が、エルフィールが行くとは思わないような場所がいい。だが、そんな場所はあるだろうか？

王太后かラヴィーナを頼ろうかと考えていたら、そっと声をかけられた。

「エルフィール様……？　エルフィール様じゃないですか？」

ハッとして振り向くと、箒《ほうき》を手にしたアイラが驚いたようにエルフィールを見ている。

「アイラ？　どうしてここに？」

掃除道具を持っているということは仕事中なのだろう。けれど、アイラの担当箇所はここではない。

「この棟の清掃担当だった同僚が具合が悪いというので、今日だけ私が交代したのです。エルフィール様こそ、どうしてここへ？」

「私は……その、自分の部屋がこの近くなの。アイラはこれからここの掃除をするの？ごめんなさい、私がいては邪魔ね」

「あ、いえ。もう掃除は終わったので、これから引き上げるところだったんです」

そうなの、と相槌《あいづち》を打とうとしたエルフィールは、ふとあることを思いついた。掃除女中であるアイラならば、この居館だけでなく色々な場所を知っているはずだ。

「あの、アイラ。私がしばらく隠れていられそうな場所はないかしら？　できれば居館ではなくて、別の建物がいいわ」

「隠れていられそうな場所、ですか？」

アイラが眉を顰《ひそ》める。急にそんなことを聞かれたら、怪訝《けげん》に思うのも無理はない。エルフィールは少し考えて、できるだけ正直に言うことにした。

「あの、実は婚約者とケンカをしてしまって。しばらく彼に見つからない場所で頭を冷やしたいの」

「ラファード殿下とケンカを？」

どうやらエルフィールが城にあがったのはラファードに見初《みそ》められたからだという噂《うわさ》が、アイラの耳にも入っていたらしい。心の中で苦笑しながら、エルフィールは頷《うなず》く。

「ええ。しばらく私が隠れられそうな場所に心当たりはないかしら？」

「そうですね……」

少し考えるそぶりをしたあと、アイラは何かを思いついたように顔をあげた。

「もしよろしければ、私の部屋をお使いください、エルフィール様」

「え？　アイラの部屋を？」

「はい。ラファード殿下が使用人の宿舎に足を踏み入れたことはないので、あそこなら知られることはないと思います。もっとも、私の部屋は狭いですし、エルフィール様のように身分の高い方《かた》をお迎えできる場所ではないのですが……」

「構わないわ！」

渡りに船とばかりにエルフィールは意気込んで言った。

「アイラ、悪いけれど、あなたの部屋でしばらく休ませてもらっていいかしら？」

「はい。もちろんです。ご案内いたします」

にっこりとアイラは笑った。

エルフィールは知らない。ラファードと自分の部屋がある階に足を踏み入れることができるのは、ほんの一握りの限られた人間だけであることを。その中にアイラは含まれておらず、したがって掃除の代役など頼まれるはずもないことを――

アイラがエルフィールを連れていったのは、居館から少し離れた場所にある下級使用人のための宿舎だった。使用人は相部屋が基本だが、下級使用人の中でも居館に出入りできるアイラは、一人部屋を使うことが許されているようだ。

本人の言う通り狭く、ベッドと木の箪笥《たんす》しか置かれていない、非常に質素な部屋だった。

「どうぞ、おかけください――と言っても、ベッドしかないんですけれど」

「構わないわ」

エルフィールはアイラに感謝の笑みを向けると、清潔なシーツの敷かれたベッドに腰を下ろす。アイラは箪笥《たんす》の上に置かれた水差しを手に取った。

「お声が少し掠れているようですから、水を汲んできますね」

「あ、別に気を遣わなくていいのよ。私が無理矢理押しかけているんですもの」

「とんでもない、エルフィール様に何かあっては大変ですから。すぐに戻ってきますので、少しお待ちください」

アイラはパタパタと足音を立てて扉の向こうに消えていく。エルフィールはふぅっと息を吐いた。

――ついアイラの言葉に甘えてしまったけれど、こんなことしていいのかしら？

部屋にいろというラファードの命令を無視したばかりか、隠れるような真似をしているのだ。もちろん、いいわけがない。けれど、今は情事の記憶が色濃く残る場所にいたくなかった。

「お待たせしました。どうぞ」

アイラは水差しを手に戻ってくると、グラスに水を注ぎ、エルフィールに差し出した。特に喉《のど》は渇いていなかったものの、せっかく汲んできてくれたものだからと思い、エルフィールはグラスを受け取る。

咥内《こうない》を満たす冷たい水の感触が、ラファードに口移しで飲ませてもらった時のことを思い出させて、エルフィールは胸が疼《うず》くのを感じた。

——何をしても、どうしても思い出してしまう。ラファード……

胸に浮かんだ面影を振り切るように、目の前に立っているアイラに声をかけた。

「アイラ、あなただけ立たせておくのは悪いわ。座って」

「あ、はい。では隣に失礼します」

アイラが隣に腰を下ろすのを待って、エルフィールは尋ねた。

「アイラは、好きな人とかいないの？」

独身だというのは前に聞いたことがあるが、性格が良くて仕事も真面目なアイラならば、周りの男性が放っておかないだろう。

「え？　わ、私の好きな人、ですか？」

アイラは突然の質問に目を丸くしたが、やがて少し恥ずかしそうに答えた。

「好きな人……というか、幸せになってほしいと思う方《かた》はいます」

「どんな方《かた》？」

「優しくて真面目で……でも家族との関係やご自身の義務に縛られて、とても苦しんでいる人です。あの方《かた》には幸せになってもらいたい……たとえその相手が私ではなくとも」

好きな人を思い出したのか、アイラの口元に微笑が浮かぶ。その笑みは少しだけ物悲しく見え、それでいてとても慈愛に満ちていた。

「私は訳あってお傍《そば》にいられなくなったのですが、優しいあの方《かた》が幸せになれるようにといつも願っています」

「それは……前に仕えていた貴族の方《かた》？」

なんとなくアイラの口調から、身分差があるような気がしたのだ。アイラはほんのり頬を染めながら頷《うなず》いた。

「はい。前にお仕えしていた方《かた》です。私なんかではとても手の届かない人でしたけど、でも……想うのは私の自由ですから」

エルフィールの脳裏《のうり》にラファードの顔が浮かぶ。聖獣の姿をした時のラファードと、人間の姿をした時のラファード。

どこか子どもっぽくて、我儘《わがまま》で。でも……人との距離感に悩みながらも聖獣であろうとしているラファード。

すでに番《つがい》となる相手がいて、エルフィールとは種族も違っていて、決して手の届かない遠い人。きっと心臓のことが解決すれば、二度と会うことができなくなる人。でも……

「想うのは自由、か」

ラファードが好きだと思う気持ちは変わらない。おそらく死ぬまでエルフィールは彼のことを想い続けるだろう。たとえ彼に番《つがい》ができようと、自分が他の誰かに嫁ごうと、ずっとずっと好きで、ラファードの幸せを祈り続けるに違いない。

――私、こんなところで何をやっているのかしら？

別れの時間は必ずやってくるのだから、限られた時間を少しでも長く一緒に過ごすべきだろう。そして最後に別れる時は、笑ってさよならするのだ。

「ごめんなさい、アイラ。私ラファードのところへ戻るわ」

エルフィールは立ち上がった。ところがそのとたん、急に力が抜けるのを感じて、水の入ったグラスが手から滑《すべ》り落ちる。

バリーンと甲高《かんだか》い音が部屋中に響き渡る。けれど、エルフィールにはその音がやけに遠く感じられた。ぐらりと上体が傾き、そのままベッドに倒れ込む。

「ごめんなさい、エルフィール様、ごめんなさい……」

──私、変だわ……どうして、こんな……

アイラの声が聞こえてきて、かろうじてそちらへ視線を向ける。すると、ベッド脇に立った彼女がエルフィールを見おろしながら涙を流していた。

──アイラ、どうしてそんな悲しい顔をしているの……？

ぼんやりとした頭で考えるものの、やがてエルフィールの意識は闇の中に沈み込んでいった。

「エルフィール様、ごめんなさい……」

エルフィールが目を閉じてピクリとも動かなくなったのと同時に、アイラの部屋の扉が開いて何人もの男たちがぞろぞろと入ってきた。

「よくやったアイラ」

ガクガクと震えるアイラに声をかけ、部屋の隅に下がらせたのは、彼女の上官に当たる男だ。その他の男たちは、エルフィールが横たわるベッドをずらりと取り囲む。様々な服装をしていたが、彼らはみなロウゼルドからやってきた魔術師だった。

これから魔術を使って、聖獣の心臓《エルフィール》を持つ娘をロウゼルドに連れていくつもりなのだ。

「お前は立派に任務を果たした。これで我がロウゼルドは昔の栄光を取り戻せるだろう」

上官の男の言葉は、罪悪感に苦しむアイラの胸にむなしく響いた。

――昔の栄光を取り戻す？　いいえ、違う。取り戻せるような栄光など、もともとなかったのだわ。

「私……私……」

フェルマ国に間者《かんじゃ》として送り込まれたアイラは、いつしか気づいていた。ロウゼルドが貧しいままなのは、いつまでも聖獣にこだわり続ける王や重臣たちのせいなのだと。

それが分かっていながら、アイラは彼らに逆らえず、取り返しのつかないことをしてしまった。

罪の意識におののくアイラを余所《よそ》に、魔術師たちはエルフィールを取り囲んで準備を進める。

「急げ！　簡単な結界は張ってあるが、いつ聖獣に気づかれるか分からんぞ！」

「早く転移の術の詠唱を！」

「クレメンス殿下が聖獣の気を逸《そ》らしている間に早く！」

――え？　今なんて？

男たちの会話を耳にして、アイラはハッと顔をあげた。慌てて上官に向き直る。

「待ってください。クレメンス殿下が、聖獣と一緒にいるのですか？」

「ああ、殿下が身を盾にして聖獣を引き止めてくださっている。その間に聖獣の心臓を持つ娘を……」

「エルフィール様がいなくなったら、殿下はどうなるんです⁉」

アイラは青ざめた。きっと聖獣はすぐにエルフィールの不在に気づくだろう。クレメンスが自分を引き止めたせいで彼女を誘拐されたのだと、聖獣が知ったら？

「殿下はきっとただでは済まないですよ！」

フェルマ国はクレメンスを捕らえるだろう。魔術師たちがエルフィールを運ぶためにいなくなったら、残された少ない人数でクレメンスを守るのは無理だ。

「それもロウゼルドのためなら仕方ないことだ」

「殿下を犠牲にするんですか？」

そう聞きつつも、アイラには分かっていた。妄執《もうしゅう》に取りつかれ、国を顧《かえり》みず、逆らう者は許さないあの王なら、平気で息子を犠牲にするだろう。

「殿下は最初から分かっておられる。そのつもりでフェルマへの特使となったのだから」

「そんな……」

――殿下が死んでしまう。私の殿下が。私のしたことが原因で……

その時、目の端に強烈な光が映った。慌ててそちらを向くと、エルフィールの身体がキラキラと光を放っている。エルフィールだけでなく、ベッドを取り囲む男たちも光っていた。

転移の術が始まったのだ。

「待っ……！」

アイラは引き止めるつもりで手を伸ばす。ところが光がいきなりはじけ、瞬《また》く間に部屋中に広がった。

思わずぎゅっとつぶってしまった目を次に開けた時、そこにエルフィールと魔術師たちの姿はなかった。あるのはエルフィールが寝ていた跡のあるベッドだけ。

「どうやら転移の術は成功したようだな。成功率は高くないと聞いていたので、ヒヤヒヤしたが……」

上官の男がホッとしたように呟《つぶや》く。

「アイラ。ここに来る間に娘と歩いているところを誰かに見られた可能性もある。お前は速やかに城を出て……アイラ⁉」

アイラは部屋を飛び出していた。

——私はばかだわ。大切な人を自分のせいで窮地《きゅうち》に追いやってしまった……！

それだけではない。優しいエルフィールを裏切り、地獄へと送り出してしまった。

こんな自分を見て、きっと天国にいる父親も呆れているに違いない。どこかで生きているはずの母親も、知ったら失望するだろう。

アイラにできるのは、せめてこの命に代えてクレメンスの助命を願い出ることだけだ。

聖獣とクレメンスがいるはずの居館に向かって、アイラはただひたすら走り続けた。

# 第六章　聖獣の心臓を持つ娘

ラファードは退屈していた。

クレメンスがしつこく会談したいと言うから、居館の中にある一室で会うことにしたが、ほとんど世間話に終始している。

わざわざ会談の場を設ける必要がどこにあったのだろうか。世間話がしたいのであれば、晩餐《ばんさん》の場に一度呼べばそれで済んだはずだ。

――何が目的だ？

にこやかな笑みを浮かべるクレメンスの顔をじっと窺《うかが》う。けれど、魔術で防御されているらしく、聖獣のラファードでも相手の考えが読めなかった。

それ自体は王族にはよくあることなので、別におかしいことではなかったが、ラファードは妙にそのことが気になっていた。

――リクハルドによれば、魔術師たちにもクレメンスにも今のところ怪しい動きはないらしいが……。

そろそろ切り上げ時か、とラファードが思っていると、従者がクレメンスに近づいて耳元に何事かを囁《ささや》く。普通であれば聞こえない距離だったが、聖獣であるラファードの耳は、その囁《ささや》きを正確に聞き取っていた。

『ロウゼルドに送る荷物の準備が整ったそうです』

ラファードは眉を顰《ひそ》める。特使一行は明日帰国するため、その内容自体は特におかしいものではない。けれど、わざわざ会談中の王子に報告するようなことだろうか？

不可解なことはもう一つあった。その報告を聞いたクレメンスは、一瞬だけ目を見張ると、しみじみとした口調で「そうか」と頷《うなず》いたのだ。

嫌な予感がラファードの胸に湧き上がった。

「お話を中断させてしまってすみません」

従者が部屋を出ていくと、クレメンスは申し訳なさそうな笑みを浮かべた。

「明日の帰国の準備でバタバタしておりまして」

「いや、構わない。だが、忙しそうなのでそろそろ――」

ラファードは会談を終わらせるつもりでソファから立ち上がった。けれどクレメンスは慌てたようにラファードを引き止める。

「ああ、お待ちください。実は本当に聞きたいのは別のことなのです」

「別のこと？」

「ええ。そうです。私があなたにお聞きしたいのは――聖獣のことなのです」

突然、クレメンスの顔に奇妙な笑みが浮かんだ。ラファードは目の前の男の雰囲気がいきなりがらりと変わったことに目を見開く。柔和な態度も、優しげな雰囲気も投げ捨て、クレメンスは貼り付けたような笑顔で挑戦的に尋ねる。

「ラファード殿下は長くこの国に滞在されていると聞きます。あなたから見てこの国はどうですか？　こう思ったりはしませんか？　――聖獣の存在は不公平だと。ズルイと」

「不公平？　ズルイだと？」

それは聖獣であるラファードにとって無視できない言葉だった。

「ええ。そうです。聖獣がいれば国土は安定し、豊かな実りが約束されます。洪水も旱《かん》魃《ばつ》もなく、良質な資源が採れ、しかも尽きることはない。物資が集まり、人も集まり、ますます国は栄えて豊かになっていく。けれど、この国を一歩出れば、まったく違う光景が広がっている。国境の川を挟んだ向こうでは、人々は自然の脅威にさらされ、毎年のように大勢の人間が飢えて死んでいく。聖獣がいるかいないかでこれほど違うのです。それは不公平だと思いませんか？」

そう尋ねながらも、クレメンスは答えを求めてはいないようだった。熱に浮かされたように話すクレメンスを、ラファードはじっと見つめる。

「たとえばあなたの国は大半が砂漠で、生きていくのに必要な水はオアシスにしかない。人々は水を求め、水の所有権を巡って争いが起こることも珍しくないと聞きます。けれどこの国は違う。新鮮な水が尽きることなく湧き上がり、国土を潤《うるお》している。それをズルイとは思いませんか？　聖獣の恩恵を受けるのが限られた国だけであることを、おかしいと思わないのですか？」

そう思っているのはクレメンス自身なのだろう。聖獣のおかげで栄えているフェルマ国はズルイと。

けれど、聖獣であるラファードの考えは違う。

「俺は不公平だともズルイとも思わないな」

淡々とした口調で答えると、クレメンスは目を見開いてラファードを凝視した。

「確かに聖獣は自然を整え、国土を安定させる。作物を実らせ、豊かな資源を与える。けれど、それだけで国は栄えない。この国が豊かなのは、代々の王が街道を整備し、運河や水路を作り、物や人が集まるようにしてきたからだ。決して聖獣のおかげだけではない。聖獣はほんの少し手助けしただけに過ぎないんだ。いいか。国を作るのも、豊かにするのも聖獣じゃない。人間だ」

呆然とするクレメンスにラファードは言った。

「それを忘れて聖獣に依存し、豊かさを当然のものだと考えた時に崩壊は始まる。そうやって聖獣の加護を失った国がどれほど多いか」

「国を豊かにするのは、あくまで人間だと……そうか、それがこの国が聖獣の加護を受け続ける理由なのですね……」

不意にクレメンスは、くしゃっと顔を歪ませた。

「でも、心の弱い私たちは荒れた国土を前に、思わないではいられないのですよ。フェルマ国はズルイ。不公平だ。聖獣さえいれば私たちも豊かでいられたのにと。だから我々は……また罪を犯すのです、聖獣殿」

聖獣、とラファードに向かってはっきり言うと、再びクレメンスは顔に笑みを貼り付けた。いや、元の通り食えない表情に戻ったと言うべきか。

「実はね、聖獣殿。私は囮《おとり》であり、駒であり、人身御供《ひとみごくう》なのですよ。あなたから――大事なものを奪うための」

「なん――」

聞き返そうとしたラファードの言葉が、そこで止まった。

つい今しがたまで感じていたエルフィールの気配が突然消失したのだ。

「──エルフィール……!?」

ラファードは愕然《がくぜん》とした。必死にエルフィールの存在を探す。それはついさっきまで彼の腕の中にあり、しっかりとその存在を感じていたのに。

──今はどこにもない。どこにも。

次の瞬間、激しい喪失感と共に、ラファードの中で強い怒りが湧き上がった。

「貴様……!　エルフィールをどこへやった──!?」

「……ぐっ……」

クレメンスの身体が椅子ごと吹き飛ばされ、背後の壁に激しく叩きつけられる。と、同時に部屋の窓ガラスが、そして廊下を挟んだガラス窓が、内側からすさまじい音を立てて粉々《こなごな》に割れた。

＊＊＊

その少し前、リクハルドは執務室にジュナン伯爵を迎えていた。

「わざわざ呼び立ててすまないね」

「いえ。とんでもございません。……ところで、エルフィールは元気でしょうか？」

一瞬だけ遅れて、リクハルドは笑顔で答えた。

「……ああ、もちろん元気だとも」

まさか、聖獣に監禁されて部屋から一歩も出してもらえていないとは言えず、リクハルドは平静を装《よそお》って続ける。

「ロウゼルドの特使の一行が城内をうろついているから今日は呼び出せないが、後日、会える機会を設けよう。エルフィール嬢も喜ぶだろう」

「ありがとうございます。送られてくる手紙で元気にしているのは分かっているのですが、やはり直接会って顔を見ながら話をしたいので」

「もちろん、そうだろうとも」

――その頃までには、ラファードも彼女を解放してくれているといいんだけど……

そんなことを思いながら、リクハルドはジュナン伯爵に椅子に座るよう促《うなが》す。

「今日来てもらったのは、聞きたいことがあるからなんだ」

「聞きたいこと、ですか？」

「サンド商会についてだ。エルフィール嬢から婚約のことを聞いて調べたんだが、サンド商会の持ち主であるサンド氏やその息子に関しては、まったく出てこない。ジュナン伯爵はサンド氏に会ったことがあるはず。知っている範囲で構わないので、少し話を聞かせてもらえないか？」

思いもよらなかったのだろう。ジュナン伯爵は目を見張った。

「私が知っていることも、それほど多くはないと思いますが……」

「それでも構わない」

リクハルドの言葉にジュナン伯爵は頷《うなず》き、考えながらゆっくりと口を開いた。

「そうですね、サンド氏は自分では表に出ず、商会の経営は人に任せてご自身は商品開発と販路拡大のために各国を飛び回っています。ですから、サンド氏を知っている人間は非常に少ない」

「そのようだね」

そこまではリクハルドたちが調べた通りだった。サンド商会は十五年ほど前に突如として設立され、遠方の国々の特産物を独自のルートで輸入し、販路を拡大することで急速に大きくなった会社だ。

「私もサンド商会の噂《うわさ》は聞いていたのですが、サンド氏に会ったのは十年前が初めてでした。想像していた以上に若々しく、二十代の後半に見えたので、十歳の息子がいると聞いて驚いたものです」

「エルフィール嬢の婚約者だね。その息子に会ったことは？」

「ありません」

「え？」

リクハルドはまじまじとジュナン伯爵の顔を見つめた。彼は穏やかな表情でリクハルドを見返す。

「娘もそうですが、私も会ったことはありません。今は修業中の身だそうで、一人前になるまで会わせることはできないと。息子さんの名前も教えてもらえませんでしたよ。だから娘が十八になった時に一度顔合わせをして、お互い問題なければ話を進める。そういう約束でした」

「……ジュナン伯爵。失礼だが、あなたは娘を名前も知らない相手と結婚させるつもりだったのか？」

信じられないという思いがリクハルドの口調には表れていた。普通は躊躇《ちゅうちょ》するだろう。

ジュナン伯爵は苦笑を浮かべた。

「もちろん、私だっておかしいとは思いましたよ。そんな得体の知れない、存在するかどうかも分からない相手に娘をやるのは嫌でした。けれど、途中から考え直したのです。

知らなくていい、会わなくてもいいと。サンド氏の息子が、たとえとんでもない男だったとしても、それを理由に申し出を断ることはできませんでしたから。けれど今は条件が違います。融資の返済が済んだ今だったら、断ることも可能です」

「なるほど、そういうことか」

リクハルドは感心した。借金を背負った状態では、どんな男であっても娘の結婚相手として認めないわけにはいかなかっただろう。だから会わずに借金を返して、サンド氏と対等の立場になれるまで待っていたのだ。

今のジュナン伯爵家ならば、もしサンド氏の息子がとんだ放蕩息子《ほうとうむすこ》だった場合、それを理由に結婚話を蹴ることができる。

ジュナン伯爵はにっこり笑った。

「どうにか娘が十八になる前に借金は返せました。サンド氏に恩はありますが、娘に不幸な結婚をさせるつもりはありません。受けた恩は仕事で返していくつもりです。もっとも、娘が相手を気に入れば、たとえ商人だろうと私は祝福しますが」

エルフィールが相手を気に入る可能性も考えて、借金を返したあとも、あえて婚約はそのままにしたのだろう。

――少し安心した。サンド氏がどういう思惑でエルフィール嬢に近づいたにしろ、ジュナン伯爵がいればめったなことにはならないだろう。これで懸念《けねん》の一つは消えた。

だが……

リクハルドはふぅと息を吐いて、椅子の背もたれに背中を預けた。

「だが、依然としてサンド氏やその息子は、名前すら定かではない謎の人物のままか……」

ぼやくように呟《つぶや》くリクハルドに、ジュナン伯爵は言った。

「いえ、息子さんの名前は定かではありませんが、サンド氏の名前は知っております。もちろん、偽名の可能性もありますが」

リクハルドは慌てて身体を起こす。

「なんだって？　なんという名前だ？」

「リクリードです。私には『リード・サンド』と名乗っていましたが、娘にはリクリードと呼ぶように言っていたので、おそらくリードはリクリードの略称なのでしょう」

「リクリード……だって？」

リクハルドはその名前に聞き覚えがあった。なぜなら、自分の名前は「リクリード」にあやかってつけられたのだから。

――もちろん、ただの偶然という可能性もある。けれど……

奇妙な確信を持って、リクハルドはジュナン伯爵に尋ねた。

「ジュナン伯爵！　そのリクリード氏はどんな姿をしていた？　背格好は？」

「ええと、そうですね……」

戸惑いながらジュナン伯爵が答えた「リクリード」なる人物の容姿を聞いて、リクハルドは確信した。

「間違いない。『あの人』だ……！」

「陛下は彼をご存じで？」

「ああ。おそらく。……でも待てよ。だとすると、エルフィール嬢の婚約者は――」

「大変です、陛下！」

リクハルドは最後まで言うことができなかった。いつもは冷静な侍従長《じじゅうちょう》が慌てて飛び込んできたからだ。

「ロウゼルドの魔術師たちが、監視を振り切って姿を消したそうです！」

「なんだと⁉」

驚きのあまり、リクハルドが椅子から立ち上がったその時――。何かが激しく割れたようなすさまじい音が廊下の方から聞こえた。

「……っ、何事だ⁉」

「近いようですね。陛下はここにいてください。様子を見てまいります」

侍従長《じじゅうちょう》が、音の原因を確認するために執務室を出ていく。それを見送るジュナン伯爵の顔は曇っていた。

「いったい、何が起こったのでしょうか……」

「分からない。だが、嫌な予感がする」

監視を振り切っていなくなったというロウゼルドの魔術師たちの仕業かもしれない。だが、侍従長《じじゅうちょう》が先ほどよりもさらに慌てた様子で戻ってきたことで、その予想は裏切られる。

「陛下、大変です！　ラファード殿下とクレメンス殿下が会談を行《おこな》っていた応接室が――！」

それを聞いた瞬間、リクハルドは執務室を飛び出していた。

応接室の辺り一面はひどい有様だった。まるで局地的な台嵐が通り過ぎていったかのように、窓ガラスは砕け散り、廊下に散乱している。

使用人や兵士たちに片付けるように命じ、リクハルドは応接室に足を踏み入れる。

「……っ」

そこで目にした光景に、リクハルドは息を呑んだ。

廊下もひどかったが、応接室の中はもっとひどい状態だった。美しい調度品も家具も何もかもが吹き飛ばされ、壁に激突したような跡があり、床に破片となって落ちている。

だが部屋の中央は綺麗なままだ。——そこに、ラファードが立っていた。

「言え。どこへやった」

ラファードは金色の瞳を爛々《らんらん》と輝かせ、壁の一点を睨《にら》みつけている。彼の視線の先に目を向け、リクハルドはぎょっとした。壁に縫いとめられたようなクレメンス王子の姿があったからだ。彼は見えない力で押さえつけられ、苦しそうに喘《あえ》いでいる。口の中を切ったのか、それとも内臓の一部が傷ついたのか、口の端から血を流しているのが見えた。

「ラファード！　殺すのはまずい！　ロウゼルドが攻め入る絶好の口実を与えてしまう！」

思わずリクハルドが声をかけると、ラファードは視線をクレメンスに向けたまま短く答えた。

「殺しはしない。手加減はしている」

感情がそぎ落とされたような淡々とした口調だった。ラファードが激しい怒りを抱いているのが分かるが、手加減できるほどには冷静でもあるらしい。彼が我を忘れて本気で攻撃したら、それこそ一瞬でクレメンスの命は失われていただろう。

「……いったい、何があった？」

天獣であるラファードにとって人間やモノは壊れやすく、脆《もろ》いものという認識だ。そのため、普段から人やモノに魔力を行使する時は細心の注意を払っている。その彼がここまでするほどの何かがあったのだ。

「エルフィールが攫《さら》われた。この城の中にも近辺にも気配がない」

「え⁉　まさか魔術師たちが攫《さら》ったのか⁉」

「ああ。こいつを俺とエルフィールを引き離すための囮《おとり》にして、その隙《すき》に攫《さら》っていった」

「なんだって？　すぐに国境を封鎖して、追いかけないと！」

リクハルドが想像したのは、魔術師たちが術を使ってエルフィールを城から出し、そこからは荷物に紛《まぎ》れ込ませてロウゼルドに運ぶという方法だった。強大な魔力を誇る天獣ならいざしらず、人間の魔力ではそれくらいが限界だからだ。だが――

「……もう、遅い……」

ゴホっと咳をしながら、壁に押さえつけられているクレメンスが口を開いた。

「なんだと？」

「遅い、と言った、んだ。……聖獣よ、それほど、大切な、ものなら……なぜ目を離した、んだ」

苦しそうに喘《あえ》ぎながら、途切れ途切れにクレメンスが言う。

「それは貴様が……」

「私は、特使一行の、真の狙いが、彼女だと……暗に警告した、はずだ。あのまま、聖獣が彼女を隠していれば、攫《さら》う隙《すき》はなかった、はず……」

「警告、だと?」

リクハルドはラヴィーナから聞いたことを思い出す。お茶会に現れたクレメンスがエルフィールにやけに興味を示し、言い寄るようなそぶりをしたから、ラファードは嫉妬《しっと》して監禁という手段に及んだらしい。だからこそロウゼルドはクレメンスを囮《おとり》に使ってラファードを彼女から引き離すという強硬手段を取るしかなかったのだ。

——つまり、お茶会でのクレメンスの言動はエルフィールを守るためのものだった……?

「……ラファード、どうやら詳しく話を聞く必要があるようだよ」

リクハルドはクレメンスを放してやってほしいという意味を込めて言ったが、ラファードは口をむすっと引き結んだだけで、彼を解放する気配はなかった。自分をエルフィールから引き離して攫《さら》うきっかけを与えたクレメンスを、どうしても許せないのだろう。

その時、一人の女性が応接室に飛び込んできた。

「お待ちください！　殿下に罪はありません！　すべては私のせいなのです！」

彼女はクレメンスを庇《かば》うように前に立ちはだかると、ラファードとリクハルドに向かって訴えた。

「私が部屋から出てきたエルフィール様をロウゼルドの魔術師たちに引き渡したんです。エルフィール様が攫《さら》われたのは、殿下のせいではなく私のせいです！　前にあった誘拐未遂事件の時も、男たちを手引きしたのは私です。ですから――殿下の命だけは、どうかお助けください！」

突然現れた下級使用人の女性に唖然《あぜん》としたのは、リクハルドだけではなかった。彼女の背に庇《かば》われたクレメンスも愕然《がくぜん》としたように見つめている。

「アイラ……？　なぜ君がフェルマに……？」

絞り出すような声に、アイラはくるりと振り返ると、クレメンスに泣き笑いの表情を向けた。

「殿下……二度と会えないものだと思っておりました。四年前、反逆罪で父が処刑されたあと、同罪で死ぬはずだった私とお母様の命を助けてもらう代わりに、間者《かんじゃ》としてフェルマ国に潜《もぐ》り込めと言われたのです。私は我が身可愛さにそれを引き受け、以来、下

級使用人としてこの城で働いておりました。……でも、私はあの時、母と共に死ぬべきだったのです」

アイラはボロボロと涙を流した。

「そうすれば、優しいエルフィール様を裏切ることも、あの方《かた》を悪魔のもとに追いやることもなかったのに……！」

「……違う、アイラ……。すべてふがいない私が悪いんだ……君たちを助けることができなかった、私が……」

「ラファード」

訳ありらしい二人の会話を聞きながら、リクハルドはラファードに促《うなが》すように呼びかける。ラファードもどうやら毒気を抜かれたようで、小さなため息をつきつつ頷《うなず》いた。

「分かった」

その途端、クレメンスを壁に縫いとめていた力が消え失せ、彼はドサッと床に落ちる。

「クレメンス殿下！」

アイラが慌てて駆け寄り抱き起こす。その二人に向かってリクハルドは告げた。

「ここでは人の目もある。場所を移そう」

＊＊＊

エルフィールは全身にガクンと衝撃を感じて目を覚ました。

アイラがエルフィールに盛ったのは強力な睡眠薬だったが、ほんの一口しか飲んでいなかったこともあり、早々に効果が切れたのだ。それにエルフィールは知らなかったが、目覚める原因となった衝撃は、ラファードの心臓と彼女にかけられた加護の術がその効力を発揮した証《あかし》だった。

「この娘が……聖獣の……？」

「成功だ……！」

「だが、魔術師たちはどうした？　なぜ娘しかいない？」

ざわめくような声にエルフィールは目を開ける。すると見たこともない重厚な石組みの天井が視界に飛び込んできた。

――ここは、どこ……？　私、どうしたんだっけ？

思い出そうとするものの、頭がぼんやりしてうまく思考がまとまらなかった。

――確か……アイラの部屋に行って、それで急に意識が朦朧《もうろう》となって……

そういえば、アイラは「ごめんなさい」と泣いて謝っていた。あれは、いったいなんだったのだろう？

「魔術師たちがどうなろうと構わぬ」

エルフィールの耳に、しわがれた声が飛び込んできた。

「聖獣の心臓を持つ娘さえ得られれば、それでいい。魔術師たちのことなど放っておけ」

その声は決して大きかったわけではないが、他のどの声よりも威圧感があった。現に男が発言した直後、周囲のざわめきは消えた。

もっともエルフィールにとっては、その声よりも話している内容が衝撃だった。

慌てて上半身を起こした彼女は、目に飛び込んできたものに唖然《あぜん》とする。

「――――え？」

エルフィールがいるのは高い天井を持ち、石畳の敷かれた広い部屋だった。視線の先には台座があり、そこに白髪の痩《や》せた老人が座っている。そこから一段下がった場所にはがっしりとした体格の男が立っていて、エルフィールを見おろしていた。

――ここは、どこ？

唖然《あぜん》としながら、エルフィールは周囲を見回す。大きさや造りからして大広間のようだった。けれど、そこは彼女の知る大広間とはまるで違っている。エルフィールがリクハルドに謁見《えっけん》し、初めてラファードを見た広間は、白亜の大理石で作られた、豪華で美しい部屋だ。

ところがこの部屋は、石を積み上げて作られていて、重厚というより非常に圧迫感を覚える造りになっている。灯りはともっているのに、心なしか全体的に薄暗い。

このような場所はフェルマ国の城にはないはずだ。それに、彼女を遠巻きにして興味深そうに見ている男たちにも、誰一人見覚えはなかった。

——まさか、ここは……

「気がついたようじゃな、聖獣の心臓を持つ娘よ」

白髪の老人が声をかけてくる。ここが大広間なら玉座に相当するであろう場所に座っている老人を、エルフィールは見返した。

——今、聖獣の心臓を持つ娘と言った？　それを知っているのは、ごく限られた一部の人だけのはずなのに。

「あなたは……誰？」

嫌な予感を覚え、エルフィールは手をぎゅっと握りしめる。老人はにたりと笑った。

「儂《わし》か？　儂《わし》はロウゼルドの王じゃ」

「ロウゼルド……！」

エルフィールは目を見開く。まさかという思いと、やっぱりという思いが交差していた。

「何が起きたか分からないという顔をしておるの。ここはロウゼルドの城じゃ。我らが雇《やと》った魔術師たちが、お前をフェルマからロウゼルドに魔術で移動させた。お前がここに送られてきたということは、クレメンスや魔術師たちが計画通りに事を運んだということじゃろう」

「魔術師……計画……ロウゼルドに送る……？」

脳裏《のうり》をよぎったのは「ごめんなさい」と言って泣いているアイラの顔だった。

――アイラにもらった水、きっとあの中に何か薬が入っていたんだわ。

そしてエルフィールが気を失っているうちに、アイラは彼女を魔術師たちに引き渡したのだろう。

――アイラ……。

ちくりと胸が痛む。でも、なぜかエルフィールは裏切られたとは感じなかった。

――だって、アイラは泣いていた。脅されたのか、それとも別の理由があるのかは分からないけれど、本意じゃなかったのは確かだわ。

好きな人に幸せになってほしいと言っていたアイラが、悪い人間であるとは思えなかった。胸が痛んだのは、アイラの苦悩に気づいてあげられなかったからだ。おそらく今もアイラは苦しんでいるだろう。今度はエルフィールへの罪悪感で。

――なんとしても戻らなくちゃ……。アイラだけじゃない。きっとみんな心配している。

あれからどのくらい時間が経ったのか分からないが、ラファードが最初に気づいたはずだ。エルフィールが部屋にいないことに。

――ラファード……

脳裏《のうり》をよぎるラファードの面影に、エルフィールの胸は激しく疼《うず》いた。

彼は心配しているだろうか、それとも勝手に部屋を抜け出して攫《さら》われてしまったことを怒っているだろうか。

いずれにしろ、ラファードはここまで助けに来られない。自国の民を助けるためとはいえ、聖獣が他国に侵攻して力を振るうことは制約に反する行為だ。

もしエルフィールを助けに来てしまえば、ラファードは他国の聖獣たちから制裁を受けてしまう。フェルマ国のためにも、ラファードは動くわけにはいかないのだ。

つまり、エルフィールは孤立無援でどうにかしないといけない。

――でも、これは私のせいだから。

そもそもエルフィールがラファードの部屋を抜け出さなければ、アイラが彼女を魔術師たちに引き渡すこともなかったはずだ。一時の感情で安全な場所から出てしまったエルフィール自身が、この事態を引き起こしたと言える。

——そう、すべて私の自業自得だわ。だから自分でなんとかしないといけない。

震える拳をぎゅっと胸に押し当てると、ドクドクと脈打つ音が聞こえた。ラファードの心臓の音だ。それだけが敵地にいるエルフィールの心の支えだった。

——大丈夫、私は一人じゃない。

大きく深呼吸すると、エルフィールは玉座にいるロウゼルド国王を見つめる。

痩《や》せた顔の中で目だけがギラギラと目立つ、病的な雰囲気の老人だった。威厳はあるが身体は枯れ木のように細く、今にも倒れそうだ。けれど、どことなく見る者を不安にさせる「何か」があった。

——なんだろう……この人、なんだか怖い。

ひるむ心を抑えてエルフィールは尋ねる。

「なぜ私を攫《さら》ったんです？　なんの目的で、こんなことを？」

彼の言葉が本当なら、クレメンスたちはエルフィールを攫《さら》うために、わざわざラヴィーナとの結婚話を持ち出してまでフェルマ国を訪れたことになる。だが、それほど大がかりなことをする理由があるとは思えなかった。

確かにエルフィールはラファードの心臓を持っている。狙われる理由も分からなくはない。けれど、攫《さら》ってどうしようというのだろうか。

聖獣の心臓を持っているとはいえ、エルフィール自身はなんの力もない小娘に過ぎない。せいぜいラファードに魔力を補給するのが関の山だ。

もちろん、ロウゼルドが聖獣に嫌がらせをするために、エルフィールを狙ったという可能性も捨てきれない。けれど、エルフィールがロウゼルドの魔術師たちに攫《さら》われたと発覚すれば、クレメンスの身が危うい。たかが嫌がらせのために自国の王子を危険な目に遭《あ》わせるだろうか？

考えれば考えるほど、エルフィールを攫《さら》う理由が分からない。だから尋ねたのだが、ロウゼルド国王の返答は予想をはるかに超えていた。

「なんの目的か？　もちろん、聖獣の心臓を持つ娘を手に入れるために決まっておる。お前の身柄さえ押さえておけば、ロウゼルドは聖獣を我がものにできるのじゃ」

「……え？　聖獣を我がものにって……？」

思いもよらないことを聞かされて、エルフィールはまじまじと見返してしまった。悦《えつ》に入《い》ったようにロウゼルド国王が笑う。

「そうじゃ、かつて聖獣の心臓を持つ娘がロウゼルドから奪った聖獣を、同じく聖獣の心臓を持つ娘を手に入れることで取り戻すことができる！　五百年間もの我らの悲願がようやく叶うのだ……！」

ロウゼルド国王は目をギラギラと輝かせながら、頭がおかしくなったように笑い始めた。けれど、そんなことよりも、彼の言ったことが気になる。

「聖獣の心臓を持つ娘が、ロウゼルドから聖獣を奪った……？」

「その通りだ、娘」

玉座から一段下がったところに立つ男性が口を開いた。ロウゼルド王とは対照的な体格だが、瞳の色は同じだし、クレメンスともどことなく似ているように見えた。もしかしたらロウゼルドの王子の一人なのかもしれない。

「フェルマ国の王族は都合の悪いことは民に隠しているようだが、五百年前、聖獣が守護していたのはロウゼルドの方だった。それなのに、フェルマ国の王族は聖獣の心臓を持つ娘を使って聖獣を奪い、我がものとしたのだ。お前たちが初代と呼ぶ聖獣は、本来であればロウゼルドのものだったのだ……！」

「うそ……」

驚きのあまり、エルフィールの口がポカンと開いた。そんな話は今まで聞いたことがない。

……けれど、城でしばらく生活していたエルフィールは、あえて国民には公表していない事実がたくさんあることを知っている。

——五百年前といえば、確かに初代聖獣の頃の時代だわ……

当時のフェルマ国王を気に入った天虎族の天獣が、加護の契約を交わして聖獣となった。初代の聖獣はそれから二百年ほど聖獣を務めたあと、息子に役目を継がせたという。それが先代の聖獣——つまりラファードの父親だ。

先代はそれから三百年もの間フェルマ国の聖獣を務め、十年前に息子であるラファードに役目を引き継いだ。それはフェルマの国民なら誰もが知っている事実だ。

——初代聖獣が、もともとはロウゼルドの聖獣だった？　そんなこと一度も聞いたことがないし、とても信じられないわ。

でも、とエルフィールは思う。五百年前、初代が聖獣になる前のことは言い伝えられていない。

——もしかして、フェルマ国に来る前はロウゼルドの聖獣として……？　だとしたら、ロウゼルドがフェルマ国に戦《いくさ》を仕掛けるのは、単なる妬《ねた》みなどではなく……

ドッドッドッと心臓がやけに激しく鳴り響いた。

「これで分かったか？　非難されるべきはフェルマ国の方だ。ロウゼルドは不当に奪われた聖獣を取り戻すために五百年もの間戦ってきた。正当性は我らにある」

そこでロウゼルド国王が玉座から立ち上がり、再び笑い出した。

「ふふふ、五百年間の悲願が叶う時が来たのじゃ！　聖獣の心臓を持つ娘が再び現れた。お前さえ手に入れれば聖獣は我らのもの！　これでフェルマに勝てる！　奴らに奪われた富も栄光も、すべてこのロウゼルドのものとなる！　もちろん、五十年前に不当に結ばされた誓約も無効じゃ！」

狂気を感じさせるロウゼルド国王の姿に、エルフィールはゾッとした。彼を見ていると不安になってくる理由がやっと分かった。あれは妄執《もうしゅう》に取りつかれ、自分が絶対的に間違っていないと盲信している病人の姿だ。

ロウゼルド王は高笑いしながら、エルフィールを愉悦《ゆえつ》に満ちた目で見おろす。

「光栄に思うがいい、娘。お前も、聖獣の力も儂《わし》が使ってやろう」

――使ってやろう、ですって？

聖獣に対する尊敬も畏怖《いふ》も、何も感じられない言葉だった。彼にとっては聖獣の心臓を持つエルフィールも、聖獣であるラファードも、ただの便利な駒に過ぎないのだ。

周りの男たちが王に迎合するように頷《うなず》いて、下卑《げび》た笑いを浮かべる。

「そうです、陛下。フェルマ国に目にもの見せてやりましょう！」

「手始めに聖獣の力を使って洪水でも起こしてやりましょうか。さぞかし慌てふためくに違いない」

「おお、それがいい。そうなった時の、あの若造の顔が見ものですな」

それを聞いた瞬間、エルフィールは自分の中で何かがブツッと切れたのを感じた。

立ち上がって背筋を伸ばし、まっすぐロウゼルド王を見据《みす》えてはっきりと告げる。

「あなたにも、この国にも、聖獣の加護を受ける資格はないわ！」

「なんだと……？」

良き隣人であれという誓いを代々守り、聖獣の力に甘えてはいけないと言うリクハルド。彼の手助けをしたいのに、聖獣としての一線を越えてしまうことに苦悩するラファード。

互いに尊重し合い、距離を保ちながらも助け合って国を治めていく。それがエルフィールの知る王族と聖獣の関係だ。決して一方的に使役するようなものではない。

それが正しいあり方なのか、エルフィールには判断がつかないが、三代にわたって続いている聖獣の加護がその答えだと思うのは、間違いではないだろう。

当時のフェルマ国王が聖獣の心臓を持つ娘を使って、無理矢理ロウゼルドから奪ったのだとしたら、初代は息子に役目を引き継がせたりしなかった。それだけは断言できる。

「聖獣は無理矢理奪われたのではないわ。初代がフェルマ国の聖獣になったのは自分の意志よ。だから断言するわ。あなたに聖獣を従わせることはできない。ラファードは決してあなたのものにはならない。聖獣を単なる駒としか見てないあなたには、絶対に渡さないわ……！」

強い意志のこもった言葉は、石畳の広間の隅々まで響き渡った。

周囲の男たちは驚いたようにエルフィールを見つめる。一方、ロウゼルド国王は怒りで顔を赤黒く染めた。王子らしき体格の良い男も気を悪くしたらしく、彼女をものすごい目で睨《にら》んでいる。

「生意気な小娘め……！」

ロウゼルド国王は激昂して叫んだ。

「何も聖獣を動かすのにお前を生かしておく必要はない！　お前から聖獣の心臓を抉《えぐ》り出してくれるわ！　……娘を捕えよ！」

数人の兵士が走り寄ってきてエルフィールの腕を掴《つか》む。

「っ……！」

痛みのあまり顔を顰《しか》めるエルフィールに、体格の良い男が近づく。彼はおもむろに剣を抜くと、エルフィールの左胸に剣先を突きつけた。

＊＊＊

リクハルドたちは場所を謁見《えっけん》の間に移していた。エルフィールが誘拐されたことを知った王太后とラヴィーナ、それに侍女長や女官長まで駆けつけ、応接室では手狭になってしまったからだ。

執務室にいたジュナン伯爵も呼ばれ、娘の誘拐を知らされて悲痛な面持ちで立っている。

互いを庇《かば》うように寄り添うアイラとクレメンスの話を聞きながら、リクハルドはちらりとラファードに視線を向けた。彼は無言のままクレメンスたちを見据《みす》えている。静かすぎるその態度がリクハルドにはかえって不安だった。

――罵《ののし》ったり怒ったりしてくれた方が、まだマシなんだけど……

「陛下」

侍従長《じじゅうちょう》がスッと傍《そば》に寄ってきて耳打ちする。特使としてやってきた一行のうちの何人かが、この騒ぎに紛《まぎ》れて城を逃げ出そうとしたため、捕まえたという報告だった。

そのように主《あるじ》を見捨てて逃げ出す者がいる一方、それ以外の者たちは「クレメンス殿下と運命を共にする」と言って大人しく沙汰《さた》を待っているという。

――まったく、人望があるのかないのかよく分からないな。

内心ため息をつくと、リクハルドは小声で侍従長《じじゅうちょう》に命じた。

「逃げ出そうとした者は牢屋へ。大人しく待っている連中は一ヵ所に集めて兵に監視させてくれ」

「承知つかまつりました」

音もなく遠ざかっていく侍従長《じじゅうちょう》を見送ると、リクハルドは視線をクレメンスたちに戻した。

話によると、アイラの母親がクレメンスの乳母《うば》をしていたこともあり、二人は乳兄妹《ちきょうだい》で幼馴染《おさななじみ》の間柄だったようだ。ところが四、五年ほど前、アイラの父親である子爵が、民を顧《かえり》みないロウゼルド国王に意見し、激怒した王に反逆罪で処刑されてしまったという。

その時、アイラも母親も殺されるところだったが、クレメンスの嘆願によってなんとか回避できたそうだ。ところがその裏で、アイラは自分と母親の命を助けてもらう代わりに間者《かんじゃ》となることを強要されたという。

「私は自分と母の命惜しさに、それを承諾してしまいました」

その後、行方知らずになった母娘を、クレメンスは密かに探していたようだ。けれど、杳《よう》として行方は分からず、アイラも母親の消息は知らないという。

「本当は受けるべきではなかったのです。あの時、死を選べばこんなことには……」

ポロポロと涙を零《こぼ》しながらアイラが言うと、クレメンスが彼女を守るようにぎゅっと抱きしめた。そんな二人をラヴィーナが冷ややかな目で見ていることに気づいて、リクハルドは苦笑する。これでロウゼルドとフェルマの縁談は完全になくなった。

「それで、アイラとやら。雇《やと》い入れたならず者たちを使って、エルフィール嬢を攫《さら》うように指示したのはなぜだ？」

リクハルドは話が脱線しないうちにアイラに尋ねた。

「エルフィール様が攫《さら》われかけた時に、聖獣がどれほどの早さで気づくか確認するためだと聞きました。エルフィール様を攫《さら》ったあと、どうやってロウゼルドに運ぶか、その算段をつけるためだと思います」

「それは本当だ。思った以上に聖獣が気づくのが早かったと知り、通常の方法で攫《さら》うのは無理だと悟った父は魔術師を送り込むことに決めたのだから」

クレメンスが補足する。今の彼は柔和な笑みを貼り付けることなく、始終真面目な顔つきだった。馬鹿丁寧だった口調も変わっている。おそらくこれが彼の素顔なのだろう。

「本当ならあの茶会に参加した日、我々はあの娘を攫《さら》う予定だった。茶会のあと、部屋に戻る隙《すき》をついて攫《さら》うつもりだったんだ」

「なるほど……。だから茶会に強引に参加し、エルフィール嬢に興味があるふりをしたのか。ラファードが警戒して彼女を傍《そば》から離さないようにするために」

「ああ、聖獣がずっと傍《そば》にいれば、いくら魔術師たちとはいえ、おいそれと攫《さら》うことはできないだろう。それで父がこの計画を諦《あきら》めてくれたらと思ったんだ」

クレメンスは父王に無理矢理協力させられ、おそらく監視もついていたのだろう。そんな中、父王の計画に協力するふりをしながら、彼なりの方法でなんとか阻止しようとしたのだ。

計画を変更せざるを得なくなったロウゼルド側は、アイラを使ってエルフィールをラファードの部屋から誘い出そうとした。それでも、もしエルフィールが自分から出ようとしなかったら、今回の誘拐はうまくいかなかっただろう。ラファードの部屋には強力な結界を張ってあり、彼が認めた人間しか近づくことができなかったのだから。

偶然が重なり合った結果とはいえ、やすやすとエルフィールを攫《さら》われてしまった。これはラファードの失態でもあるし、リクハルドの失態でもあった。

「……よく分からないのだけれど、そもそもどうしてロウゼルドはお姉様を狙うのかしら？」

　不意にラヴィーナが口を開いた。

「聖獣の心臓を持っているといっても、お姉様は普通の人間よ。確かに聖獣の一部をその身に宿しているというだけでも重要だけど、それはあくまでフェルマとラファ兄様にとって重要というだけで、ロウゼルドがこんな大がかりなことをしてまで攫《さら》う理由が分からないわ」

　当のエルフィールと同じ疑問を抱いたラヴィーナが、クレメンスに探るような視線を向ける。

「あなた方《がた》はお姉様を攫《さら》ってどうしようというの？　ラファ兄様を脅迫でもしようというの？　でもどうやって？　確かにお姉様はラファ兄様にとって大事な人だけど、心臓自体はラファ兄様にとって必要不可欠なものじゃないでしょう？」

　リクハルドは大きく頷《うなず》いた。

「そういえばそうだ。エルフィール嬢が攫《さら》われたのは聖獣の心臓を持っているからだろうけど、ロウゼルドはそもそもなぜ心臓を狙う？　エルフィール嬢を攫《さら》ってどうする気なんだ？」

　謁見《えっけん》の間にいる全員の視線が、その答えを知っているであろうクレメンスに向かう。

クレメンスはその視線を受けて、そっと目を伏せながら答えた。

「父は……聖獣の心臓を持つ娘を使って、ロウゼルドに聖獣を取り戻すつもりなんだ。かつてロウゼルドは聖獣の心臓を持つ娘のせいで、フェルマに聖獣を奪われたから」

「――は？」

リクハルドは一瞬何を言っているのか理解できなかった。

――聖獣の心臓を持つ娘のせいで、フェルマに聖獣を奪われた？

ラファードもよく分からなかったのだろう、二人は思わず顔を見合わせる。

「こちらではその事実は隠されているようだが、フェルマ国の初代聖獣はかつてロウゼルドの聖獣だった。ロウゼルドの王家にはその事実と、聖獣が奪われたのはフェルマ国に『聖獣の心臓を持つ娘』が現れたからだという事実が言い伝えられているんだ。だからエルフィール嬢のことを知った父上は、今度はこちらが聖獣の心臓を持つ娘を手に入れて、聖獣を奪い返すのだと……」

「……確かに、初代聖獣はフェルマ国の前にロウゼルドの聖獣をしていたよ。それは確かだ」

国民には知らされていないが、フェルマ国の王族には代々その事実が伝えられている。初代聖獣がなぜロウゼルドとの契約を破棄したのかも。

現に謁見《えっけん》の間にいる者たちは、ジュナン伯爵を除いて誰もそのことに驚いていなかった。

「でも聖獣の心臓を持つ娘のことは初耳だ。ラファード、君は知っていた?」

「いや、それは知らない。父上からも一度も聞いたことがない」

ラファードは首を横に振ると、クレメンスをまっすぐ見つめた。

「何を誤解しているのか知らないが、フェルマ国はロウゼルドから聖獣を奪ってなどいない。加護の契約はお前たち人間が考えているほど簡単なものではないんだ。精霊たちを支配下に置き、聖獣の魔力を大地の隅々まで行き渡らせる。そうして初めて自然や天候を安定させられるんだ。簡単に国を乗り換えたりできるものではない。俺の祖父がフェルマ国の聖獣になったのは、ロウゼルドとの加護の契約を打ち切ってから、だいぶあとのことだ」

「なんだって?」

クレメンスは愕然《がくぜん》とする。

「それに祖父がロウゼルドの聖獣をやめた理由も、心臓とはまったく関係がない。当時のロウゼルド国王が祖父の反対を押し切り、領土拡大のためフェルマ国に侵攻しようとしたからだ。知っての通り、聖獣を擁《よう》する国が他国へ侵略するのは禁じられている。にもかかわらずそれを強行しようとしたから、祖父はロウゼルドを見限ったんだ」

その後、フェルマ国王と会った初代聖獣は、その人柄に惹《ひ》かれてもう一度人間を信じる気になり、フェルマ国の聖獣となった。ロウゼルドでの失敗から得た「良き隣人であれ」という戒《いまし》めの言葉と共に。

「一方、聖獣との契約を突然切られたロウゼルドは、自分たちの保身のために真実を隠し、聖獣は寿命で亡くなったと国民に発表した。ところがロウゼルドを見限った祖父がフェルマ国の聖獣になったことを知ると、自分たちが制約に反する行為をしたことを棚にあげて『聖獣を奪われた』などと言うようになったんだ」

「なんてことだ……」

片手で顔を覆《おお》って、クレメンスは呻《うめ》いた。その顔は青ざめている。

「……おかしいと思っていたんだ。『聖獣の心臓を持つ娘が現れて聖獣が奪われた』とは言い伝えられてきたものの、どうやって奪われたかも、聖獣の心臓を持つ娘がどういう意味を持つのかもはっきりしなかったのだから……ただ、代々の王族は頑《かたく》なにその話を信じていた」

それはおそらく心臓という言葉のせいだろう、とリクハルドは内心考えていた。人間にとって心臓はとても大切なものだ。無くては生きていけない大事なもの。ならば聖獣にとっても生死を左右する重要なものと考えるのも無理はない。

それに――とリクハルドは思う。

――実際、初代聖獣の傍《かたわ》らには「聖獣の心臓を持つ娘」がいたのだろう。

ロウゼルドの王族は自分たちの非を隠すため、それを利用して都合良く言い伝えてきたに違いない。

でも「聖獣の心臓を持つ娘」は、聖獣を従わせるような性質のものではないのだ。ジュナン伯爵から聞いたことと、過去の色々な史実を結び合わせて、リクハルドの中ではある仮説ができていた。

――一刻も早くエルフィール嬢を取り戻さないといけない。なぜなら、彼女は……

「クレメンス殿下」

リクハルドは一歩前に出てクレメンスに尋ねた。

「魔術師たちはエルフィール嬢をどこへ送ったのです？　どのルートで国境を越えるつもりなのか、知っているなら教えてほしい。今なら間に合う。ロウゼルドに渡る前にエルフィール嬢を助け出せれば、これ以上聖獣の怒りを買わなくて済む」

「もう、遅いんだ……」

クレメンスは辛そうに顔を歪め、首を横に振った。

「もうこの国に、あの娘はいない。魔術師たちは転移の術を使い、娘を連れてロウゼルドに移動してしまったんだ。父のもとへ――」

「なんだって……!?」

その場にいる誰もが息を呑んだ。ラファードが血相を変える。

「遠距離の転移の術を使った？　魔術師だけでなく、別の人間と一緒に？　人間には無理だ。無謀すぎる……！」

「ま、魔術師たちは、ロウゼルド側からも空間を開いて目印にすれば大丈夫だと」

クレメンスの言葉に、ラファードが呻《うめ》いて首を横に振った。

「向こうから空間を開いても同じことだ。目印にはなるだろうが、ただそれだけ。転移の術は遠距離になればなるほど、高度な技と高い魔力を要求される。天獣でさえ、他人を転移させる時には細心の注意を払うんだ。人間は脆《もろ》くて壊れやすいからな。一歩間違えれば空間の中で迷子になるか、耐えられずバラバラになるか、もしくはとんでもない場所に転移してしまう」

「なんだって……？」

「ラファ兄様！　お姉様は無事なの!?」

ラヴィーナが血の気を失った顔でラファードをすがるように見つめる。彼は目をつぶると「生きている。大丈夫だ」と答えた。けれど、その表情は冴《さ》えない。

「あいつは俺の心臓を持っている。だから、魔術に対する耐性だけはどんなに優秀な魔術師よりも高いんだ。俺がかけた加護の術もあるから、転移の魔術で命を落とすことはない。魔術師たちが異空間の中で死に絶えても、あいつだけは無事に渡れるだろうさ。だが、それは――」

無事だと分かっていながら、なぜラファードがこんなに焦っているのか。その理由を悟ったリクハルドも顔を青ざめさせる。

「まてよ、つまりエルフィール嬢は、今ロウゼルドに……？」

「そうだ。ロウゼルドにいる」

目を開けるなり、ラファードは踵《きびす》を返した。

「ラファード!?」

リクハルドが慌てて背中に呼びかけると、ラファードは一瞬だけ足を止めたものの、すぐに再び歩き始める。そしてリクハルドが一番懸念《けねん》していた言葉を告げた。

「エルフィールを助けに行く」

「待ってよ、ラファード！　聖獣である君はロウゼルドに行けない！　君が行って力を振るうことは侵略行為に当たる！　聖獣の禁忌だって分かっているだろう!?」

だからこそロウゼルドは魔術師たちに危険を冒させてまで転移させたのだ。ラファードがロウゼルドまでは追ってこられないことを見越して。

「聖獣だから行けないというのであれば、俺は聖獣をやめる」

その場にいる全員がぎょっと目を剥《む》いた。

「ちょっ、ラファード!?　聖獣をやめるって……」

「ラファ兄様！」

「幸い父上がまだ健在だ。父上にまた聖獣をやってもらえばいい」

「ラファード！」

とんでもない発言をして謁見《えっけん》の間を出ていこうとするラファードに、リクハルドは慌てて追いすがった。

「待ってよ、ラファード！　君が行くんじゃなくて、別の手を……」

「別の手など考えている余裕はない。それじゃ遅すぎる。今すぐ行かないとエルフィールが危ない。そんな気がするんだ。だから放せ、リクハルド」

金色の目に剣呑な光を浮かべたラファードは、リクハルドを振り切って扉へ向かう。

ところが突然足を止めて、ハッとしたように振り返った。

ラファードの視線を追ったリクハルドは、謁見《えっけん》の間の中央に二つの光の玉が浮かんでいることに気づいた。

「——父上？　母上？」

目を見開き、驚いたようにラファードが呟《つぶや》く。その呟《つぶや》きに応《こた》えるように、二つの光の玉は急速に拡大し、やがてそれぞれが人の形になった。

人々の驚愕《きょうがく》の視線の中、光は完全に消え失せ、その場にはそれぞれ白と黒をまとった美しい男女が立っていた。

男はほっそりとして背が高く、砂漠の国ではカフタンと呼ばれる、ゆったりとした白い服を纏《まと》っている。顔立ちは女性的で、背中の中ほどまで伸びたまっすぐな髪は白銀に輝いていた。明るい金色の瞳を持った、白皙《はくせき》の美を体現したような男性だ。

その傍《かたわ》らに立っているのは、彼とは対照的に黒のぴったりした服を纏《まと》った女性。波打つような艶《つや》やかな黒髪に、浅黒い肌をした肉感的な美女で、こちらも金色の瞳を持っていた。

その場にいたすべての人間を圧倒的な存在感で釘づけにして、男は笑った。

「思い立って久しぶりに里帰りしてみれば、皆揃《そろ》ってどうかしたのかい？」

緊迫した空気に似合わぬ、明るくてのんびりした口調だった。

リクハルドはホッと安堵《あんど》の息を吐く。

「リクリード様、それにファラファーデ様。ようやく帰ってきてくださいましたか」

「リーおじ様！　ファラおば様！」

ラヴィーナも嬉しそうな笑顔を向けた。その傍《かたわ》らでは王太后がにっこりと笑って挨拶《あいさつ》をする。

「お帰りなさいませ、先代様、奥方様」

クレメンスとアイラは呆然と二人を見つめ、侍従長《じじゅうちょう》や侍女長、それに護衛の兵士たちは二人に向かって頭を下げていた。

——そう、彼らこそ三百年にわたりこの国を支えてきた先代聖獣と、その番《つがい》だった。

つまりラファードの両親でもある。

「ただいま。皆息災で安心したよ。ラファードも元気そうだね。……もっとも、今は気が立っているようだけど」

白皙《はくせき》の美青年——先代聖獣リクリードがにっこりと笑う。ラファードが声をかけようとしたその時、ジュナン伯爵がリクリードを見て驚いたように声をあげた。

「リード？　ミスター・リード・サンド？」

リクリードは声のする方に目を向けて、親しみのこもった笑みを浮かべた。

「やぁ、フレイル。君が城にいるとは思わなかったよ。エルフィールは元気かい?」

「いや、あの……リード、あなたこそ、どうして……」

旧知の商人が思いがけないところへ、見たこともない服を着て現れたことに、ジュナン伯爵は困惑していた。

「城《ここ》は私の立ち寄り所の一つなんだ。ところで、君がここにいるということは、私の息子との顔合わせは済んだということかな?」

言いながらリードが指を差したのは、ラファードだった。ジュナン伯爵が絶句する。

「む、息子って……」

二人の話を聞いていたリクハルドは「やっぱり」と呟《つぶや》く。

「リクリード様、あなたがサンド商会の持ち主だったんですね! つまり、エルフィール嬢の婚約者というのはラファードのことだったんだ……!」

ラファードは驚いたようにリクハルドを、そしてリクリードを見つめる。リクリードは微笑んで頷《うなず》いた。

「ああ、そうだよ。各国に旅行に行くための口実が欲しくてね。それでサンド商会を立ち上げたんだ。エルフィールにも会ったかい? とても可愛い子だろう? ……ところで」

微笑みながら話をしていたリクリードは、ふとクレメンスに目を向けた。

「そこにいるのはロウゼルドの、比較的まともな方の王子じゃないか？　ロウゼルドの王族をフェルマの城で見かけることになるとは思わなかったな」

「あなたは……もしや……」

クレメンスがリクリードを凝視しながら喘《あえ》ぐように呟《つぶや》く。リクリードはくすっと笑った。

「ああ、名乗らずに失礼したね。私は先代の聖獣を務めていたリクリードという者だ」

そう言うなり白皙《はくせき》の美青年の姿は消え、そこには白い毛並みに黒い縞模様《しまもよう》の入った大きな白虎がいた。一瞬遅れて、傍《かたわ》らの黒い女性も消える。そして現れたのは、黒い毛並みに漆黒の模様が入った、天虎族の中でも特に希少な黒虎だった。

「私はリクリードの番《つがい》で天虎族のファラファーデよ。どうやら坊やが色々と世話になったようね？」

白い歯をむき出しにしてファラファーデが笑う。彼らはすぐに人間の姿へと戻ったが、神々《こうごう》しくも恐ろしい獣の姿がクレメンスとアイラの目に焼き付いて離れなかった。

「……リードが先代の聖獣……」

ジュナン伯爵もその事実に卒倒しそうになっていた。

驚愕《きょうがく》と畏怖《いふ》に固まる三人を余所《よそ》に、リクリードはラファードに目を向ける。

「エルフィールはロウゼルドに攫《さら》われたそうだね。まったく、あの王にも困ったものだ」

ラファードは頷《うなず》いた。聖獣である彼には、リクリードが獣型になった一瞬の間に地霊から記憶を吸い上げ、ここで起こった出来事を正確に把握したのが分かっていた。

地霊の支配権は現聖獣である自分にあるにもかかわらず、あっさり地霊を従わせたリクリードに、ラファードは少しだけ苦々しいものを感じたが、同時に安堵《あんど》してもいた。

——俺がいなくても父上がいれば大丈夫だ。これで安心してエルフィールのもとへ行ける。

「父上、詳しい話はあとだ。今は時間がない。俺はこれから聖獣の契約を破棄してエルフィールを助けに行く。あとのことは父上に頼んでいいか？」

「まぁ、待ちなさい。せっかちだね、君も」

リクリードは苦笑を浮かべると、ラファードの前に立った。ほぼ同じ背丈の父子が至近距離で見つめ合う。

「——ラファード、君は伴侶《はんりょ》を選んだんだね？」

思いがけない質問に虚をつかれたものの、ラファードは頷《うなず》いた。

「ああ。俺はエルフィール以外もういらない。傍《そば》にいてほしいと思うのはあいつだけだ」

その言葉にリクリードはにっこり笑った。

「そうか。では約束通り、預かっていた記憶を君に返そう」

「え？」

聞き返す暇もなく、リクリードの手が伸びてラファードの額に触れる。そのとたん、ラファードの脳裏《のうり》に過去の情景が次々と浮かび上がった。


小さな湖のほとり。幼い女の子が子虎姿のラファードを抱き上げて、嬉しそうに頬ずりしている。

『ミーちゃん、一人なの？　私もひとりぼっちなの。だから、一緒にいて？』

次に浮かんだのは冷たい湖の底に沈んでいく、その小さな身体。必死になって引き上げたけれど、すでに遅く、心臓の音がどんどん弱まっていく。

ラファードは喪失感と無力感に打ちひしがれながら、どうすることもできずただその小さな身体を掻き抱いていた。

失いたくなかった。だから、その時自分にできる唯一のことをした。

その後、小さな胸に耳を押し当て、動き出した心臓の音にホッと安堵《あんど》したのを思い出す。

――そして、父の言葉も。

『では君の記憶は僕が預かろう。君とこの子が大人になって再び出会い、その時にも君が彼女を選んだ暁《あかつき》には、この記憶は戻してあげる』

忘れたくなくて、リクリードに預けてあった「記憶」。それらが次々と蘇《よみがえ》る。

ラファードは思わず口走っていた。あの時には訳あってどうしても言えなかった言葉を。

「あのばか娘！　何がミーちゃんだ！　俺は猫じゃないぞ！」

叫んでからハッとする。目の前にいる父親が笑っていた。

「どうやら全部思い出したようだね。さて、では改めてラファード、君に尋ねよう。エルフィールは君のなんだい？」

意味ありげに問われた質問に、ラファードは即答していた。

「エルフィールは――俺の番《つがい》だ」

――この世でたった一つの、何よりも大切な俺の番《つがい》。

リクリードは「よくできました」とでも言いたげに笑った。

「よろしい。ではもう一つ、いいことを教えてあげよう。聖獣の禁忌――いわゆる制約には例外が存在する。天獣にとって番《つがい》は唯一無二の大事なもの。だから番《つがい》に関することだけは制約を受けないことになっているんだ。つまり、君が番《つがい》であるエルフィールを助けるためにロウゼルドに攻撃を仕掛けても、まったく問題がないということさ」

目を見開くラファードに、リクハルドは嫣然《えんぜん》と笑った。

「天獣は世界のどこにいても番《つがい》の居場所を感じ取れる。行きなさい、ラファード。番《つがい》のもとへ。エルフィールを救い出して、ロウゼルドとの決着をつけてくるといい」

「ああ。……ありがとう、父上」

ラファードは力強く頷《うなず》くと、人間から聖獣の姿に変化して、その場から跳躍した。

＊＊＊

「娘、もう一度言う。命が惜しければ我らの言うことを大人しく聞け」

胸に剣を突きつけられたエルフィールは、湧き上がる恐怖を抑えるように歯を食いしばる。それでも視線は目の前の男から逸《そ》らさなかった。

――絶対に屈《くつ》しない。聖獣を単なる駒だと思っている連中に、ラファードをいいようにさせたりもしない！

不思議なことに、エルフィールはラファードを守らなければという思いでいっぱいだった。ラファードは天獣で自分よりはるかに強くて、いつもエルフィールの方が守られてきたのに。

『あの方《かた》には幸せになってもらいたいんです……たとえその相手が私ではなくとも』

不意にアイラの言葉が思い出される。きっとアイラもこんなふうに感じていたに違いない。

──ラファードには自由でいてほしい。彼を大切にしてくれるフェルマ国で、ずっと幸せに暮らしてほしい。たとえ、私がいなくても。

「この状況で、そんな顔で睨《にら》むことができるとは大した度胸だ。実に惜しいが、これもロウゼルドのためだ。その命と心臓を我らの未来に捧《ささ》げるがいい」

男が剣を振りかぶる。エルフィールは思わず目を閉じた。

──ラファード……！

心の中で彼の名を呼んだその時、ドンッと突き上げるような振動が足元を襲った。

「地震か？」

男が周囲に視線を走らせた次の瞬間、天井から一条の光が伸びて男を貫《つらぬ》く。

「うわあああ！」

とたんに男の身体が玉座の足元まで吹き飛ばされる。男だけではなく、エルフィール
を拘束していた兵士もまた、光にはじかれたように吹き飛ばされて床に仰向けに倒れた。
「なん……だと……!?」
ロウゼルド王が思わずといった様子で玉座から腰を浮かす。王太子である息子がつい
今しがたまでいた場所に、金色に輝く巨大な虎が四足で立っていたのだ。
「聖獣……？」
くっきりとした黒の縞模様《しまもよう》が、黄色の毛並みをさらに引き立てている。しなやかな肢
体は力強く、鋭い眼光はどんな猛者《もさ》でもひるまずにはいられないほどの覇気《はき》に満ちて
いた。
「おおっ……なんと……美しい……！」
ロウゼルド国王は状況も忘れて感嘆の吐息を漏らす。彼は生まれてこの方、一度も聖
獣を見たことがなかったのだ。
エルフィールは突然現れたラファードの姿に目を見開く。
「ラファード……？」
ラファードはくるりと頭を巡らすと、エルフィールの頭のてっぺんからつま先まで眺
めた。

「よかった。エルフィール、怪我はないようだな」

「ラファード……どうして？」

「話はあとだ。さっさと終わらせてフェルマに帰るぞ」

言うなりラファードは、その金色の目を周囲にサッと走らせる。すると、広間にいた男のうちの何人かが突然頭を抱えて倒れ込んだ。その全員がローブ姿だった。

「お前たちの魔力は焼き切った。今後一切魔術を使うことはできないだろう」

冷ややかな口調でラファードは告げる。彼らはロウゼルドに残っていた魔術師で、エルフィールを攫《さら》うためにロウゼルド側から術を使っていた者たちだった。

「ただ見つめただけで……」

「なんという恐ろしい力だ」

ロウゼルドの人々は恐れおののき、倒れている魔術師たちを遠巻きにする。

ラファードは彼らに目もくれることなく、玉座にいる男と、その足元で身を起こそうとしている体格の良い男に視線を向けた。

「素晴らしい、なんという素晴らしい力だ……！」

ロウゼルド国王は突然笑いだし、血走った目でラファードを見おろした。

「さぁ、聖獣よ、その力で儂《わし》とロウゼルドの役に立つがよい！」

エルフィールは王のギラギラと輝く目と、そこに宿る狂気に気づいてゾッと背筋を震わせた。ロウゼルドの人々も、この状況でそんなことを言う王に怯《おび》えるような視線を向けていた。

そんな中、身を起こした王太子がラファードを睨《にら》みつける。その目に浮かんでいるのは憎しみと妬《ねた》みと激しい怒り。父王とは違った意味で、彼の心もすでに歪んでいたのだ。

「聖獣の禁忌はどうした。このような行為は侵略行為に当たるぞ、聖獣よ！」

「ラ、ラファード……っ」

エルフィールも心配そうにラファードを見る。

そうだ。聖獣が国を越えて力を振るうことは侵略行為とみなされて、制約に引っ掛かる。そうリクハルドは言っていた。いくらエルフィールを助けるためとはいえ、ロウゼルドに来て彼らに危害を加えてしまえば、禁忌に触れたとして制裁を受けてもおかしくない。

「大丈夫だ、エルフィール。禁忌には当たらない」

ラファードはエルフィールを安心させるように、その首を彼女の腕に擦《こす》りつけた。

「ラファード……」

けれど甘えるような仕草をしたのはその一瞬だけで、次に王と王太子に視線を向けた時には、聖獣らしい威厳と神々《こうごう》しさに満ちていた。

「俺のこの行為は禁忌には当たらない。制裁も受けない。なぜなら聖獣は天獣故《ゆえ》に、たった一つだけ例外が存在するからだ」

「例外、だと？」

「そうだ。天獣にとって番《つがい》は、唯一無二の大事な存在だ。それ故《ゆえ》に番《つがい》の危機に関してのみ制約は生じないことになっている」

「番《つがい》……まさか、その娘が……？　だ、だが、その娘は人間のはず……！」

王太子は目を見開いてエルフィールを凝視する。それが気に入らなかったのか、ラファードは人間の姿に変化するなり、エルフィールを胸に抱きしめて彼の視線から隠した。

「天獣のことをもっと学ぶべきだったな。天獣は人間を番《つがい》に選ぶ時がある。己の心臓を与え、命と寿命を共にする」

「え……？」

エルフィールは思わずラファードの胸から顔をあげていた。

「それってまさか……？」

ラファードはエルフィールを見おろして微笑んだ。その目には甘い光が浮かんでいる。

「そうだ、エルフィール。俺の心臓《こころ》、俺の番《つがい》」

「私が……ラファードの番《つがい》？　あの、でも、ラファードには決められた番《つがい》が……」

理解が追いつかずエルフィールはうろたえる。ラファードはふっと笑った。

「それがお前だ。ついでに言っておくが、お前の婚約者というのも俺のことだぞ？」

「え？　え？　それはいったいどういうこと？」

混乱するエルフィールを、ラファードは可愛くて仕方がないというふうに抱きしめた。

「それも全部フェルマに戻ってから説明する。すぐに片付けるから、もう少し付き合ってくれ」

エルフィールの頭のてっぺんにチュッとキスを落とすと、ラファードは顔をあげた。王と王太子に向けたその表情は、エルフィールに対するものとは打って変わって冷たいものだった。

「まさか……聖獣の心臓を持つ娘というのは……」

王太子が青ざめる。間違った認識が代々伝えられてきたことを、ようやく悟ったのだろう。普段は温厚な天獣を唯一豹変させるのが、番《つがい》という存在だった。彼らは番《つがい》への攻撃を己への攻撃とみなす。その報復はすさまじく、過去には小国が一夜にして滅ぼされたという。

天獣の番《つがい》には触れてはならない——それがこの世界の人間の共通した認識であり、禁忌だった。

「聖獣の番《つがい》に手を出したことを、生涯悔いるがいい、ロウゼルドの者たちよ」

冷ややかな笑みと共に、ラファードの手から光が放たれた。それは一瞬で広間中に広がり、そしてすぐに収まる。眩《まぶ》しさに目をつぶったロウゼルドの人たちは、恐る恐る目を開けて、そして異変に気づいた。

「こ、これは……」

彼らの肌に、黒い不気味な紋様が浮かび上がっていた。人によって程度が異なり、腕だけに現れている者もあれば、手足全部に現れている者もあった。

「いったい何が……」

擦《こす》ってもその紋様が消えることはなかった。まるで刺青のようだ。うろたえながら玉座の方を見た彼らは、ぎょっとして一歩下がった。

王は手や足だけでなく、顔にも首にも、身体のあらゆる場所に黒い紋様が現れていた。王太子は顔だけは綺麗なものの、手と足の先まで黒い紋様に覆《おお》われている。

「これはいったいなんだ……！」

「呪詛《じゅそ》だ。五十年前、前王が食料援助と引き換えに、先代の聖獣と交わした誓約を覚えているか？　ロウゼルドは今後一切フェルマ国に兵を挙げないというものだ。破れば担保となった王族の血は途絶える。そういう約束だった。ところが、お前たちはその部分は覚えていても、もう一つの約束についてはすっかり忘れたらしいな。今後一切兵を挙げない、そしてフェルマの内政には干渉しない。約束はその二つだったはずだ。ところが兵を挙げないという条件はともかく、内政に干渉しないという条件の方は、担保や罰則についての細かい規定がなかった。そのため、お前たちは我が国にちょっかいを出し続け、何も起こらないと知ると、どんどん増長したな。特に現王よ、お前が即位してからひどくなる一方だ」

「そ、それがどうした」

「父上――先代の聖獣は、お前たちがフェルマ国にちょっかいを出し続けることを見越していた。だからあえてあいまいにしておいたんだ。気づかなかったのか？　誓約は生きていて、お前たちがフェルマ国に干渉するたび、呪詛《じゅそ》がその身体を蝕《むしば》み続けていたことを。クレメンス王子が生まれて以降、お前たち王族に男児は生まれていない。それは王族を根絶やしにするべく呪詛《じゅそ》が働いているからだ」

「な、なんじゃと……！」

王が立ち上がる。それを無視してラファードは周囲の人間たちを見回した。

「この呪詛《じゅそ》は王族の血をほんの一滴でも引いていれば、その者たちにも襲いかかる。何百年も王族が続いたことで、お前たち貴族にもその血が流れている者は多い。無関係だと思うな。フェルマ国に対する陰謀に加担すればするだけ、呪詛《じゅそ》はお前たちを蝕《むしば》んでいく。お前たちだけでなく、その子孫もな。エルフィールを攫《さら》ったことで、さらに呪詛《じゅそ》の範囲は広がっているはずだ」

その言葉通り、ロウゼルドの者たちの黒い紋様がみるみるうちに広がっていく。それを目の当《ま》たりにして、男たちは完全にパニックになった。

「あああ、紋様が……！」

「死にたくない……！　俺は悪くない！」

「そ、そうだ！　陛下の命令に従っただけなのに……！」

エルフィールはぎゅっと目をつぶってラファードにしがみつく。禍々《まがまが》しい紋様は、彼らのフェルマ国に対する憎しみと妬《ねた》みの象徴のように見えたからだ。

ラファードはそんなエルフィールを抱きしめたまま、金色の目を玉座に向ける。そして、この場でもっとも濃く、もっとも広い範囲に呪詛《じゅそ》を宿した男に、天啓のような口調で冷たく宣告した。

「王よ、お前の命は間もなく尽きる。呪詛《じゅそ》に蝕《むしば》まれて、のたうち苦しみながら息絶えるだろう」

「お、おのれ、聖獣め！　兵よ！　こやつらを殺せ！」

王は立ち上がって怒鳴りつけるが、もはや彼の命令を聞く者はいなかった。ラファードは玉座の足元で呆然と立ち尽くす王太子に言う。

「お前もあと何年持つか。父親の妄執《もうしゅう》に引きずられなければ、別の道もあっただろうに。今後はせめて娘たちには呪詛《じゅそ》が出ないように努めるのだな」

「……」

王太子は返事をすることなく、ずっとその場に立ち尽くしていた。

すべてを終えたラファードは深いため息をつく。エルフィールを攫《さら》われて怒り狂ってはいたが、あまりに容赦のない父親の呪詛《じゅそ》とその威力に気が削《そ》がれてしまったのだ。

今はただこの死の臭いがする場所からエルフィールを遠ざけたかった。これからロウゼルドでは王をはじめ、重臣たちも次々と死んでいくだろう。

「エルフィール、帰ろう。フェルマへ。皆が待っている」

「はい。……帰りたい、皆のところへ」

エルフィールを抱き寄せて、混乱する広間からラファードたちは姿を消した。

＊＊＊

フェルマ国の謁見《えっけん》の間では、リクハルドがリクリードに尋ねていた。

「やっぱり、聖獣の心臓を持つ娘というのは番《つがい》のことを指していたのですね」

「よく分かったね、リクハルド」

「そう判断できるだけの材料が手元にあったので」

ロウゼルドと違い、聖獣の心臓を持つ娘のことは何も伝わっていなかったが、別の事実は伝えられていた。初代は人間の娘を伴侶《はんりょ》に迎えたという史実である。あまり知られていないが、天獣はまれに人間を番《つがい》に選ぶことがあり、初代聖獣が選んだのは当時のフェルマ国の王女だった。

「正確に言うと、聖獣の心臓を持つ娘が番《つがい》になるのではなく、聖獣が番《つがい》に選んだ者に心臓を与えるんだ。我々天虎族はそうやって心臓を交換することで、相手を番《つがい》にして寿命を分け与えるんだよ」

リクリードは自分の左胸に手を当て、番《つがい》である漆黒の美女に微笑んだ。彼女――ファラファーデも笑みを返し、自分の豊かな胸にそっと触れる。

「今、私のこの胸にはファラの心臓がある。反対にファラの胸には私の心臓が埋まっている。私が死ねばファラも死ぬし、ファラが死ねば私も死ぬ。そのための交換だ。もっとも、これは番《つが》う相手が天獣の場合であって、相手が人間の場合は少し意味合いが違ってくる。人間は心臓を相手に与えることができないからね。だから天獣側が自分の心臓を与えて同化させることで相手を同族にするんだ。天獣が死ねば心臓をもらった人間もまた死ぬが、裏を返せば天獣が死ぬまで人間も死なずに生き続ける」

「つまり、エルフィール嬢は……」

「ラファードが生きている限り、彼女も老いることなく生き続けるだろうね」

言いながら、リクリードはジュナン伯爵を気遣うように見つめた。

「エルフィールが十八歳になり、成長が止まる頃を見計らって、君にその事実を伝えるつもりだったんだ。フレイル」

「なんとまぁ……」

ジュナン伯爵は放心状態だった。驚くような事実を一度に知らされたのだから、無理もない。

「本来、番《つがい》となる相手の意思を確認した上で心臓を分け与えるんだが、ラファードの場合は特殊でね。彼は心臓を与えることの意味を知らずに、ただエルフィールの命を助けるために行《おこな》った。だから、私も正直どうしたらいいか判断がつかなかった」

そこで、リクハルドが口を挟む。

「それはいつ頃のことですか？」

「あの子がまだ十歳の時で、エルフィールは八歳にもなっていなかった」

「二人はそんな昔に出会っていたのですね……」

「当時ラファードは継承の儀式を受けるための禊《みそぎ》の最中でね。人間の姿を取ることもしゃべることも禁じられ、魔力も封じられていた。だから、エルフィールがまだ幼いあの子を猫だと勘違いするのも無理はないんだ」

次代の聖獣として継承の儀式を受けるため、ラファードは半年間、聖なる土地で魔力を一切使わずに生活することを余儀なくされていた。

「その場所がジュナン伯爵領にある、『聖なる山』とか『魔が住む山』とか呼ばれている場所だ。あそこは大地の力がとても強い場所でね。禊《みそぎ》をするのにうってつけなんだよ。ラファードはそこで虎の姿で半年間、ひとりで暮らしていた。そこに現れたのがエルフィールだ」

偶然山に迷い込んだエルフィールが、禊《みそぎ》中のラファードを見て「子猫だ」と勘違いしたことからすべてが始まった。寂しい少女は猫を可愛がることで悲しみから逃れようとし、一方、まだ幼かった子虎も禊中《みそぎ》の孤独に耐えられず少女と遊ぶのが慰《なぐさ》めになったのだ。

「けれど、もう間もなくラファードの禊《みそぎ》も終わるという時になって事故が起こった。エルフィールが湖で溺れてしまったんだよ。周囲にひと気はなく、ラファードも魔力は使えず人間にもなれない状態だ。子虎の姿で必死に湖から引き上げたものの、彼女の心臓は止まりかけていた。エルフィールを失いたくないと思ったラファードは、その時彼にできる唯一のことをしたんだ」

「自分の心臓を分け与えたのですね」

「そうだ。まだ成人していなかったから番《つがい》のことは知らなかったのに、無意識なのか本能なのかは分からないが、心臓を与えてエルフィールを死の淵《ふち》から救った。私が異変を感じて駆けつけた時には、もうすでにラファードの心臓とエルフィールの心臓は同化していて、取り出すことはできなくなっていたよ。それに、問題はもう一つあった。聖獣の継承の儀式を受ければ、ラファードはエルフィールのことも、心臓を分け与えたことも忘れてしまう。だから私はラファードに番《つがい》と心臓のことを告げて、どうしたいか尋ねたんだ。ラファードの答えははっきりしていた」

リクハルドは先ほどのラファードの答えを思い出して、思わず笑った。

「ならば番《つがい》にすると言ったんでしょう？　想像がつく」

「その通りだ。私よりよほど優しい子だからね。ラファードはエルフィールと過ごしたことも忘れたくないと言った。そこで私はあることを条件に、エルフィールと過ごした日々の記憶を預かることにしたんだ」

「条件？」

「再びエルフィールと出会った時に、何も覚えていない状態でも彼女を番《つがい》として選んだら、その場合に限って記憶を返すという条件だ。あの子はそれを承諾した。私はラファードから記憶を消し、さらにエルフィールからも、あの日湖で溺れかけた形跡と記憶を消した。死にかけた記憶などない方がいいに決まっているからね」

だからエルフィールは自分が溺れたことを覚えていない。彼女の中にあるのはいつものように湖に行ったという記憶だけだ。

「ラファードはエルフィールと遊んだ記憶を欠落させたまま聖獣を継いだ。あとは、まあ、皆の知っての通りだ。当初の予定ではエルフィールが十八歳になった時に二人を会わせるハズだったんだが、そうなる前にラファードはエルフィールを見初《みそ》めてしまった」

「運命の相手というのはそういうものよ、ね、リーおじ様！」

ラヴィーナが目を輝かせて口を挟む。リクリードは破顔《はがん》して彼女の頭を撫でた。

「そうだね、ラヴィーナの言う通りだ。互いに忘れていても会えば再び惹《ひ》かれ合う。これが運命と言わずしてなんと言おうか」

「リード、一つ聞きたいんだが、融資の条件を君の息子との結婚にしたのは……」

ジュナン伯爵が困惑したように尋ねた。答えは分かっているけれど、知りたくないという面持ちだ。リクリードはくすっと笑う。

「君は貴族だからね。ああでもしてエルフィールを確保しないと、成人する前に誰かに掻《か》っ攫《さら》われる可能性もあった。天獣の番《つがい》に夫がいるなんて事態になったら、悲劇にしかならないよ」

「でしょうね……」

リクハルドは思わず苦笑した。ラファードはクレメンスが興味を抱いたというだけで、エルフィールを監禁してしまったのだ。もし夫がいたなんてことが判明したら、どうなっていたことか……。

そこでファラファーデがふと顔をあげた。

「あら、坊やたちが戻ってくるわ。もう一仕事終えたのね」

彼女が言い終わるか終わらないかのうちに、謁見《えっけん》の間の中央に大きな丸い光が生じた。人々が息を呑んで見守る中、その光は急激に形を変え、人の姿になる。

やがて光が収束した時、そこにはエルフィールを抱いたラファードの姿があった。

エルフィールが瞬《まばた》きしている間に、あっという間に場所が変わっていた。

「お帰り、二人共」

「お姉様、無事でよかったわ！」

「お帰りなさい、二人共、大変だったわね」

皆に温かく迎えられて、ラヴィーナに飛びつかれて、ようやく無事に戻ってきたことを実感する。

「無事でよかったですわ、エルフィール様」

「本当に、一時はどうなることかと」

侍女長や女官長らに囲まれたエルフィールに、ジュナン伯爵が近づく。

「よかった、心配したぞ、エルフィール」

「お父様まで！　心配かけてごめんなさい！」

慌てて謝ったエルフィールは、父親の後ろから近づいてくるリクリードとファラファーデの姿に気づいて目を丸くした。

「え？　リクリードさん、どうしてここに？」

リクリードは片目をつぶりながら悪戯《いたずら》っぽく笑った。

「うん、あとでゆっくり話すよ。それよりラファード、首尾は？」

「父上のえげつない呪詛《じゅそ》のおかげで、あっという間に済んだよ」

なぜかラファードは顔を顰《しか》めていた。エルフィールはその言葉に目を丸くする。

「ち、父上？」

「ラファードが説明するよ」

リクリードは苦笑して、エルフィールの肩をポンポン叩くと、そっとその場を離れた。するとファラファーデが、息子の腕の中からエルフィールを奪い取る。

「母上！　おい、ちょっと！」

「初めまして。リードの妻で、坊やの母親よ。ファラと呼んで。もちろん、お母様でもよくってよ。ああ、坊やとの知られざるなれそめなら、私が話してあげるわ！」

「ぼ、坊や？　お母様？」

息子の焦ったような声と、妻の弾んだ声と、エルフィールの戸惑ったような声を聞きながら、リクリードは謁見《えっけん》の間の端にいるクレメンスとアイラのもとへ向かった。

「よかった……エルフィール様、よかった、ご無事で……！」

安堵《あんど》のあまり、アイラは座り込んで両手で顔を覆《おお》って泣いていた。できればエルフイールの傍《そば》に行って声をかけたいのだろうが、その資格がないと思い込んでいるらしい。

——もっとも、その思い込みはすぐ消えるだろうけどね。

エルフィールはアイラを恨んでいないし、裏切られたとも思っていない。彼女はアイラの姿に気づけばすぐに駆け寄って、慰《なぐさ》めることだろう。

そうなる前に、二人に選んでもらう必要があった。リクリードは彼らの前に立つ。

「ロウゼルドの王子よ。君の前には二つの道がある。どちらかを選ばせてあげよう」

ハッとしたように顔をあげるクレメンス、そしてアイラの腕には、いつの間にか黒い紋様が浮かんでいた。クレメンスの方は片腕の肘から下に、アイラの方は右の手のひらと腕の内側に紋様がある。それでもロウゼルドの広間にいた連中に比べると、呪詛《じゅそ》の度合いはかなり小さいものだった。

二人はすぐに紋様に気づき、不思議そうに腕を見おろす。リクリードはそれがなんであるか説明すると、クレメンスに尋ねた。

「君たちが取れる道は二つある。一つ目は亡命という形でこのままフェルマにいること。ここにいれば呪詛《じゅそ》の効力はないし、男児も誕生するだろう。身の安全も保障するし、ある程度の自由も得られる。二つ目はいばらの道であることを覚悟してロウゼルドに帰国すること。言っておくけど、君の父親の命は長くないし、王太子も時間の問題だ。ロウゼルドはしばらく混乱が続くだろう、王族といえど命の保証はないし、その腕の呪詛《じゅそ》が成長する可能性もある。決して楽な道ではない」

リクリードは金色の目でクレメンスをじっと見つめて、答えを促《うなが》した。

「さぁ、王子よ。君はどちらを選ぶ――？」

クレメンスは目を閉じて、ぎゅっとアイラの手を握る。アイラはその手をそっと握り返した。

＊　＊　＊

「まさか、リクリードさんが先代の聖獣だったなんて。ラファードがミーちゃんだったなんて！」

説明された事実に感嘆の声をあげるエルフィールを、ラファードは寝所に連れ込んでいた。ちなみにこのセリフをエルフィールが口にしたのは、これで十回目だ。それだけ驚いたということだが、ラファードは面白くなかった。

エルフィールをベッドに押し倒しながら、ラファードは文句を言う。

「何がミーちゃんだ。誇り高い天虎族を子猫と間違えるなんて、お前くらいなものだ。

それにっ、言っておくが、お前の名づけセンスは最悪だぞ！」

「なんで？　可愛いじゃないの、ミーちゃん」

本気でエルフィールはそう思っていた。気に入っているからこそ、「ミーちゃん」と同じトラジマの模様の猫にミーちゃん2号、3号と名づけたのだ。

もっとも、今思うと、確かに「ミーちゃん1号」は他の子猫とは違っていたかもしれない。けれど、七歳のエルフィールに子猫と子虎の違いなど分かるはずもなかった。

――そういえば、あの子はまったく鳴かなかった。

撫でればごろごろ喉《のど》を鳴らしたけれど、鳴き声は聞いたことがない。

「だから俺は猫じゃない！　もし口が利けていたら、その名前は断固として拒否していたぞ！」

文句を言いながらも、ラファードは慣れた手つきでエルフィールのドレスを脱がし、シュミーズとドロワーズをはぎ取っていく。現れたみずみずしい裸体と、白い肌にくっきりと残っていた所有印の跡に、ラファードはたちまち腹立たしさを忘れて顔を綻《ほころ》ばせた。

手を伸ばし、エルフィールを抱き起こすと、腕の中にすっぽりと囲う。ようやく戻ってきたぬくもりに、ラファードの口から安堵《あんど》の息が零《こぼ》れていた。

エルフィールもラファードに身体を預けて頬を寄せ、その体温を肌で確かめる。

――戻ってきた。ラファードの腕の中に。

今やエルフィールにとってここが自分の居場所であり、もっとも安堵《あんど》していられる場所だった。

二人はしばらくの間、ぬくもりを感じながら互いの無事を天に感謝していた。

「ねぇ、ミーちゃんは……ううん、ラファードは、なんであの時口が利けなかったの？」

「継承の儀式を行《おこな》うための禊《みそぎ》の真っ最中だったんだ。あの頃、俺は人間の姿になれず、声も封じられて出すことができず、魔術を使うこともできなかった。その状態で半年近く過ごしていたある日、湖で沐浴《もくよく》しようと山を下りてきたところに、お前がやってきたんだ。その後のことは、お前だって覚えているだろう？」

「そうね。私、あなたと友だちになりたくて、さんざん追いかけ回したんだった」

「確かに。お前はすごくしつこかったよ」

当時のことを思い出したのか、くすっとラファードは笑う。エルフィールも思わず笑った。

「あの時、私はひとりぼっちで寂しくて……同じひとりぼっちのあなたといれば寂しくないと思ったの。今から考えると、それってひとりよがりよね。それなのにあなたは私の好き勝手にさせてくれた」

天獣であるラファードは、子虎でもそうとうの知能があったはずだ。だからこそひとりぼっちのエルフィールに同情して一緒にいてくれたのだろう。

ところがラファードはエルフィールの額にチュッとキスをして、思いがけないことを告げた。

「お前となんだかんだ一緒にいたのは、俺も寂しかったからだ」

「ラファードが？　寂しい？」

「ああ。それまで必ず母上か父上が傍《そば》にいて、一人になったことがなかったんだ。それが突然、半年間離れて暮らすことになって、俺は寂しかったんだと思う。お前が俺に会いに来るのを待ちわびるようになって、気配を感じるたびに山を下りていた。それが……言い方は悪いが癪《しゃく》に障《さわ》ってな。誇り高い天獣が手なずけられてたまるかと思って、ある日お前をわざと無視して湖に飛び込んだ。少しだけ意地悪したかったんだ」

「湖に飛び込んだ？」

「もちろんすぐにあがったさ。それが目に入らなかったのか、お前は俺が溺れたと思って、助けるために水の中に入った」

「もしかして、私が溺れたのって……」

ラファードはエルフィールの肩に回す腕に力を込め、彼女をぎゅっと胸に抱きしめた。

「ああ、そうだ。俺が意地悪をしたばかりに、お前は湖に入って溺れた。慌てて助けに向かったけど、俺は当時魔力が使えなくて、人間にもなれなかったからな。ようやく引きあげたものの、お前は死にかけ、俺は無力であることを否応《いやおう》なく突きつけられた」

「それで、心臓を？」

「そうだ。お前を死なせたくなかった」

どうしてラファードがエルフィールに心臓を与えたのか、彼女はようやく理解できた。

きっと罪悪感がそうさせたのだろう。

――そして心臓を与えたばかりに、私を番《つがい》にしなければならなくなった。

「……ごめんなさい」

早とちりしたエルフィールは湖で溺れかけ、結果的にラファードの運命を捻《ね》じ曲げてしまったのだ。小さな声で謝ると、ラファードは彼女の考えを感じ取ったらしく、少しだけ厳しい声になった。

「また何か余計なことを考えているな？　あのな、よく聞けエルフィール。俺はなんとも思ってない人間に心臓を与えるほど酔狂じゃない。たとえ心臓を与えることが番《つがい》にすることだと知らなくてもだ。俺はお前だから心臓を渡した。たぶん、あの時すでに本能的に、お前を番《つがい》として選んでいたんだと思う」

「ラファード……」

ラファードはエルフィールの顔をあげさせると、彼女の額に自分の額をぶつけた。

「でなければ、心臓を与えるなんてこと、とっさに考えつきもしなかっただろう。そして大人になって再会した時、過去のことなど何も覚えていなかったのに、お前に惹《ひ》かれた。共に過ごせば過ごすほど傍《そば》から離したくなくなったし、お前は俺のものだと感じた。……番《つがい》だと、無意識のうちに分かっていたからだろう」

「……それだって結局、私があなたの心臓を持っていたからこその感情じゃないの……？」

エルフィールはその疑いをどうしても捨てきれなかった。心臓があったからこそ、ラファードはエルフィールに惹《ひ》かれたのではないか。

「でも、心臓はお前じゃなければ決して与えなかった」

きっぱりと告げるラファードの声に偽りはない。エルフィールも自分がラファードに大切にされているのを感じるし、彼の気持ちを疑っているわけではなかった。だが、その気持ちは心臓を持っている故《ゆえ》のものではないかと思ってしまう。

――結局私は、ただ私だからという理由で愛されたいんだわ。……こんなに思ってくれるのだから、素直に受け止めればいいのに。我儘《わがまま》ね。

「エルフィール。信じられないのも無理はないし、無理に信じなくていい」

ラファードはそう言うと、「え？」と顔をあげたエルフィールに、にやりと笑った。

「ラ、ラファード？」

「信じるまでお前に愛を語り、お前の身体に俺の愛を刻んでいけばいいのだから」

ラファードは肩にあった手を滑《すべ》らせ、エルフィールの左の乳房を掴《つか》んだ。浅黒い手が柔らかな肉を揉みながら、真ん中の尖《とが》った頂《いただき》を指で捏《こ》ねる。

「あっ……」

下腹部がキュッと疼《うず》き、身体の芯が熱くなるのをエルフィールは感じた。ラファードはもう片方の手をエルフィールの両脚の付け根へ伸ばし、蜜口を指の腹でそっと撫でる。

そこはすでにしとどに濡れていて、ラファードの指はたちまち蜜にまみれた。

「濡れてるぞ」

耳をペロリと舐めながら囁《ささや》かれ、エルフィールの肌がぞわりと粟立った。

「ふ、ぁ……そ、それは……」

「もう、すぐに俺のを挿れられるんじゃないか？　すっかりイヤらしい身体になって」

言葉で嬲《なぶ》られながら、蜜をたたえた花弁を軽く前後に擦《こす》られる。同時にキュッキュッと胸の頂《いただき》を摘《つ》まれ、それだけでたまらなくなって腰が揺れてしまう。奥からトロリと蜜が滴《したた》り落ちた。

「こ、こんな身体にしたのは、ラファードじゃないの！」

エルフィールは顔を真っ赤に染めて抗議する。

そう、この寝所でエルフィールの処女を奪ったのも、毎晩のように抱いたのもラファードだ。しかも、この四日間ずっとここに監禁され、貪《むさぼ》られ続けたのだ。そのせいで彼女の身体は、ラファードを見るだけで彼を迎える準備をするようになってしまった。

「ラファードのせいよ！」

「そうかそうか。俺のせいか」

ラファードは嬉しそうに笑った。二本の指を蜜壺の中にぐっと収めながら耳に囁《ささや》く。

「じゃあ、責任とってたっぷり愛してやる」

「あっ……っ、んんっ」

彼女の感じる部分を知り尽くした指が、官能を掻き立てるように内壁を擦《こす》っていく。折り曲げた指がお腹側の感じる場所をかすめるのを感じて、エルフィールの身体が大きく跳ねた。

「あっ、あ、あっ、ラファードぉ……！」

何度も感じる場所を刺激され、たまらなくなってエルフィールはラファードの首にすがりつく。彼はエルフィールの腰を片手で抱きかかえ、自分の膝《ひざ》をまたがせると、指を引き抜いた。

「んっ、……ふ、ぁ……」

引き抜かれた感触に、エルフィールの身体がぶるっと震えた。秘部からは蜜がこぽりと溢《あふ》れ出す。

いつもだったらその蜜ごと味わって魔力の補給をするラファードだったが、今夜は彼にも余裕がなかった。エルフィールを攫《さら》われて、あやうく失いかけたのだ。一刻も早くつながって、身体の奥底でエルフィールを感じたい、そして彼女にも自分を感じてほしい。

「エルフィール、俺の首に抱きついたままでいろ」

「ん……」

微《かす》かに頷《うなず》いて、エルフィールはしっかりとラファードの首を掻き抱く。何も纏《まと》っていない素肌を直《じか》に感じて、ラファードもいつの間にか裸になっていたことを知った。

脚の付け根に大きくて硬いものが押しつけられて、エルフィールは目を見開く。それがなんであるかは明らかだった。期待感から愛液が滴《したた》り落ち、ラファードの肉茎を濡らす。

「そのまま、ゆっくり腰を下ろして」

ぎゅっとラファードの首に抱きついたまま、エルフィールはその指示に従った。腰を落としてラファードの雄を受け入れていく。彼の両手が白くて柔らかな臀部を支えていた。

「あ、っふ、んんっ」

先端の太い部分が蜜壺に押し込まれ、隘路《あいろ》を開いていく。身体の中心を太いものが埋め尽くしていく感覚に、脚がぶるぶると震えた。何度身体を重ねても、この最初の瞬間だけは慣れない。

けれど、最初の関門が過ぎればあとは比較的スムーズだ。媚肉《びにく》を掻き分け、じりじりと押し込まれていく楔《くさび》の感触に、なんとも言えない幸福感が湧き上がる。

――ラファード……！

エルフィールの背筋を、小さな快感の波が何度も駆け上がっていく。

「ラファード、ラファード……好き……好きなの……！」

何かの衝動に背中を押されるように、エルフィールの口から愛の言葉がほとばしる。

「好き、愛しているの、ラファード……！」

突然の告白に、ラファードはぐっと歯を食いしばった。

「くそっ、こんな時に言う奴があるか！　こっちは我慢しているというのに！」

猛った怒張《どちょう》が熱くて狭い体内に呑まれていくのを感じながら、ラファードは必死に暴走しまいと堪《こら》えていたのだ。エルフィールにさんざん無茶をさせた自覚があるので、せめて今夜は彼女のペースに合わせるつもりで我慢をしていた。

ところが、初めてのエルフィールからの告白は、ラファードの忍耐の糸を容易に引きちぎってしまった。

「お前がいけないんだからな！」

子どもみたいなことを喚《わめ》くと、彼はエルフィールの双丘から腰に手を移動させ、一気に突き上げた。

「あっ、あああああ！」

ズンッと奥まで響く衝撃に、エルフィールの唇から嬌声《きょうせい》があがる。

「ああ、ん、ぁ、ああ」

言葉にならない声を震わせながら、エルフィールの身体がビクンビクンと引きつった。

体内の奥深くに埋められたラファードの楔《くさび》に、肉襞《にくひだ》が待ってましたとばかりに絡みつく。

エルフィールの背中を撫でながらその感触を堪能《たんのう》していたラファードだったが、彼女の呼吸が多少落ち着いたところを見計らって、こう言った。

「あっ、ま、って、まだ……ああっ、んぁ、あぁ」

突き上げられ、浮き上がった身体が落ちてきたところを、また突き上げられて、エルフィールの口から甘い悲鳴が漏れる。

「あんっ、や、深いっ……」

自分の重みでいつもより深いところを抉《えぐ》られて、エルフィールはわなないた。

ラファードの動きは容赦がない。まるでクレメンスに嫉妬《しっと》した時のように、エルフィールを激しく攻めたてる。

エルフィールの方も実のところ、優しく抱かれることを望んではいなかった。ラファードの腕の中に戻れたことを、男と女のもっとも原始的な行為で確認したくてたまらなかったのだ。

いつしかエルフィールはラファードの突き上げに合わせて、自分から腰を動かしていた。彼の背中に手を回し、上半身をぴったり添わせて腰を押しつける。充血した花芯とラファードの恥骨が擦《こす》れ合い、強烈な快感が押し寄せた。

「ラファード、ラファード……!」

腕の中で乱れるエルフィールを、ラファードは熱を孕《はら》んだ目で見つめる。

――ラファードが私を欲しがっている。

そう思うとエルフィールの背筋に甘い愉悦《ゆえつ》が走った。

「ラファードぉ……」

きゅんと子宮が疼《うず》き、エルフィールの膣肉《ちつにく》がラファードの肉茎を絞り上げる。

「はぁ……」

熱い吐息をつくと、ラファードはエルフィールに命じた。

「エルフィール、舌を出せ」

言われるまま舌を出すと、まるで食べようとするかのようにラファードが食らいつく。

「んっ、ふ、ぁ、ん、んんっ」

咥内《こうない》を探られ、互いの唾液を分け合う。すると魔力の交換はしていないにもかかわらず、下腹部に溜まった熱がどんどん高まっていくのを感じた。

たまらずラファードに抱きつくと、腰を抱き寄せる腕にぎゅっと力が入る。互いにしっかりと抱き合いながら、エルフィールとラファードは欲望のダンスを踊った。

やがてエルフィールが先に耐えられなくなり、ラファードの腰に脚を絡ませて絶頂に達する。

「んんっ、んんっ、ん――!」

嬌声《きょうせい》を口の中で受け止めるラファードも、エルフィールの熱い締め付けに限界を感じて、激しく突き上げ始めた。

エルフィールの肩に顔を埋《うず》めるようにして、一際強く突き上げる。彼女の奥に欲望を叩きつけたラファードは、ようやく己を解放した。

「あっ、あう、んっ、んっ、あぁ……！」

エルフィールの体内に、熱い飛沫がぶちまけられる。それはいつもより長く続いた。

中で広がっていく熱に、エルフィールはうっとりと微笑む。その美しくも淫《みだ》らな笑みに、ラファードはたまらずその柔らかな身体を掻き抱き、二度三度と白濁《はくだく》を送り込む。

――お前は、俺のものだ。ずっと、この先も……。

そんな思いを込めて、ラファードはエルフィールに己を注ぎ込み続けた。

身体をつなげたまま余韻に浸《ひた》っていたラファードは、少し上半身を離してエルフィールの下腹部に手を置いた。

「すまない、エルフィール」

「……ん？　どうして謝るの？」

「子どものことをまったく考えていなかった。今までは番《つがい》ではない天獣と人間の間に子どもはできまいと思い、何も処理しなかった。だが、俺たちは番《つがい》だから、このままだといつか子ができるだろう」

「……それの何がダメなの？」

本気で分からなくてエルフィールは首を傾げる。自分とラファードの間に生まれるもふもふの子虎のことを考えると、エルフィールは顔がにやけてしまうくらいなのに。

天獣と人間の間に生まれるのは必ず天獣だとファラファーデに教えてもらって以来、エルフィールの中ではまだ見ぬ我が子、「ミーちゃん4号」の面影がすでに出来上がっている。ミーちゃんそっくりのトラジマの子虎だ。

「別に子どもが悪いわけじゃない。ただ、お前のことを考えたら、もう少しあとの方がいいと思って……」

「え、ど、どうして？」

うろたえながら尋ねると、ラファードが珍しく言いにくそうに口を開いた。

「俺はお前の意思を確認せずに心臓を与えて番《つがい》にした。今のお前はまだよく理解できていないだろうが、天獣の番《つがい》になった人間は年を取らない。俺と同じ長い寿命を生きることになるんだ。家族が亡くなってもお前はそのまま、一人置いていかれる。そのことをよく考えた方がいい」

ラファードはエルフィールを手放すつもりはない。けれど、ふと迷いが生じてしまったのだ。自分は覚悟をしているが、親しい人に先立たれる辛さを彼女に強いていいのだろうか、と。

そんなラファードの懸念《けねん》も苦しみも吹き飛ばすような笑顔でエルフィールは答えた。

「もちろん、考えるまでもないわ。私はラファードの婚約者で番《つがい》よ。だからあなたとずっと一緒にいる。もちろん子どもも欲しいし、絶対に産むわ。トラジマの可愛い子虎を。……そりゃあ、お父様やお母様やフリンに先立たれるのは寂しいわ。お別れのたびにきっとすごく泣くと思う。でも普通に年を取ったって、いつか別れは来るものよ。だったら、私はラファードの傍《そば》で、あなたの心を守って生きていたいの」

明るい声であっけらかんと言うエルフィールに、ラファードは思わず泣きたくなった。

「――いつもお前は、俺に必要な言葉をくれるんだな」

『聖獣の庭』でも『大丈夫。ラファードはこれから経験を積んで、もっともっと強くなる。悩みながら人との関わり方も、自分なりに見つけることができる』と言ってくれた。あれでラファードの気持ちは、ぐっと軽くなったのだ。

「――愛している、エルフィール。俺の番《つがい》。お前が俺を守ってくれるのなら、俺もお前を守ろう。その身と、心を。そして将来生まれる子どもも」

「私も愛しているわ、ラファード。私の聖獣。私のミーちゃん」

「……ミーちゃんは余計だ」

ラファードはエルフィールの身体をぐっと抱き寄せる。

「え？　あの、ラファード……？」

体内でラファードの楔《くさび》がむくむくと力を取り戻していくのを感じて、エルフィールは冷や汗をかく。ラファードはにやりと笑うと、再びゆっくりと腰を突き上げながら彼女の耳に囁《ささや》いた。

「一回で終わるわけがないだろう？　子どもを作るなら、もっといっぱいシないとな。天獣と人間だと、天獣同士に比べて子どもが出来にくいようだから」

「や、まっ、待って、ラファード！」

エルフィールの焦ったような声が寝所に響き渡る。

けれど、その声はやがて喜悦《きえつ》の声に変わっていった。

＊　＊　＊

エルフィールの誘拐事件が起きてから一ヵ月後、クレメンスが帰国することになり、ラファードやリクハルド、それにラヴィーナたちが見送りに出ていた。

「言葉では言い尽くせないほどお世話になりました」

クレメンスがリクハルドとラファードの二人に深々と頭を下げる。常に笑みを貼り付けていたその顔は、今では憑《つ》き物が落ちたかのようにさっぱりとしていた。

「色々と大変だろうと思うけれど、あなたの進む道が実り多きものであることを祈っている」

リクハルドが励ますように微笑みながら手を差し出す。

「頑張ります」

フェルマ国の王とロウゼルド国の王子がしっかりと握手し合う場面を、エルフィールはラファードの隣でじっと見守った。

リクハルドが言うように、クレメンスがこの先歩む道は決して楽ではない。むしろ険しく困難で、彼は挫折し、押し潰されてしまうかもしれなかった。でも、その困難な道を選ぶと決めたのはクレメンス自身だ。

『兄上の助けになりたい。ロウゼルドを見捨てたくないんです。どんなに愚かでも、私の故郷ですから』

先代聖獣のリクリードに選択を迫られたクレメンスは、迷うことなくそう答えたという。

ただ、実際に帰国の途につくのが遅くなったのは、政治的な理由のせいだ。特使の中に魔術師たちを潜《もぐ》り込ませ、誘拐事件を起こした彼らを、フェルマ側はすんなり放免するわけにもいかなかったのだ。

ロウゼルド側から第二王子に帰国の要請があるまで――つまり、彼を解放してほしいと頭を下げてくるまで、一行をフェルマ国に留まらせることになった。

予想外だったのは、ロウゼルド国王が思ったより早く亡くなったことだ。エルフィールの誘拐事件が起こってから、わずか半月後のことだった。

噂《うわさ》ではかなり苦しみ抜いた末の死だったようだ。ロウゼルドの宮廷は大混乱に陥《おちい》り、臣下たちは「次は自分の番か」と戦々恐々《せんせんきょうきょう》としているという。呪いの原因を作った王族の求心力は急激に衰《おとろ》え、王太子は人々をまとめるのに苦労しているとのことだ。

結局、新しく王として即位した王太子がフェルマ国に使者を送ってよこし、何度かの協議の末、クレメンスの帰国が決定した。

捨て駒としてフェルマに送られたはずの第二王子を、ロウゼルドが頭を下げてまで取り戻そうとするのには訳がある。呪詛《じゅそ》により現国王に男児が誕生する可能性は極めて低く、彼に何かあった時には弟のクレメンスが次の王になるしかないからだ。

『つまり、貧乏くじを引かされるわけですね』

クレメンス本人が言っていたように、混乱の続くロウゼルドの王になっても、待っているのはいばらの道だ。今までフェルマ国への憎しみや恨みに変換されていた不満が、一気に王族へ向けられることになるだろう。

『でも父を止められなかった私も同罪ですから、責任は取るつもりです』

クレメンスは何もかも覚悟しているようだった。

今日帰国の途につく一行は、来た時と比べてだいぶ少なくなっていた。魔術師たちはいなくなり、また一部の人間はクレメンスを見捨てて逃げ出そうとして、今も捕まったままだからだ。彼らの処遇はまだ決まっていないが、運よくロウゼルドに帰国できるとしても何年か後だろう。

逃げ出した者たちの中にはクレメンスの従者も含まれていたが、そのことを聞かされてもクレメンスは「そうですか」と淡々としていた。裏切られた怒りも悲しみもそこにはなく、そのことがロウゼルドでの彼の境遇を偲《しの》ばせて、エルフィールの胸は痛んだ。

――きっと誰も信用できず、心を許せる相手もいなかったのでしょうね。だから、クレメンス殿下はアイラのことを……。そしてアイラも殿下の事情を誰よりもよく分かっていたからこそ、彼のことで胸を痛めて、幸せを願っていたのね。

そのアイラは今、クレメンスの傍《かたわ》らにいる。間者《かんじゃ》になれと命じた前国王が亡くなったので、クレメンスと一緒に帰国しても命の危険はないと判断されたのだ。

もちろん、アイラも間者《かんじゃ》だったということで重い罪に問われることになった。だが、彼女の証言のおかげで他の間者《かんじゃ》たちを一網打尽にできたので、聖獣《ラファード》から特別の恩赦が出されることになった。

アイラはエルフィールの前に出て、深々と頭を下げた。

「エルフィール様、本当に申し訳ありませんでした」

エルフィールが何度も気にしなくていいと言っているにもかかわらず、アイラは顔を合わせるたびに謝罪を繰り返すのだ。エルフィールは苦笑する。

「だから、気にしないでいいのに。それよりも、クレメンス殿下と仲良くね、アイラ」

「はい、本当に何から何までありがとうございました。エルフィール様」

「アイラとやら、あなた本当に彼でいいの？」

不意に口を挟んだのはラヴィーナだった。クレメンスとの縁談は正式になくなったのだが、一度「不合格」を突きつけた相手に、彼女はどこまでも辛辣《しんらつ》だった。

「あの人、父親に逆らうこともできずあなたの家族を見殺しにしたどころか、その後もあなた方《がた》母娘を探し出せなかったヘタレよ。本当にあんなのでいいの？」

アイラは目を丸くしたあと、苦笑を浮かべた。

「はい。殿下のお父上がどんな方《かた》か知っていますから。もし殿下が私の父を下手に庇《かば》っていたら、陛下は見せしめのために私と母の命を奪ったでしょう。殿下が黙っていたのは私と母の命を守るためでもあったのです。ですから……今度は私が殿下を守る番です」

「女性のあなたが、彼を守るの？」

アイラは頷《うなず》いてにっこり笑った。

「そうです。傍《そば》にいて、あの方《かた》の心を守りたいのです」

エルフィールにはアイラの気持ちがよく分かった。ロウゼルドの城に誘拐されたあの時、聖獣を道具として見ていたロウゼルド国王を前に、エルフィールも同じことを思ったのだ。ラファードの矜持《きょうじ》を、彼のフェルマ国に対する思いを守りたい、と。

「ふぅーん？」

ピンとこなかったのか、ラヴィーナは眉を寄せる。エルフィールはくすっと笑った。

「ラヴィーナ様にも、きっといつかそういう相手が現れますとも」

一方その頃、ラファードはクレメンスに声をかけていた。

「クレメンス。いつかお前がロウゼルドを立て直し、フェルマ国との関係改善を国民に認めさせることができたなら、運河を贈ってやろう。ロウゼルドを横断し、フェルマとつながる運河だ」

「運河を？　ロウゼルドに？」

クレメンスは突然の申し出に唖然《あぜん》とした。

「そうだ。現状ロウゼルドを挟んだ向こうの国々から物資を運ぶのには、大きく迂回《うかい》しなければならない。それなりに日数も費用もかかっていた。だからロウゼルドを横断する運河ができればフェルマとしても助かる。お前たちにも損はなかろう？」

言っていることの意味を理解して、クレメンスは大きく目を見開く。フェルマに送られる物資がロウゼルドを横切るということは、運河の周辺地域に多大な経済的効果をもたらすことになるだろう。

「それは……本当、ですか？」

「天虎族の名誉にかけて嘘は言わない。だから、せいぜい頑張ってロウゼルド国内を掌握《しょうあく》しろ。お前の代では無理だとしても、その次の世代、またその次の世代でも構わないから」

ラファードはにやりと笑う。王太后からクレメンスが運河の話を熱心に聞いていたと聞き、思いついた案だった。うまくいけばフェルマとロウゼルドは大きく関係を変えるはずだ。

「聖獣の恩恵にあずかれるのは、何もその国だけじゃないんだ。聖獣の国と敵対するより、隣接しているという地の利を生かせ。むしろ聖獣の国を利用しろ。他国はそうしているぞ」

ロウゼルドの王族は聖獣を取り戻すことは考えても、聖獣の国を利用することは考えなかったようだ。クレメンスは呆然としていたが、やがて真剣な眼差しで大きく頷《うなず》く。

「必ず、必ず成し遂げてみせる。何年かかろうとも」

緑色の瞳の奥に燃えるような輝きを見出し、ラファードはその誓いはきっと果たされるだろうと感じた。たとえ何十年経ったとしても、クレメンスの命が尽きたあとも、彼の信念は次の世代に受け継がれ、いつか実を結ぶに違いない。

そしてその時こそ、フェルマとロウゼルドは新しい関係を築くことができるだろう。

クレメンスとその一行は正門を通り、ロウゼルドに向けて出発した。

「また、また会いましょうね！」

エルフィールたちは彼らの姿が見えなくなるまで、ずっとその場で見送っていた。

## エピローグ　天獣Ⅱ

いつもの日常がフェルマの城に戻った。

この日も中庭で王太后主催のお茶会が催《もよお》され、テーブルにはお茶やお菓子がたくさん並べられている。ところがテーブルについているのは王族の三人だけだった。

「んもう！　ラファ兄様とお姉様はどこへ行ってしまったの!?」

バンバンとテーブルを叩きながらラヴィーナが口を尖《とが》らせる。

「侍従長《じじゅうちょう》に確認してもらったけど、どちらの部屋にもいないそうなんだよね。お昼には姿を見かけたのに」

慰《なぐさ》めるように妹の頭を撫でつつ、リクハルドが苦笑する。すると、テーブル近くの地面で互いの毛づくろいをしていた先代聖獣夫妻のうち、白虎の方が顔をあげた。

「ラファードとエルフィールなら『聖獣の庭』にいるよ。ほら」

言うなりテーブルの上にある大きなお盆に、ポンッと姿が浮かび上がる。リクハルドたちが覗き込んでみると、そこには『聖獣の庭』らしき芝生に腹這《はらば》いになっている獣姿のラファードと、大きなブラシで彼の毛を梳《す》いているエルフィールの姿があった。

『ねえ、ラファード、ブラシも気持ちいいでしょう？』

『まぁまぁだな』

目を閉じながら偉そうに言っているが、ピコピコと動く尻尾《しっぽ》がラファードの心境を如実に表していた。

『あ、そういえば、お茶会……』

ふと気づいたようにエルフィールが手を止める。ところが、ラファードは何食わぬ顔で催促《さいそく》した。

『まだ時間はある。大丈夫だから続けろ』

『そう？』

皆に見られているとも知らず、エルフィールはブラッシングを再開させる。

「あらあらあら」

困ったように王太后は笑い、ラヴィーナはふくれっ面をして叫んだ。

「ラファ兄様のばか！　何が『まだ時間はある』よ！」

リクハルドはくすくすと笑う。

「そんなことだろうと思ったよ。先にお茶会を始めようか」

「ほんっとうに、もう！　ラファ兄様ったら！」

お盆の映像が消える。すると心得たように侍女長がお茶の準備を始めた。

お茶やお菓子を堪能《たんのう》するうちにラヴィーナの機嫌も直ってくる。久しぶりに家族水入らずの会話を楽しんでいたリクハルドだったが、ふと疑問に思うことがあってリクリードに尋ねた。

「リクリード様、どうして二人を十八歳になるまで会わせないようにしたんですか？　せめてラファードには心臓のことと、エルフィール嬢の存在を伝えておくべきだったのでは？」

妻の首筋に鼻先を突っ込んでいたリクリードは、そのまま口を開いた。

「ラファード自身がまだ未成年だったからね。五年前、彼が成獣になった時に伝えてもよかったけれど、当時エルフィールは十二歳だ。ラファードが会いに行って彼女を番《つがい》と認めても、まだ身体が成熟していないエルフィールには酷《こく》だろう？　ちなみに天獣は番《つがい》と認定したら、我慢なんかしないからね」

「う……」

確かに、とリクハルドは納得する。今でさえ大変そうなのに、まだいたいけな少女だったエルフィールにラファードの欲望を受け止めろというのは無理な話だ。

「それに、これは親心でもある」

「親心？」

「心臓を与えたのはいわば事故のようなもので、ラファードがエルフィールを番《つがい》として選んだわけではなかった。だから、もしかしたら別の雌を番《つがい》として選ぶことだってありえた。その時に、エルフィールと心臓のことでラファードの運命を捻《ね》じ曲げたくなかったんだ。だから許されるギリギリまで二人を会わせないことに決めた」

「ではリクリード様、もしラファードがエルフィールを番《つがい》として選ばず、別の天獣、あるいは別の人間の女性に恋をしていたら——？」

リクハルドは核心に迫るような口調で尋ねる。けれどリクリードは笑うだけだった。

「その時はその時だよ」

——もっとも、あの当時からラファードは、エルフィールを半ば無意識のうちに番《つがい》として選んでいたけれど。

だからリクハルドは万一のことを心配したことがない。どうせラファードはエルフィールと出会えば、彼女を選ぶに違いないのだから。

ならば、なぜエルフィールが十八歳になるまで会わせなかったかといえば、少しだけ意地悪をしたかったからだ。

リクリードは目を細めて当時のことを思い出す。あの湖のほとりで、横たわるエルフィールを前にラファードが言ったことを。

『父上、俺、エルフィールのことを忘れたくない。この記憶を失いたくない』

ラファードは一緒に過ごしてきた父母との十年間の思い出はあっさり諦《あきら》めたくせに、エルフィールとの記憶だけは惜しんだ。正直に言えば、それが少し癪《しゃく》に障《さわ》ったのだ。だからなんだかんだと理由をつけて二人を大人になるまで会わせまいとした。

――だって、少しくらいいいだろう? この先、あの二人はずっと一緒に生きていくのだから。

これが我儘《わがまま》だというのは分かっている。けれど、人間が思っているより聖獣は慈悲《じひ》深くも優しくもない。もっとずっと利己的な生き物だ。

「ラファードはエルフィールを選んだ。心臓の意味を知る前に、自分自身で彼女を選んだ。それでいいじゃないか。起こらなかった未来について論じるのは愚の骨頂《こっちょう》だよ、リクハルド」

もっともらしく言うと、妻のファラファーデが「仕方ない人ね」とでも言いたげに顔をぺろぺろと舐める。心臓を共有する彼女には、リクリードの気持ちが手に取るように分かるのだ。

「それもそうですね」

リクハルドがふぅっと息を吐くのを聞きながら、リクリードは目を閉じて妻の愛撫《あいぶ》に身を任せた。

――そう、これでいい。大事な家族が増えて、全員が幸せならば。

天獣であるリクリードは妻の黒い毛に顔を埋《うず》め、満足そうに吐息をつく。

――大事なものはここにすべて揃《そろ》っている。

彼はこの上なく幸せだった。

書き下ろし番外編

# 浮気騒動

「今日って絶好のブラッシング日和じゃない？」

　ポカポカとした陽気に誘われて、エルフィールがふとそんなことを思いついたのは、昼食をとった直後のことだった。

「最近は曇りの日が多くて室内ですることが多かったけど、今日の陽気なら外で日光浴をしながらブラッシングするのにうってつけだわ」

　実のところ、聖獣であるラファードに毛の手入れなどまったく必要ない。天獣の身体は魔力でできており、普通の獣のように毛が抜けたりしないのだ。当然毛が生えかわることもない。

　だが、ラファードはエルフィールが一度ブラッシングしてみせたところ、感触がいたく気に入ったようで、たびたびねだるようになった。

　もちろん、もふもふ好きのエルフィールに否《いな》やはない。

――ラファードの毛って触っていてすごく気持ちいいのよね。

特にお気に入りの『聖獣の庭』でブラッシングをしたあと、ふわふわになった毛に顔を埋《うず》めるのが、エルフィールにとって至高の時間だ。

ラファードの毛に鼻先を埋《うず》めた時の柔らかな毛の感触や、鼻腔《びこう》をくすぐるお日様の匂いを思い出したら、いてもたってもいられなくなり、エルフィールは専用のブラシを手に自室を出た。


「――え？　いない？」

部屋を出てラファードの部屋に向かう途中、侍女長とばったり会ったエルフィールは目を瞬《またた》かせた。

てっきりラファードは人の姿を取っている時に使う部屋――つまり『ラファード王子』の部屋にいるのかと思ったのだが、侍女長の話だともぬけの殻らしい。

「はい。掃除のために部屋に伺ったのですが、聖獣様はいらっしゃいませんでした」

念のためラファードの部屋を覗いてみるが、侍女長の言う通り、誰もいなかった。

「どこに行っちゃったのかしら？」

城の中をうろつきながらラファードの姿を探したが、誰に聞いてもどこにいるか分からなかった。

――お気に入りの庭にもいなかったし、本当にラファードはどこに行ってしまったの？　公務の予定は入っていないはずだし、リクハルド陛下も特に謁見《えっけん》の予定はないのに……

エルフィールは『聖獣のお世話係』兼『ラファード王子の婚約者』と言うことになっているため、ある程度彼の予定も把握している。

遠い砂漠のある国から遊学中というふれこみの『ラファード王子』のもとへは、祖国からの使者が時々訪れるし、フェルマ国を訪れる賓客《ひんきゃく》と会談することも多い。

もちろん聖獣として、外国からの賓客《ひんきゃく》を迎える謁見《えっけん》の場に立ち会うことも重要な仕事の一つだ。

ただ、そういう仕事の予定がある場合は、必ずエルフィールにも教えてくれる。

――今朝、ラファードは特に何も言ってなかったわよね？

ラファードの部屋で情熱的な夜を共にしたエルフィールは、その延長でいつも彼と朝食をとっている。実は聖獣であるラファードは食事をとる必要はないのだが、エルフィールに付き合ってくれるのだ。

こうしてすっかり習慣づいた朝食の席で、お互いの一日の予定を告げ合うのだが、今朝ラファードは予定があるとは言わなかった。

エルフィールの方は勉強の予定が入っていたので、「頑張れよ」と送り出されたのだが……。

——急に何か予定でも入ったのかしら？

ブラシを片手に城の中をうろうろと歩き回っていると、公務に向かう途中らしい国王リクハルドと遭遇した。

「ラファード？　ああ、彼ならリクリード様と一緒に、ロウゼルド国の様子を見に行っているよ」

リクハルドがもたらした情報に、エルフィールは目を丸くした。

「リクリードさんとロウゼルドに？」

「ああ。ちょうどクレメンス王子が帰国して半年経つからね。リクリード様が様子を見に行きたいと言って、ラファードもそれに付き合うことになったんだ」

「そうだったんですか」

どうやらラファードの父親である先代の聖獣リクリードが突然思い立って、ラファードを誘ったようだ。ラファードも、クレメンス王子がどうしているか気になっていたから、その話に乗ったのだろう。

「君は授業中だったから、伝えるのが遅くなってすまなかった。ずっと君にべったりだったラファードが突然いなくなったから、心配しただろう？」

「は、はい」

ブラシをスカートの裾にこっそり隠しながらエルフィールは頷《うなず》く。けれど、リクハルドはエルフィールがブラッシングをしたくてラファードを探していたことを、とっくに見抜いていたらしく、悪戯《いたずら》っぽく笑った。

「大丈夫。聖獣の足ならまだ日が明るいうちに戻ってくるだろうから、ブラッシングはそれからでも十分間に合うと思うよ」

「そ、そ、そうですね。そうします。ありがとうございました、陛下」

エルフィールは恥ずかしさに顔を赤く染めながら、リクハルドの前からそそくさと逃げ出した。

「……部屋に戻って、ラファードが帰ってくるのを待ってようかしら」

とぼとぼと廊下を歩いていると、今度はリクハルドの妹であるラヴィーナ王女とばったり遭遇した。

「あら、お姉様。こんなところでどうかしたのですか？　ブラシなど手にして」

ラヴィーナはどこかに移動中だったようで、侍女と護衛の兵を連れていた。エルフィールはラヴィーナに「お姉様」と慕《した》われ、たびたび部屋にも招かれているので、侍女と護衛の兵ともすっかり顔馴染《かおなじ》みになっている。

ブラシを手に城をうろうろする女など不審人物でしかないが、ここにいるのはエルフィールが『聖獣の世話係』であり、聖獣に選ばれた番《つがい》であることを知っている者たちばかりだ。

「ええっと、実はですね……」

ブラシを見られたとあっては、誤魔化《ごまか》しても仕方ないことだ。エルフィールはラヴィーナに正直に告げた。ブラッシングをしようとラファードを探したけれど、どこにもいなかったこと。リクリードと一緒にロウゼルド国に行っていることを、リクハルドが教えてくれたことも。

「そうだったのね。でもちょうどいいわ。もふもふが足りないのでしたら、お姉様も一緒に子犬に会いに行きませんこと？」

ラヴィーナによれば、数年前に友好国から彼女の誕生日祝いとして贈られた牧羊犬が、子どもを産んだらしい。出産から時が経ち、母犬も子犬たちも落ち着いてきたので、これから会いに行くつもりだったそうだ。

「行きます。行きたいです！」

子犬と聞いてエルフィールの頭の中から、ブラッシングのことが一瞬にして吹き飛んだ。


「まぁ、なんて可愛らしいのかしらっ」

コロコロと動き回る子犬の姿に、ラヴィーナがはしゃいだ声をあげる。

犬小屋近くの中庭に放たれた子犬たちは、全部で五匹いた。茶色のもこもこの毛玉がじゃれ合いながら、庭のあちこちを転げ回っている。

それを見守る母犬の目は、とても優しい。育児中の母犬は気が立っているものだが、エルフィールたちが子犬に近づいても、警戒するそぶりはなかった。

好奇心旺盛な子犬たちは地面にしゃがみこんだラヴィーナの手にじゃれついたり、スカートによじ登ろうとしたりしている。中庭にラヴィーナの嬉しそうな笑い声が響き渡った。

エルフィールは少し離れた場所で、その様子を見てうっとりと微笑んだ。

――美少女と子犬が戯《たわむ》れている光景はなんというか、眼福だわ。

そう思うのはエルフィールだけではないようで、侍女も護衛の兵もみな、相好《そうごう》を崩してラヴィーナと子犬を見守っている。

「お姉様！　この子たちすごく可愛いいし、人懐こいの！　お姉様も撫でてあげて」

子犬を片手に抱き上げてエルフィールを振り返ったラヴィーナは、エルフィールを手招きする。要請に応じて歩きかけたエルフィールだったが、視界の端に所在なさげな様子の一匹の犬を発見して足を止めた。

母犬や子犬と同じ犬種らしく、茶色のもこもこした毛の犬だった。大きさは母犬と同じくらいなので、成犬なのは確かだろう。

「あなたは子犬の兄弟？　それとも父親かしら？」

離れた場所でひとり、子犬や母犬を見ている姿はとても寂しそうに見えた。かわいそうになったエルフィールは犬に近づくと、そっと頭を撫でた。犬は嫌がりもせず、大人しく撫でられている。心なしか構ってもらえて嬉しそうだ。

牧羊犬としては小さい部類らしく、なんとか片手で抱き上げられる大きさだったので、エルフィールは思い切って犬を胸に抱え上げた。

犬は尻尾《しっぽ》を振りながら元気よくキャンキャンと鳴き、舌を出してエルフィールの顔をペロペロと舐める。

「母犬を子どもたちに取られて寂しかったのね。よしよし」

——ああ、ふわふわもこもこ……！

手に感じる毛の感触にうっとりしているその時だった。突然、中庭に声が響き渡ったのは。

「このっ、浮気者――！」

キャンキャンとけたたましく鳴いていた犬たちの声が、一瞬にして止《や》んだ。その場にいた人間たちも一斉に動きを止める。もちろんエルフィールもだ。

――この声は……

馴染《なじ》みのある声にエルフィールが慌てて振り返ると、浅黒い肌に異国風の服を身に纏《まと》った精悍な男性がすぐ後ろに立っていた。

彼の名前はラファード。遠い砂漠の国から遊学にやってきている王子――とは仮の姿で、実はこの国を守護する聖獣である。

ラファードは怒りでふるふると震えながら、エルフィールを睨《にら》みつけていた。

「えっ……と？」

いきなり登場して、「浮気者」と糾弾《きゅうだん》されたエルフィールは訳が分からなかった。なぜ彼は怒っているのだろうか。

「ラ、ラファード……？」

「少し目を離しただけで、よその男に尻尾《しっぽ》を振るとは……！」

「え？　え？　え？」

「こっちは会いたくて、急いで帰ってきたのにっ」

「えー？　えー？」

「くそっ」

ギリッと奥歯を噛みしめ、エルフィールをもう一度睨《にら》みつけると、ラファードは急にその姿を変える。人型としての輪郭がにじみ、溶けて――次の瞬間、そこにいたのは黄色と黒の縞模様《しまもよう》を持った精悍な虎だった。

「ラファード？　一体どうしたの？」

だけど、その質問に答えることなくラファードは、無言で空に浮き上がると、エルフィールを一瞥《いちべつ》することなく、ものすごい速さで空のかなたに消え去っていった。

あとに残されたエルフィールたちは呆然とするばかり。騒がしかった犬たちも聖獣の怒りに触れたからなのか、すっかり大人しくなっている。

――浮気者？　浮気？　……まさか……まさか……？

なんとも言えない雰囲気が漂う中、沈黙を破ったエルフィールがラヴィーナに尋ねた。

「……ラヴィーナ様、つかぬことをうかがいますが、私が抱えている犬は雄ですか?」

ラヴィーナは神妙な面持ちで頷《うなず》いた。

「お姉様が抱き上げているのは、この子たちの父親よ」

――だからか……

エルフィールは深いため息をついた。

ラファードは聖獣なのに、とても焼きもちやきだ。エルフィールが猫を可愛がるだけで嫉妬《しっと》する。それが自分がいない間に雄犬を可愛がろうとしたのだから、浮気されたと思ってもおかしくない。おかしくないが……

「んもう、ラファ兄様ったら、犬に嫉妬《しっと》するとか、聖獣の神秘とか風格とか台なしよ!」

ラヴィーナの呆れた声に、一同は心から賛同するのだった。

「と、とにかくラファードを探して、誤解を解かなくては」

犬を地面に下ろしながら、エルフィールは言った。

……けれど、それからどこを探しても、ラファードの姿は見つからなかった。

リクハルドの執務室に集まった王族三人とエルフィールは、互いの顔を見合わせてため息をついた。

「ラファ兄様、心話にも答えてくれないわ。本当にどこに行ってしまったのかしら？」

王族であるリクハルドとラヴィーナは、国の聖獣であるラファードと心の中で会話ができる。いつもはどれほど遠く離れていても呼べば応《こた》えてくれるのだが、今は一方的にラファード側が通話を遮断している状態らしい。

「困ったわ。誤解を解きたくてもどこにいるのか分からないんじゃ、どうしようもない……」

エルフィールは頭を抱えた。エルフィールだけではなく、ラヴィーナとリクハルドも頭を悩ませている。

「ラファ兄様の気まぐれ一つで通じなくなるのは、どうかと思うの」

「万一何かあった時、聖獣と連絡が取れないのは困るなぁ」

焦る三人とは反対に、王太后は落ち着いたものだ。おっとりとした笑みを浮かべて息子に言う。

「大丈夫よ。ラファードは人間が大好きなの。気持ちの折り合いがついたら戻ってくるわ」

「そりゃあ、ラファードは責任感が強いから戻ってくるでしょうけど。でも、今後もたびたびこんなことが起こるのは、僕としてはとても困るというか……」

リクハルドが王太后に訴えたその時だった。ガチャリと扉が開いてよく知った声が響く。

「おや、こんなところに集まってどうしたのかな？　てっきり庭でお茶会でも開いていると思ったのに」

ノックもせずに現れたのは、人間の姿を取っている先代の聖獣であるリクリードと、その妻でラファードの母親でもあるファラファーデだ。

獣の姿の時と同様に、白い肌に明るい色の服を身に着けた美青年のリクリードと、真っ黒な肌に薄手の黒いドレスを身に纏《まと》った妖艶な美女ファラファーデ。容姿だけではなく性格も正反対の二人だが、番《つがい》である彼らはリクリードが仕事をしている時以外は、常に傍《そば》に寄り添っている。

「リクリード様。ちょうどよかった。ラファードがどこにいるか分かりますか？」

助かったとばかりにリクハルドが尋ねる。リクリードは首をコテンと傾けた。

「ラファード？　一足先に国に戻ったはずだけど……何かあったのかい？」

「実はラファードが……」

リクハルドが、エルフィールとラファードに起こったことを詳細に伝えると、二人は笑い出した。実に楽しそうに。

「まぁ、坊やったら、まだまだ子どもね」

「仕方ないよ。あの子は天獣としては、まだまだ幼いんだから」

二人はひとしきり笑うと、エルフィールに意味ありげに視線をよこした後、リクハルドを見た。

「あの子は今、『聖獣の塔』にいるよ」

「『聖獣の塔』⁉ それは盲点だった」

『聖獣の塔』というのは、この城で一番高い塔のことだ。聖獣は普段は、その塔の最上階に住んでいると言われている。

「ラファードはあの塔にはまったく行かないから。今回もそうだと思って確認してなかったよ」

「だからこそあそこにいるんだろう。聖獣しか行けない場所だからね」

聖獣にしか行けない場所と言われるのは、塔には王族しか入れない上、人間にはとうてい無理だと思われる高さまで登らなければならないからだ。つまり聖獣の力を借りなければ、人間であるエルフィールはラファードに会いに行けないということだ。

「私、ラファードと話をしなくちゃ……！ リクリードさん！ お願いです。私を『聖獣の塔』まで送っていただけませんか？」

エルフィールが決意を込めて訴えると、リクリードはにっこりと笑った。

「もちろんだとも。僕の背中に乗りたまえ」

その言葉を言い終わらないうちに、リクリードの輪郭がぼやけ、一瞬後には真っ白な虎がいた。すぐ脇には同じく黒虎の姿になったファラファーデもいる。

「ありがとうございます。リクリードさん。お願いします！」

ぺこりと頭を下げると、エルフィールはリクリードの背中に乗り込んだ。ラファードに何度か乗せてもらっているので、聖獣の背に乗るのは慣れたものだった。

「行ってきます、陛下。ラヴィーナ様、王太后様！」

「頼んだよ、エルフィール」

「行ってらっしゃい、お姉様！」

手も触れていないのに、執務室の窓がバタンと音を立てて開く。リクリードとファラファーデはふわりと浮き上がると、その窓から外に飛び出した。

向かうは城の敷地の一角にそびえる『聖獣の塔』。

「我々はね、人の姿を取っていても、その本質は獣なんだ」

塔に向かって飛翔しながらリクリードが独り言のような、それでいてまるで諭《さと》すような口調で呟《つぶや》いた。

「そして、天獣は何よりも番《つがい》を大切にする。誰にも取られないために、常に傍《そば》に置きたがる。そういう生き物なんだよ。だから君たち人間は、飼い犬に嫉妬《しっと》するなんてと思うかもしれないが、天獣にとっては獣だろうが人間だろうが、番《つがい》に近づく異性はすべて敵なんだ」

「でもあの子は人間というものをよく知っているから、普段はその独占欲を抑えているの」

ファラファーデが夫の言葉を継いで言った。

「人間には番《つがい》という感覚がよく理解できないから、四六時中傍《そば》にいて、行動を制限されたら嫌になるでしょう？　それを分かっているから、あの子はあなたのために、天獣としての本能を抑えて暮らしているの」

「それにあの子はこの国の聖獣だから、責任もある。要するに、普段から色々我慢しているわけさ。全部理解しろとは言わないけれど、時々そのことも思い出して理解してあげてほしいな」

「……はい」

エルフィールは神妙な面持ちで頷《うなず》いた。

そうこうしているうちに、『聖獣の塔』のてっぺんにたどり着く。『聖獣の塔』に入ったのは生まれて初めてだが、エルフィールはあまりの何もなさに驚いた。

円形の塔のてっぺんの部屋には窓もない。天井を支える柱だけが建っていて、吹きっさらしの状態だ。不思議なことに、見えないガラスがはめ込まれているように、建物の中に風は入ってこなかったが、そのことよりもエルフィールが驚いたのは、家具も何もまったくない空間だけが広がっていることだった。

『ラファード王子』の部屋のように敷物やクッションが置かれることもなく、むき出しの石の床があるだけ。

――ああ、そうか。そもそも聖獣にはそんなもの、必要のないものだったのね。だからこの部屋には、何もないんだわ。

色とりどりの布に覆《おお》われた『ラファード王子』の部屋とはまるで正反対だった。

そしてその床に、黒と黄色の縞模様《しまもよう》の大きな虎が寝そべっている。エルフィールたちが来ていることにはとっくに気づいているだろうに、ピクリともしない。

リクリードはエルフィールを床に下ろすと、そっと囁《ささや》いた。

「僕たちは席を外すから。二人でちゃんと話をするんだよ？」

「……はい。ここまで連れてきてくださって、ありがとうございました」

白と黒の虎が塔を離れていくのを見送って、エルフィールはラファードに近寄った。

それでもラファードは動かない。

エルフィールはぺたんと横に座ると、そっと手を伸ばして背中を撫でた。

「ごめんなさい。ラファード。私、何も分かっていなかったのね」

ファラファーデたちに言われて、ようやくエルフィールは気づいた。知識として頭では分かっていたつもりでも、本当の意味で天獣と番《つがい》のことを理解していたわけではなかったのだ。

――ラファードの気持ちも分かっていなかった。

人と天獣。あまりに違う生き物で、永遠に分かり合えることはないかもしれない。きっとこの先も同じような問題は起こるだろう。それでも……

「でもね、私。この先もずっとずっとラファードの傍《そば》にいたいの。天獣じゃなくて人間だけど。でも一緒にいたいのは私も同じ気持ちだから。い、犬のことも不用意だったと思う。雄だって知らなかったこともあるけど、でも、その浮気じゃないから。私にはいつだってラファードだけだから――」

「分かってるよ」

突然ラファードが口を開いて、むくっと首をもたげた。金色の目がエルフィールを捉《とら》える。

「別に浮気じゃないってことも分かってる。ついカッとなったけど、冷静になったら自分が大騒ぎしたことが恥ずかしくなって、その……」

ついっと視線を逸《そ》らして、言いづらそうにラファードが弁明する。それでようやくエルフィールはラファードが彼女の浮気(?)を怒っているわけではなく、勘違いしたことが恥ずかしくなって、出てこられなくなっただけだと悟った。

「……んもう、ラファードったら」

言いながらエルフィールはホッと安堵《あんど》の息を漏らす。それからラファードの首に手を回して、ふさふさの毛に顔を埋《うず》めた。

「みんな心配したんだからね。ちゃんと陛下やラヴィーナ様の心話に応《こた》えてあげてね」

「……ああ」

「それからクレメンス殿下やアイラたちの様子を見に行ったんでしょう? そのことも聞かせてね」

「あ、ああ。二人は大変そうだけど、なんとか元気でやっているみたいで――」

「それはあとで聞くわ。今は、抱きしめさせて。そして私を抱きしめて」

「……分かった」

不意に手に触れるもふもふの感触が変わり、鼻先に触れるものが人の肌になった。ラファードが人型に変化したのだ。背中に手が回り、ぎゅっと強く抱きしめられる。

——ああ、そうよ、これが欲しかったの。

もふもふもいいが、こうやって抱きしめられるのもいい。要するにラファードのものならなんでもいいのだ。

——あなたが、私の傍《そば》にいてくれるのであれば。

しばらくそうして床の上で抱き合っていると、不意にラファードが言った。

「そういえば、エルフィール。あの雄犬に顔を舐められていたよな?」

「へ?」

「エルフィールは俺のものなのに、マーキングするとはいい度胸だ。あの犬とは、あとできっちり話をつけるとして、エルフィール」

名前を呼ぶ声の調子になぜか不穏なものを感じて、エルフィールはラファードの首筋に埋《うず》めていた顔を上げた。するとエルフィールを見おろすラファードの金色の目が、妖《あや》しく光った。

「あいつの舐めた場所を清めて上書きをしないとな。幸いここは誰もいないし——」

「え、ちょ、ちょっと、ラファード! あっ、だめよ、こんなところで……あっ、んんっ、んぅ」

エルフィールもラファードも、彼らのやりとりを、執務室で見守る複数の目があることを知る由《よし》もなかった。

ラヴィーナには見せられない画面になりそうだと、リクリードが覗き見を止《や》めると、揃《そろ》ってため息をついた。

「はぁ、雨降って地が固まったわけだけど、浮気騒動に巻き込まれたこっちの身になってほしいものだよね」

リクハルドの言葉に、その場にいた全員が同意して頷《うなず》いたのだった。

NB ノーチェ文庫

# 紳士な王太子が獣に豹変!?

## 竜の王子とかりそめの花嫁

富樫聖夜《とがしせいや》　イラスト：ロジ

価格：本体 640 円+税

没落令嬢フィリーネが嫁ぐことになった相手は、竜の血を引く王太子ジェスライール。とはいえ、彼が「運命のつがい」を見つけるまでの仮の結婚だと言われていた。対面した王太子は噂通りの美丈夫で、しかも人格者のようだ。ところが結婚式の夜、豹変した彼から情熱的に迫られて——？

詳しくは公式サイトにてご確認ください

https://www.noche-books.com/

携帯サイトはこちらから！

本書は、2017年8月当社より単行本として刊行されたものに書き下ろしを加えて文庫化したものです。


この作品に対する皆様のご意見・ご感想をお待ちしております。

おハガキ・お手紙は以下の宛先にお送りください。

【宛先】

〒150-6008 東京都渋谷区恵比寿4-20-3 恵比寿ｶﾞｰﾃﾞﾝﾌﾟﾚｲｽﾀﾜｰ 8F
（株）アルファポリス　書籍感想係

メールフォームでのご意見・ご感想は右のＱＲコードから、
あるいは以下のワードで検索をかけてください。

アルファポリス　書籍の感想　検索

ご感想はこちらから

ノーチェ文庫

# 聖獣様《せいじゅうさま》に心臓《しんぞう》（物理《ぶつり》）と身体《からだ》を（性的《せいてき》に）狙《ねら》われています。

富樫聖夜《とがしせいや》

2020年10月31日初版発行

文庫編集－斧木悠子・宮田可南子
編集長－太田鉄平
発行者－梶本雄介
発行所－株式会社アルファポリス
〒150-6008 東京都渋谷区恵比寿4-20-3 恵比寿ｶﾞｰﾃﾞﾝﾌﾟﾚｲｽﾀﾜｰ8F
TEL 03-6277-1601（営業）　03-6277-1602（編集）
URL https://www.alphapolis.co.jp/
発売元－株式会社星雲社（共同出版社・流通責任出版社）
〒112-0005 東京都文京区水道1-3-30
TEL 03-3868-3275
装丁・本文イラスト－三浦ひらく
装丁デザイン－ansyyqdesign
印刷－株式会社暁印刷

価格はカバーに表示されてあります。

落丁乱丁の場合はアルファポリスまでご連絡ください。

送料は小社負担でお取り替えします。


ISBN978-4-434-25983-8 C0193